SCHMIDAUER • TROMMELSTEINE

Günter Schmidauer

Trommelsteine

Roman

Wieser Verlag

Die Herausgabe dieses Buches erfolgte
mit freundlicher Unterstützung durch die Stadt Klagenfurt
und das Land Kärnten

Wieser Verlag

A-9020 Klagenfurt/Celovec, Ebentaler Straße 34b
Tel. + 43(0)463 37036, Fax + 43(0)463 37635
office@wieser-verlag.com
www.wieser-verlag.com

Lektorat: Andrea Cvelf und Gerhard Maierhofer
ISBN-13 978-3-85129-775-1

Hier mag man den Geist jener Zeit erkennen.
Aussprachen fanden kaum jemals statt.
Auch nicht zwischen Vätern und Söhnen.
Heimito von Doderer: Die Wasserfälle von Slunj

Für Gabi

Inhalt

Verpflichtungen

Große Sprünge machte Matteo nie. Er war ein Mann der kleinen Schritte. Diese setzte er zumeist mit Bedacht, aber dennoch zögerlich. Es konnte ja sein, dass sie nicht erforderlich waren, sich so manches vielleicht von selbst erledigte, dass für ihn von außen eingegriffen werde, noch ehe er nachgedacht, noch bevor sich in ihm die Notwendigkeit zum Handeln gefestigt hatte. Es konnte sich erübrigen.

Die Wahrscheinlichkeit, dass es stets anders kommen könnte als erwartet, schien ihm zu einer Konstante seines Lebens geworden zu sein. Es gab auch einen Namen für dieses lauernde Schicksal: Familie. In selbst kleine Details wie die Entscheidung, sich nun einen Bart wachsen zu lassen oder nicht, fühlte sich die Familie berufen einzugreifen, bildete sie Mehrheiten, entschied über Köpfe hinweg und reagierte bei Nichterfüllung des familiären Willens mit Liebesentzug. Eine Bestrafung, die Matteo mit seinen immerhin fünfunddreißig Jahren als sehr schmerzhaft empfand. Denn andererseits gab es die ersehnten Streicheleinheiten, wenn man gefügsam blieb und die Familie stolz auf den hoffnungsvollen Zukunftsträger des Hauses sein durfte und es auch zeigte, anlässlich gemeinsamer Feste, wenn neben denen des jeweiligen Jubilars auch Matteos Verdienste lobend erwähnt wurden. Matteo trat dann mit einem Lächeln aus seinem eigenen Schatten und dankte für diese

Zuwendung mit Komplimenten, die er seinen immer jugendlicher erscheinenden Tanten streute. Dann legte er wie einen leichten Staubmantel wieder seinen Schatten um und entzog sich der allgemeinen Beach tung.

Im Laufe der Jahre war ihm dieser Familienballast mit allen seinen Eigenheiten sehr ans Herz gewachsen. Die liebe Verwandtschaft war immer da. Ein Vakuum der Gefühle oder ein Alleinsein gab es nicht. Immer rief ein besorgter Onkel an, oder einem Cousin zweiten Grades musste geholfen werden. Matteo fühlte sich unter ständiger Beobachtung und war bestrebt, ein tadelloses Verhalten an den Tag zu legen. Er spielte mit zunehmender Leichtigkeit jene Rolle, die ihm die Verwandtschaft zugedacht hatte. Matteo war die Hoffnung der Familie Berg, hatte Betriebswirtschaft studiert und bereitete mit Hilfe italienischer Vertrauter eine solide Karriere im Holzhandel vor.

Die Studienrichtung war ihm mit sanftem Druck nahegelegt worden. Etwas Solides musste es sein, zukunftsträchtig und expansionsfähig. Da passte gerade der Holzhandel. Dies entschied Großonkel Valdemaro Berg, selbst Holzhändler – mit leidvollen Erfahrungen zwar, aber dennoch ungebrochen überzeugt von der Wichtigkeit des Holzexportes im Grenzland Kärnten. Mit Taufnamen eigentlich Waldemar, wurde er von seinen italienischen Partnern nachdrücklich Valdemaro genannt. Das gefiel ihm durch-

aus, denn mit seinem Taufnamen, der ihn stets an einen Dackel erinnerte, war der stattliche Geschäftsmann nie sonderlich einverstanden gewesen.

Zwei stille Ausgleiche retteten mit Hilfe der Familie den Ruf des Unternehmens. Darüber durfte aber nicht gesprochen werden. Dies war ein Generationsproblem, das die Brüder Valdemaro und Matteos Großvater Volker Berg als einziges unter Ausschluss der Jüngeren im kleinen Kreis, also in einem Vieraugengespräch, lösten.

Viel lieber hätte Matteo Literatur studiert, damit war aber in Österreich kein Staat zu machen, wie sich sein Großvater auszudrücken pflegte. Widerstände lagen Matteo nicht. Also überließ er es auch in diesem Fall anderen, über ihn zu befinden. Ein zu erwartendes Unglück war dadurch nie selbst verschuldet, ein unerwartetes Glück erschien dann wie ein Geschenk.

Mit einem Seufzer, der nicht Schwermut Atem gab, sondern Erleichterung anzeigte, trat Matteo aus dem Hotel Astoria in Udine, an der Piazza XX. Settembre. Das traditionell leichte italienische Frühstück bestand zumeist aus einem Espresso und einem Croissant. Frühstück ist in Italien keine wichtige Mahlzeit, keine, bei der man mit seiner Familie publikumswirksam auftreten und Lebenskultur demonstrieren kann. Anlässlich seiner oftmaligen Reisen hatte Matteo das Verhalten sowie auch die Essgewohnheiten der italienischen Unternehmer studiert

und sich einige davon zu eigen gemacht. Das verband er sehr bald instinktiv mit weltgewandtem Auftreten. Davon war er überzeugt, danach richtete er auch seine Kleidung aus und freute sich über das anerkennende Lächeln seiner Familie, der diese Details niemals entgingen.

Es war knapp nach zehn Uhr, und Matteo schlenderte unter den Arkaden ein Stück die Via Canciani hinauf, bog in die Via Cavour und steuerte sein Lieblingscafé, das Contarena nahe der Piazza della Libertà, an. Die kleinen, aber exklusiven Läden zu beiden Seiten der Via hatten bereits geöffnet. So richtige Lebendigkeit wollte aber noch nicht aufkommen. Es war zu früh. Staubsaugergeräusche drangen aus einer der geöffneten Boutiquen. Eine ältere Signora in grauem Hauskleid und mit gefüllter Einkaufstasche kämpfte mit ihrer schrillen Stimme gegen das unerbittliche Heulen des Gerätes an.

Die Eigentümerin des kleinen Ladens wandte ihr den gebückten Rücken zu und gab, ohne sich von der Arbeit abhalten zu lassen, bereitwillig Auskunft. Das ewige Problem mit dem Personal. Hätte sie nicht dieses schlimme Kreuz, könnte sie auf eine Hilfe im Geschäft überhaupt verzichten, aber so müsse man schon dankbar sein, wenn die überbezahlte Perle wenigstens zweimal in der Woche erscheine. Das hörte die ältere Signora mit der gefüllten Einkaufstasche bereits nicht mehr, denn sie hatte ein neues Opfer in der Person des Carabiniere gefunden, dem

sie ihr Anliegen mit Nachdruck unterbreitete. Dazu hatte sie ihre Tasche niedergestellt, die nun Matteo im Weg stand und die er mit einem weiteren, diesmal vorwurfsvollen Seufzer umging. Die Glastür schloss sich, und das Geräusch des Staubsaugers wurde auf angenehme Weise gedämpft, war so für den frühen Vormittag erträglich geworden.

Man betritt das Contarena durch ein Nadelöhr. Eine schmale, aber sehr hohe Tür öffnet sich zu einer kleinen Enothek mit mehreren Stehpulten, die zu dieser Zeit noch nicht besetzt sind. Hinter einer dunklen Holztheke beschäftigte sich ein Angestellter mit dem Ordnen der Gläser und der Vorbereitung diverser Snacks, die man zu seinem Glas Wein erhält, Oliven und Salzkekse, Erdnüsse und dergleichen Aufmerksamkeiten mehr.

Gleich nach dem ersten Stehtisch hält man sich rechts und erreicht das eigentliche Café, über dessen gediegenes Interieur sich Matteo bei jedem Eintritt freute. Das Contarena ähnelt einer verglasten Jugendstilloggia. Hohe Bögen geben den Blick auf die Tischchen unter den Arkaden frei, wo sich die bessere Gesellschaft Udines am späteren Nachmittag trifft. Zu dieser morgendlichen Stunde begann auch hier das gewohnte Treiben um die kultivierte Selbstdarstellung eher zögerlich.

Einige österreichische Einkaufstouristen knipsten sich gegenseitig mit ihren Digitalkameras und bestaunten sich und die Wunder der Technik auf den

winzigen Bildschirmen ihrer Geräte. Ein Herr mit glänzendem Haar und gelber Weste versicherte dem Ober an der Theke nachdrücklich, die beiden Damen in Schwarz, die an einem Ecktisch Platz genommen hatten, nicht zu kennen. Matteo bestellte einen Espresso und bemerkte wieder mit einem Schmunzeln, dass man sich aus den tiefen Klubsesseln nach vorne zu beugen hatte, wollte man die Flüssigkeit in der Kaffeetasse zu sehen bekommen. So tiefgründig war hier die Gemütlichkeit. Aber es kam schließlich nicht auf die Menge an. Dieser bereits zu Lebzeiten legendäre Triestiner Kaffeesieder mit österreichischen Wurzeln verstand sein Handwerk. Keine bittere Bohne verunzierte seine Kaffeekreationen, und ein Schluck genügte, um diese kleine Welt der Behaglichkeit auf der Zunge zergehen zu lassen.

Matteo stellte seine Sensoren auf Ruhe. Er wollte seine Stimmung nicht belasten, obwohl Andrea bereits eine halbe Stunde Verspätung auf sein Schuldkonto zu buchen hatte. Andrea Bador, Sohn eines renommierten friulanischen Unternehmers, war ihm vom Rat seiner Familie als Assistent in Udine zur Seite gestellt worden, um von Anfang an die Geschäftskontakte ordentlichst aufzubauen. Damit sie auch hielten! Aber sie entwickelten sich auch mit der Hilfe Andreas nur sehr zögerlich.

Andreas Verlässlichkeit hatte überschaubare Ausmaße, und sein Ehrgeiz ließ ebenfalls zu wünschen übrig. Matteo erklärte sich dieses Phänomen mit

eben einer besonders ausgeprägten mediterranen Langmütigkeit. Kaum gedacht, tadelte sich Matteo sofort selbst, denn wackelige Pauschalierungen dieser Art waren normalerweise nicht seine Sache. Er mochte Andrea doch irgendwie, denn er zeigte ihm eine andere Welt, eine, die seine Familie, außer vielleicht Onkel Valdemaro, nicht zu leben verstand.

Mit einem verschmitzten Lächeln waren der Ober und der Herr mit der gelben Weste an die beiden Damen in Schwarz herangetreten und hatten ihnen einen Imbissteller auf das Marmortischchen gestellt. Beide konnten ihr Lachen kaum zurückhalten, als sie nun dazu ermunterten, man möge endlich von den extralangen Schinkenstangerln abbeißen. Die Damen zierten sich, nahmen aber das Lachen auf und zwinkerten den beiden Männern zu.

Jetzt erst bemerkte Matteo die tief gebräunten Dekolletés der beiden Umschwärmten. Endlich bissen sie gleichzeitig in das sehr lange Stangengebäck, und nun war die Freude ohne Ende. Selbst die österreichischen Touristen blickten kurz über den Sucher ihrer Digitalkameras hinweg auf die Szene. Matteo drehte ihnen den Rücken zu und ließ seinen Blick über die herrlichen Jugendstilgemälde schweifen. Wie russische Ikonen waren sie von getriebenen Silberornamenten umrahmt. Ein schöner Anblick, immer wieder, dachte Matteo. Dann zog er aus der Innentasche seines hellen Sakkos ein Kuvert des Hotels Astoria, in welches der Nachtportier für ihn eine Nachricht gesteckt hatte, die gestern Abend telefonisch angekommen war, ihn aber nicht erreichte hatte, da er bei seinen neuen Partnern zum Essen eingeladen war. Mehrmals hintereinander las er die Zeilen: Tante Dora verschwunden. Rückkehr unbedingt erforderlich. Onkel Valdemaro.

Selbstverständlich ist Tante Doras Rückkehr erforderlich. Matteo wollte Onkel Valdemaro falsch verstehen. Natürlich wusste er, dass seine Rückkehr aus Udine erwünscht war, und es gab auch keinen Zweifel, dass diesem Wunsch entsprochen werden musste.

Tante Dora, die immer noch Kölnischwasser 4711 benutzte und mit einem Stirnrunzeln und erhobenem Zeigefinger antwortete, wenn Matteo mit scheinbar ernsthaftem Interesse fragte, ob dieses Kölnischwasser noch erzeugt werde oder ob Tante Dorchen über Internet sämtliche Altbestände aufgelassener Drogerien erworben habe.

Was konnte mit ihr geschehen sein? Sie war zwar hoch in den Achtzigern, oder doch schon neunzig? Nein, dieser Anlass hätte unweigerlich ein großes Fest nach sich gezogen. Nein, Tante Dora befand sich in den Achtzigern und konnte durchaus als rüstig bezeichnet werden. Bis vor wenigen Monaten führte sie noch einen äußerst lebendigen kleinen Terrier täglich um sechs Uhr um den Wohnblock in einem Vorort von Salzburg, bis ein rasender Autofahrer der trauten Zweisamkeit ein jähes Ende bereitete und das arme Tier bei der Verrichtung seiner Notdurft im

Rinnstein erfasste und einige Meter mit sich schleifte. Die vorschriftsmäßig eingesetzte Hundeleine riss dabei, und Tante Dora verharrte, mit einem losen Leinenende einer trauten Zweisamkeit nachsinnend, fassungslos auf dem Gehsteig. Seitdem wollte sie keinen Partner mehr.

In den Sommermonaten lebte sie in Klagenfurt, im großen Haus ihres Bruders Volker Berg, der am liebsten ständig alle seine Verwandten in seiner Nähe hatte, um ihnen immer wieder sein aufregendes Leben in allen Details zu schildern. Tante Dora lebte allein und benötigte keine besondere Hilfe. Man muss natürlich auf alles gefasst sein, wenn einmal ein gewisses Alter erreicht ist. Niemand aber konnte sich vorstellen, dass die betagte Dame mit ihrem burschikosen Gehabe einmal nicht mehr da sein sollte, dass ihr etwas fehlen könnte, dass sie einer tückischen Krankheit anheimfallen und nicht mehr mit Volldampf durch alle Räume des Familienquartiers poltern sollte, eine sich nachhaltig ausbreitende Kölnischwasserfahne hinter sich herziehend. Tante Dorchen war das liebenswerte und ausgleichende Gewissen der Familie. Jeder konnte zu ihr kommen, für jeden hatte sie ein Ohr. Wo war sie?

Matteos Handy meldete sich in der Brusttasche. Er zog es heraus, und gleichzeitig erfüllte ein schriller Klingelton das Contarena. Dies zum erneuten Ärger Matteos, der sich selbst nicht mehr zu jener Generation von Unternehmern zählte, die es nötig hatten, an allen öffentlichen Orten angerufen zu werden, um die Wichtigkeit ihrer Person zu unterstreichen. Es war ihm peinlich. Er wünschte es nicht, überall erreichbar zu sein. Andrea Bador meldete sich mit einem eruptiven »Pronto«.

»Ja, pronto. Wo bleiben Sie, werter Herr Bador? Einen Großteil meines Aufenthalts in Italien verbringe ich damit, auf Ihr Erscheinen zu warten; den anderen Teil damit, mir Ihre Gründe des Fernbleibens anzuhören, Signore Bador.«

Zu gewissen Anlässen verweigerte Matteo das freundschaftliche Duzen und stellte durch die förmliche Anrede eine Art Respektabstand her. Spaßhaft, aber mit einem Kern von lockerer Zurechtweisung.

»Nein, bitte keine Erklärungen, ich warte hier seit einer Dreiviertelstunde. Wie lange ...« Matteo klopfte unwirsch mit der Speisekarte auf das Tischchen, bis der Kellner fragend die Augenbrauen hob. Matteo nickte und bekam wie jeden Tag um diese Zeit seinen Campari-Soda mit Salzgebäck serviert.

Andrea Bador war verhindert. Der elterliche Betrieb erforderte seinen sofortigen Einsatz. Dies geschah selten genug, denn Andrea verstand sich nicht sehr gut mit seinem Vater. Aber diesmal schien es ernst zu sein. Die Stimme des italienischen Freundes klang irritiert, und seine Ausflüchte erfolgten ungewohnt kurz und bündig. Auch das war selten. Matteo beabsichtigte, Andrea mit nach Klagenfurt zu nehmen, als Anker sozusagen, um im rechten Moment, rechtzeitig, bevor alle Familientragödien über ihn hereinbrachen, mit Hilfe einer fingierten Intervention Andreas die Rückfahrt nach Udine antreten zu können.

Die Verzögerung, verursacht durch den väterlichen Auftrag, durchkreuzte Matteos Pläne nicht wesentlich. Andrea wollte so schnell wie möglich nachkommen. Ein Ferntransporter der Firma Bador werde ihn mitnehmen und in Resiutta, einem bekannten Fernfahrerrastplatz im Kanaltal, absetzen. Dort solle ihn Matteo erwarten. Es werde nicht später als drei Uhr werden. Matteo beendete das Gespräch mit einem Seufzer.

Die kleine Raststation in Resiutta hatte schon bessere Zeiten gesehen. Als es noch keine Autobahn gab, musste sich jedes Jahr der ganze Urlauberstrom aus Österreich und Deutschland durch die kleine Ortschaft zwängen. Viele hielten Rast, Heimkehrer gaben ihre letzten Lire aus. Nach Fisch und Nudeln freute man sich auf die Spezialität der Gaststätte, die Grillhühner, gewürzt mit Unmengen frischen Rosmarins. Besonders für Fernfahrer, die aus dem Norden kamen, war dieser Platz eine willkommene Gelegenheit, eine kurze Pause einzulegen. Das enge Kanaltal lag fast zur Gänze hinter ihnen. Ab hier ging es dann schneller voran. Außerdem gab es ausreichend Parkplätze. Heute verstellt kein Dreiachser mehr den Blick auf die nahen Dolomiten. Der Fernverkehr weicht größtenteils auf die Autobahn aus. Die Grillhühner haben jedoch nicht an Qualität verloren. Der

Hühnergrill wird nach wie vor mit großen Holzscheitern beheizt. Manche Gäste sahen darin die einzige plausible Erklärung für das unvergleichbare Aroma dieser einzigen gastronomischen Spezialität von Resiutta.

Der heute viel zu große Gastraum, an den in guten Zeiten jedes Jahr dazugebaut wurde, war fast leer. Matteo setzte sich an einen groben Holztisch nahe der Theke und wurde sofort von zahllosen Fliegen in Beschlag genommen. Noch bevor sein Glas Bier vor ihm stand, blickte er auf seine Uhr und verwünschte insgeheim Andrea, dessen Geschicklichkeit nicht einmal dazu reichte, einen freundlichen und insektenlosen Treffpunkt auszusuchen. Matteo verabscheute diese schwärmenden Flugvölker.

Am Nebentisch erhoben sich zwei Männer in gerippten Unterhemden, warfen ihre bratenfettdurchtränkten Servietten auf die abgenagten Hühnerknochen, zogen sich die kurzen Hosen hoch und verließen das Lokal. Matteo beschloss, auf einen Imbiss zu verzichten, nahm einen Schluck lauwarmes Bier und stellte sich auf eine längere Wartezeit ein, als ihn ein fester Schlag auf die Schulter traf.

»Ciao, Minister, hier bin ich, Herr und Meister!«

Andrea hatte sich lautlos hinter Matteo in Position gebracht. Seine überrumpelnde Begrüßung wurde von den wenigen Gästen und dem Personal schmunzelnd zur Kenntnis genommen. Andrea war hier kein Unbekannter, und der eintönige Alltag bekam durch seine Späße oft genug eine heitere Note.

»Nicht zu glauben, einmal pünktlich. Auf welchem Gedenkstein soll ich diese Tatsache für die Nachwelt festhalten? Außerdem habe ich dir schon oftmals gesagt, du sollst mich nicht Minister nennen. Ich finde es nicht lustig. Niemand findet es lustig.«

»Ich finde es lustig. Außerdem ist es mehr als angebracht, wenn ich von Zeit zu Zeit meinen Respekt vor meinem Herrn und Gebieter ausdrücke, Seniore Commendatore!«

»Ich gebe es auf und hoffe auf eine gütige Fügung des Schicksals, die endlich einmal etwas Ernsthaftigkeit in dein Leben bringen möge.«

Andrea nahm am Tisch Platz und versuchte einen ehrlich bereuenden Gesichtsausdruck aufzusetzen. Matteo konnte sich ein Schmunzeln nicht verkneifen, und bevor er sich's versah, stimmte auch Andrea in die plötzliche Heiterkeit ein. Da saß er nun, sein oberitalienischer Kontaktmann, in seinem besten T-Shirt, kurzen, ausgefransten Jeans, weißen Socken und Sandalen, den Mund stets leicht geöffnet, sodass seine schiefen Zähne sichtbar wurden und man den Eindruck gewann, er stehe unter einem Zwang, immer zu lächeln. Die Sporttasche von Juventus Turin neben sich auf der Bank, das strähnige, dünne Haar knapp über den blonden Augenbrauen abgeschnitten. Man möchte ihm gerne helfen, dachte Matteo, ein Ausbund an Bedürftigkeit, so wie er da vor mir sitzt. Aber nur zu gut weiß ich, wie schlau der kleine Andrea ist, er weiß sich schon zu helfen. Er steht seinen Mann.

»Ich möchte dich nicht bitten, eine lange Hose anzuziehen, denn wenn ich mir vorstelle, du hast sie in deiner Sporttasche, bin ich überzeugt, dass deine Fransenjeans noch eleganter wirken.«

»Ich habe keine langen Hosen mit. Denn ich denke, wir sind bald wieder in Udine.«

Andrea war ein paar Jahre jünger als Matteo, und es ärgerte ihn, dass ein Mann in seinem Alter noch immer wie ein Strandläufer durchs Leben ging. Wie sollte er ihn in diesem Aufzug seiner Familie vorstellen? Es blieb nichts anderes übrig, als in Tarvis einen weiteren Stopp einzulegen und auf dem Markt eine dieser scheinbar echtledernen Jacken und eine annehmbare lange Hose zu erstehen.

»Wie willst du wissen, wann ich meine Angelegenheiten in Klagenfurt erledigt haben werde? Weißt du überhaupt, worum es sich handelt? – Nein, du weißt es nicht!«

»Nein, ich weiß es nicht. Aber du wirst es mir sofort erklären. Man lässt sein Team nicht im Ungewissen«, bemerkte Andrea und zeigte sein freundlichstes Lächeln, als man ihm ein halbes Hähnchen hinstellte.

»Du wirst dich doch nicht etwa als mein Team bezeichnen. Du bist eines jener Elemente, die dafür sorgen, dass heiße Probleme nicht zu früh abkühlen und man erst dann auf sie aufmerksam wird, wenn der letzte Rauch aus der Brandruine aufsteigt.«

Andrea hielt im Kauen inne.

»Meine Tante Dora ist verschwunden!«, erklärte Matteo lautstark.

»Das allerdings ist etwas anderes. Gehen wir Tanten suchen. Nichts habe ich mir sehnlicher gewünscht, als einmal eine österreichische Tante zu finden.«

Andrea zerbiss einen Hühnerflügel, und Matteo lehnte sich zurück. Die wenigen Gäste widmeten sich wieder ihren Speisen. Es war zwecklos, einem Fremden die Eigentümlichkeiten der eigenen Familie darzulegen. Vielleicht ist es in Italien üblich, dass sich Tanten kurzzeitig verstecken, wenn sie merken, dass man ihnen nicht mehr die Aufmerksamkeit schenkt, die sie ihrer Meinung nach verdienen. In Österreich ist das anders. Hier spielt man keine Komödie mit den Gefühlen.

Etwa eine Stunde später saß Andrea in einer neuen grauen Hose und einer Raulederjacke neben Matteo in dessen Wagen und prüfte wohlwollend seine neue Ausstattung.

Vermisst

Kerzengerade führt die Autobahn ins Zentrum von Klagenfurt. Den Wörthersee auf der rechten Seite und das Naherholungsgebiet Kreuzbergl mit Schloss Freyenthurn zur linken, rollte Matteos Auto nahezu lautlos den Hügel hinunter. Wie eine jener mikroskopischen Injektionsnadeln, die in eine Zelle stechen, die zuerst elastischen Widerstand leistet und dann das Metallrohr bis zum Kern hineingleiten lässt, so kam sich Matteo jedes Mal vor, wenn er diese Strecke fahren musste, auf einen Zellkern hin, in dem der verehrte Großvater nur sein Bestes wollte.

Oft hatte er diese Bilder im Fernsehen gesehen. Immer wieder hatte er sich gewundert, wie kraftvoll und gleichzeitig elastisch die Zellwand am Beginn dieses Befruchtungsvorgangs Widerstand leistete, als ahnte sie, welche gewaltigen Veränderungen nun mit ihr geschehen sollten, als wollte sie sich wehren. Schließlich gab sie jedes Mal auf und ließ es mit sich geschehen. Dann schloss sich die Zellwand wieder. Der Rest entwickelte sich von selbst.

Im Rückspiegel blendete die untergehende Sonne. Matteo weckte Andrea, der es in der kurzen Zeit seit Tarvis geschafft hatte, nun auch seine neue Bekleidung alt aussehen zu lassen.

Der Besitz der Bergs lag nicht im Villenviertel Kreuzbergl, in dem in respektvollen Abständen Haus an Haus, Garten an Garten gereiht waren, zurückhaltenden Wohlstand andeutend. Er lag im Zentrum, fast im rechten Winkel zum Stadttheater und dessen kleinem Vorpark mit den jungen Bäumen, die man an die Stelle der größeren alten gesetzt hatte, damit die Sicht auf die renovierte Fassade nicht verdeckt werde. Dort gab es nur Kurzparkzonen, worüber sich Volker Berg keineswegs ärgerte. Er besaß kein Auto. Seit Jahren teilte er seine Verwandtschaft geschickt zu Transportdiensten ein, die er immer mit Erörterungen wichtiger familiärer Angelegenheiten verband. Wenn man schon einmal gemeinsam unterwegs war, konnte man das Notwendige mit dem Erfreulichen verbinden, also nach dem Einkauf, nach der Regelung familiendynastischer Angelegenheiten noch einen Besuch von Minimundus anschließen, das er unbedingt noch einmal vor seinem Tode sehen musste.

Noch einmal, bevor er von dieser Welt abtreten sollte, stand es ihm doch zu, sich vor Augen zu führen, wie sich die Welt verändert hatte. Ein Blick auf die Modellbauten im Europapark genügte dazu. Matteo erinnerte sich an das verschmitzte Lächeln, das sein Großvater aufsetzte, wenn er bei diesen Gelegenheiten die Seinen im Unklaren darüber ließ, wie ernst er es meinte mit seinen Gedanken über die kleine Welt am Wörthersee. Doch durfte man sie auch nicht unterschätzen, denn im Handumdrehen wurde aus allem Spaß bitterer Ernst, und das Familienoberhaupt verwendete seine immer noch beträchtliche

Energie darauf, den verrücktesten Gedanken Tat werden zu lassen, einfach darum, weil es ihm möglich erschien.

Ein unfreundlicher, unnahbarer Bau war dieser Familienhorst im Zentrum der Landeshauptstadt. Ein grauer, verstaubter Tabernakelschrank mit zwei spiegelgleichen Flügeln rechts und links vom hohen Mittelteil. Einem Raben glich das Haus, der mit ausgebreiteten Schwingen dahockte, bereit, mit kraftvollem Geflatter den Straßenstaub vorübereilenden Passanten in die Augen zu fächern. Ein blaues Eingangsportal mit Löwenkopf und Klopfring im Maul erinnerte an ein herrschaftliches Stadtpalais und fügte sich nicht gerade harmonisch zu dem biederen langen Bau der Ursulinenschule und den Zweckbauten aus den Sechzigerjahren in der unmittelbaren Umgebung.

Ein hoher Zaun mit eisernen Lanzenpfählen auf erhöhten Steinmauern umschloss den Besitz und unterstrich den Charakter des Fremdartigen, der von der älteren Generation der Bewohner noch ganz gerne kultiviert wurde. Dabei hatte die Familie trotz eifrigster Bemühungen auf dem Gebiete der Forschung keinerlei adeligen Ahnenbau in ihrer Vorgeschichte, sieht man von einem kleinen italienischen Landadel in der vierten Generation väterlicherseits ab. Aber von der Vergangenheit soll später die Rede sein. Man sprach nicht mehr mit Leichtigkeit darüber, ließ stets Vermutungen im Raum stehen, lächelte bagatellisierend, wenn die Abstammung zur Sprache kam, schwieg vielsagend und ausdauernd.

Matteo und Andrea stiegen die wenigen Stufen zum Haustor hinauf und öffneten sie leise. Im Vorraum ging es über zwei weitere Stufen in die Diele, von der nach rechts und links die beiden Wohnflügel wegführten. Der rechte Parterreteil war Großvater Volker vorbehalten. Die Türen zu seinen Zimmern blieben immer leicht geöffnet, damit er jederzeit mitverfolgen konnte, was im Haus geschah.

»Versuch nicht mich zu täuschen. Das ist dir noch nie gelungen, und es wird dir auch in Zukunft nicht gelingen!«

Der kraftvolle Bariton Volker Bergs hatte die Diele und das Stiegenhaus erfüllt. Andrea zuckte zusammen und blieb in dieser Haltung, bis sie das Haus wieder verlassen hatten. Matteo lächelte.

»Ich bin in meinem Arbeitszimmer und zu einer herzlichen Umarmung bereit.«

Matteo lächelte erneut. Er liebte die Stimme seines Großvaters, kraftvoll und keine Zweifel zulassend, polternd und nie unsicher. Seit seinen Kindertagen hörte er ihr gerne zu, zuerst ohne zu verstehen, später mit Verständnis, heute mit ein wenig Skepsis. Sie und die ganze dominante Erscheinung waren ihm Vaterersatz, denn seinen eigenen kannte er nur aus wenigen Erzählungen. Aber so musste auch sein Vater gesprochen haben. So musste auch er gewesen sein, vielleicht etwas zurückhaltender, etwas undeutlicher, etwas schmächtiger. Großvater war eben die Originalausgabe.

»Ich freue mich, dich zu sehen! Du siehst gut aus, Gropa – den Umständen entsprechend gut«, fügte Matteo eingedenk des Verschwindens von Tante Dora hinzu.

Immer schon hatte er ihn Gropa genannt, eine Bezeichnung, die dem alten Herrn ganz gut gefiel, besser jedenfalls als Verniedlichungen wie Opapa oder Großväterchen und dergleichen. Matteo erinnerte sich an seinen zehnten Geburtstag, als er zum Erstaunen während des allgemeinen Tortenverzehrs erklärte, Gropa sei noch viel zu harmlos. Man müsste Gropa eigentlich »Gröpaz« nennen, den »größten Papa aller Zeiten«. Für einige Augenblicke herrschte damals betretenes Schweigen, alle Blicke waren auf die Tischdecke gesenkt, bis Opa Volker plötzlich in ein schallendes Gelächter ausbrach und mit viel Schlagobers um den Mund, immer noch heftig lachend, ausrief:

»Bravo, mein Junge, das hast du gut gesagt. Ich verleihe dir dafür das Eiserne Löffelchen mit Schwertern und Brillanten!«

Darauf steckte er Matteo eine Tortengabel ins Knopfloch des Kindersakkos. Die Familie lächelte beflissen, ein Glückwunschlied wurde angestimmt, und der Vorfall war alsbald vergessen.

»Lass dich umarmen, mein Junge! Es ist gut, dass du da bist. Wir müssen jetzt zusammenhalten und stark sein. Es wird sicher eine Lösung geben – wie auch immer sie aussehen mag.«

Der alte Herr zog seinen Enkel an sich, drücke ihn an die Brust, und einige Sekunden verblieben sie so, Wange an Wange, bis Volker Berg Matteo leicht von sich schob, ihn mit seinen hellblauen Augen anblitzte und den Blick seines Schützlings in den seinen hineinzog. Vier vom Augenblick gefangene schwarze Pupillen trafen sich und hielten sich fest.

»Woher hast du gewusst, dass ich es bin?«, fragte Matteo.

»Du hast noch immer diesen schleichenden Gang. Außerdem bist du der Einzige, der diesem knarrenden Parkettstück vor meinem Zimmer ausweicht. Mein Gedächtnis funktioniert noch recht gut. Wer ist das hier?«

»Das ist Andrea Bador, der Sohn deines Freundes Vincente Bador, den ihr mir als Assistenten für meinen Neuanfang an die Seite gestellt habt.«

Es gelang dem alten Herrn nicht, über die kleine Figur des Andrea hinwegzusehen. Mit der einen Hand auf den weiterschrumpfenden Andrea weisend, bemerkte er wie nebenbei:

»Erstaunlich, keine Ähnlichkeit mit Vincente. Du wirst doch nicht ein Kuckucksei sein? – Ich werde vorausgehen. Wir haben einiges zu besprechen.«

Merkwürdig, dass der alte Herr mit betonter Ernsthaftigkeit auf das Verschwinden Tante Doras zurückkam. Als wäre mehr zu untersuchen und zu hinterfragen als dieses Verschwinden einer alten Frau, die möglicherweise in einem verwirrten Zustand nicht mehr wusste, wie sie hieß und wo sie wohnte. Matteo hörte erstmals eindringlich auf die Pausen – wann Volker Berg sie machte, wie lange sie waren. Diese Pausen konnten sprechen. In ihnen vernahm er eine Ehrlichkeit, zu der der alte Mann in Worten nicht fähig war. Auch schwang etwas Angst vor dem Unaussprechlichen mit. In diesen Intervallen des Verstummens bekam Volker Berg traurige Augen. Das Schweigen trübte seinen Blick. Etwas Unheimliches trat zwischen die beiden Männer, und beide wussten nicht damit umzugehen.

Sie verließen das großzügige Arbeitszimmer, querten den Gang und betraten den Ostteil des Hauses. Hier im Erdgeschoß pflegte Tante Dora in den Sommermonaten jene Huldigungen der Familie entgegenzunehmen, die zumeist darin bestanden, dass alle sehr wortreich ihrer Zufriedenheit Ausdruck verliehen, dass ihre Tante Dora noch da war, dass alle froh waren, sie noch zu haben. Tante Dora lud zum Kaffee, und jeder wusste, nun konnte man wieder einmal für kurze Zeit ungehindert in alten Zeiten wühlen, sich in sie zurücklehnen und auch eintauchen. Tante Dora war ein Garant für Beständigkeit. Es änderte sich nichts im Verkehr mit ihr und in ihrer Umgebung. Die Gewohnheit ritualisierte sich wie von selbst.

»Ich habe in ihrem Zimmer nichts verändert. Auch die Polizei, ein gewisser Hofrat Grasl, hat nichts angerührt. Nur etwas gewundert hat er sich.«

Da war sie wieder, diese bizarre Stille zwischen den beiden Männern, die immer eindringlicher nach

Erklärungen verlangte, die Fantasie in dieser Angelegenheit spielen zu lassen, damit endlich, endlich die Spannung nachließ.

Das kleine Kabinett war ursprünglich für das Personal vorgesehen gewesen. Aber Tante Dora liebte es, da die Morgensonne ihr immer ein fröhliches Erwachen bescherte.

Ein Biedermeierschrank, ein Tisch mit Lampe, ein schmales Bett, mehr wollte sie nicht in ihrem Zimmer haben. Ihrem Wunsch wurde stets entsprochen. Auf der weißen Überdecke lagen glänzende Halbedelsteine zu einem Kruzifix geordnet.

Ein sorgfältig aufgelegtes Kreuz, dachte Matteo. Etwas zu gleichseitig in meinen Augen. Je vier Steine in alle vier Himmelsrichtungen. Sechzehn Steine. Das Häufchen daneben macht weitere sechzehn Steine aus. Noch vier mal vier Steine. Warum hat sie das Kreuz nicht größer gemacht? Wo gehören die restlichen sechzehn Steine hin? Warum hat Tante Dora sie nicht aufgelegt? Keine Zeit?

Kinder legen Steine, spielen mit dem Erfinden von Ornamenten und Mustern. Alte Menschen werden manchmal wieder kindlich. Aber so plötzlich, mit einem Schlag? Die nicht erklärbare Unruhe musste auch in sie gefahren sein, wie jetzt in Volker Berg, der ohnmächtig, seinen analytischen Verstand einzusetzen, in einem begrifflosen Ausnahmezustand ausharren musste und stumm blieb. Die sonst schützende Sprache versagte ihm nun ihren Dienst. Auch in Tante Doras geordneter Welt musste es einen Aussetzer gegeben haben. Daher schuf sie sich ein Ornament der Ordnung, ein Muster der inneren Sammlung, um sich selbst wieder ins Lot zu bringen.

Dora ist einer Nervenschwäche verfallen. Anders war es nicht erklärbar. Sollte sie jedoch entführt worden sein, warum hat ihr dann der Verbrecher die Zeit gelassen, dieses Kruzifix aufzulegen? Oder hat er es getan? Wollte er uns ein Rätsel aufgeben. Oder sie? – Und überhaupt eine völlig abnorme Aktion. Dora hat kein Geld, und wir haben auch keines. Wir sind nicht erpressbar. Es ist absurd! Die Stille in Volker Berg hatte ihr Ende gefunden. Langsam kam seine Kombinationsgabe wieder in Fahrt, und Zorn beschleunigte seine Rede, während sich Andrea instinktiv bekreuzigte.

»Lassen Sie das! Wir sind hier weder in Lourdes noch bei einem anderen Sakralspektakel. Beschwören Sie Ihre Patrone, Ihre Götzen woanders.«

Andrea steckte sofort seine Hände in die Hosentaschen. Damit war nun klargestellt, dass der alte Herr ihn nicht leiden konnte. Sympathie ist entweder sofort oder überhaupt nie da, dachte Matteo.

»Wie du weißt, war Religion in unserer Familie noch nie ein Thema. Wir zahlen unsere Kirchensteuer, und damit hat es sich. Auch Dora hat es so gehalten. Die Nähe zum Tod wird sie doch nicht kindisch werden lassen.«

»Es wird sich eine Erklärung finden. Wenn sie wieder da ist, wird sich alles aufklären. So pervers kann die Welt nicht sein, dass sie sich an einer alten Frau vergreift«, bemerkte Matteo und fragte sich insgeheim, warum nicht alle Steine zum Kreuz gelegt wurden. Die Steine ließen ihn nicht los. Vier nach oben, vier nach unten, vier nach rechts und vier nach links. Alle Teile waren gleich lang, im Kreuzungspunkt lag, als siebzehnter Teil, ein roter Mittelstein. Sechzehn weitere Steine lagen ungeordnet auf dem Tischchen.

»Nun erzähl endlich, was vorgefallen ist! Was ist mit Tante Dora passiert?«

Matteo erschrak vor dem barschen Ton, den er gegenüber seinem Großvater angeschlagen hatte.

»Es war wie jeden Abend, seit Dora wieder bei uns ist. Wir haben gemeinsam zu Abend gegessen. Etwas Salat, und vom Backhenderl hatten wir noch ein paar Flügerl übrig, die ich ihr überließ. Mit meinen dritten nagt man nicht mehr so gerne, aber Dora hat noch gute Zähne, im Wesentlichen ihre eigenen. Wir tranken kalten Tee dazu, von dem ich immer einen Krug im Eisschrank habe. Dann schauten wir uns die Nachrichten an. Und von später weiß ich nichts mehr. Ich muss eingeschlafen sein. Ich kann mich an nichts mehr erinnern. Aber das ist nichts Besonderes. In letzter Zeit schlafe ich des Öfteren beim Fernsehen ein. Dieses katastrophale Programm ist mit schuld daran. Aber ich lasse mehr und mehr nach ... Das war jetzt vor drei Tagen. Seither habe ich nichts mehr von Dorchen gehört. Als ich an diesem Abend gegen neun Uhr aufwachte, fegte ein schrecklicher Wind durch mein Zimmer. Das Fenster war weit offen und die Zimmertür auch. Und die Haustür. Da habe ich dann Doras Pantoffel gefunden.«

»Was hast du gefunden?«

»Tante Doras linken Pantoffel. Normalerweise geht sie die Stufen bis zur Haustür nicht gerne alleine hinunter. Sie ersucht mich immer, ihr zu helfen. Sie könnte es alleine auch, aber sie ist vorsichtig geworden, und ein wenig Halt möchte sie haben. Es tut ihr gut zu wissen, dass da jemand ist, auf den sie sich stützen kann, wenn sie ihn braucht, auch wenn es noch nicht unbedingt notwendig ist. – Ich habe den Pantoffel natürlich sofort dem Hofrat Grasl gegeben, der die Untersuchung leitet. Ein unguter Mensch, aber ein fähiger Beamter, soweit Beamte überhaupt fähig sein können.«

Andrea konnte ein Lachen nicht mehr zurückhalten.

»Lachen Sie nicht, junger Mann, die Sache ist ernst, und ich mache mir Sorgen.«

Andrea verstummte sofort, setzte eine sorgenvolle Miene auf und murmelte etwas von Bedauern und Vergebung. Ein strafender Blick des alten Herrn beendete auch dieses Schauspiel, denn als übles Schauspiel betrachtete er die verbalen Verrenkungen des italienischen Gastes.

»Es war Mittwoch. Wir hatten einen schönen Tag verbracht, ohne große Ereignisse, die wollen wir in unserem Alter nicht mehr. Aber es ist schon ein Geschenk des Himmels, wenn man einen Tag schmerzfrei ist und keine Angst vor seinem Ende haben muss.«

»Ich bitte dich, Gropa, es geht dir doch gut. Es fehlt dir doch nichts«, unterbrach ihn Matteo.

»Nein, nein, lenk nicht ab. Wenn etwas angenehm ist, will man, dass es immer so bleibt. Das wolltest du schon als Kind. An einem deiner Geburtstage, Matteo, du warst vielleicht zehn, alle Gäste waren gerade im Aufbruch, standst du hier in meinem Zimmer, in die Ecke gedrückt, und weintest ein paar leise Tränen. Ich fragte dich, warum du weinst, ob du dich über deine Geschenke nicht freust, und du hast geantwortet: Doch, doch, sie sind schön. Aber alle gehen jetzt, und ich weiß nicht, ob ich jemals wieder so einen schönen Nachmittag mit euch verbringen werde. Aber ja, sagte ich. Es wird noch viele Geburtstage in deinem Leben geben ... Du wolltest nicht, dass dieser Tag endete, so wie du heute nicht wahrhaben willst, dass auch meine Zeit endet. Ich bin längst über neunzig, Dora achtundachtzig.«

»Lass uns nicht daran denken, nicht heute. Halten wir fest, was wir haben. Alles andere ...«

Matteo umarmte seinen Großvater und wartete darauf, dass Tränen in seine Augenwinkel traten. Aber sie blieben diesmal trocken. Andrea wandte sich ab und betrachtete mit beiläufigem Interesse die Landschaftsmalereien in ihren Goldrahmen.

Drei weitere Tage vergingen ohne ein Lebenszeichen von Tante Dora. Der heißeste Sommer seit 1813 quälte Bevölkerung und Touristen. Die Bäder waren überfüllt, Viren verbreiteten sich nicht nur in Küchen und Restaurants. Die hohen Wassertemperaturen schufen die besten Voraussetzungen für das Wuchern von Kleinorganismen, die sich in den Fischen einnisteten und sie verenden ließen. Mit ihren weißen Bäuchen nach oben trieben sie zwischen den Badegästen. Die leblosen Köpfe nickten im Wellengang den spielenden Kindern am Ufer zu. Karpfen, die sonst das warme Sonnenlicht wohlig auf ihren Rücken spielen ließen, bekamen auf ihren Flossen Sonnenbrände und mieden die Oberfläche.

Hofrat Grasl schaute auf einen Sprung im Haus am Theaterplatz vorbei, jedoch ohne Neuigkeiten. Eine landesweite Fahndung war ausgeschrieben worden. Es gab allerdings noch keine Meldungen. Die Ungewissheit beunruhigte alle, und Volker Berg wandte viel Zeit dafür auf, die wichtigen Familienmitglieder in regelmäßigen Abständen darüber zu informieren, dass es nichts Neues gab. Nichts Neues hieß aber auch, dass die Möglichkeit bestand, Tante Dora lebendig zurückzuerhalten.

Wer konnte am Verschwinden einer alten Frau Interesse haben, einer Rentnerin, die über kein Vermögen verfügte und niemandem zeit ihres Lebens ein Haar gekrümmt hatte. Tante Dora hatte sich stets besseren Kreisen zugehörig gefühlt, und in der guten

Gesellschaft bewegte man sich unauffällig, schuf sich keine Feinde und hielt Abstand. Es konnte sich nur um einen Unfall handeln oder eine plötzlich eingetretene Verwirrung der alten Dame. Aber diese plötzlichen Verwirrungen ohne Anzeichen gab es doch eigentlich nicht, dachte Matteo, und soweit er sich erinnern konnte, war Tante Dora durchaus als geistig rege zu bezeichnen und zudem mit einer gehörigen Portion Humor ausgestattet.

Matteo hatte sein Jugendzimmer im ersten Stock bezogen. In einem alten Kasten fanden sich noch Hemden und Hosen aus der Studentenzeit, die er Andrea übergab. Sein Freund logierte auf derselben Etage, gleich nebenan im Gästezimmer. An eine baldige Rückkehr nach Udine war nicht zu denken.

Dann ging alles sehr schnell. Es begann mit einem Anruf von Hofrat Grasl, der wie immer kurz angebunden, jedoch in beruhigendem Ton erklärte, man habe in den frühen Morgenstunden am Heiligengeistplatz eine ältere Dame im Nachthemd aufgegriffen. Vermutlich handle es sich um die gesuchte Person. Um wen sonst? Wie viele alte Damen pflegen spärlich bekleidet zur Besorgnis ihrer Verwandtschaft nächtliche Ausflüge zu unternehmen? Matteo dachte sich seinen Teil, hielt es aber für klüger, seinen Großvater die Gespräche mit Grasl führen zu lassen. Als etwas seltsam empfand er es, dass man Tante Dora vorerst ins Zentrum für seelische Gesundheit gebracht hatte. Nur zur Beobachtung, hieß es, da an der betagten Person Anzeichen von Verwirrtheit zu bemerken waren. Danach brach das familieninterne Informationssystem zusammen. Das Oberhaupt hatte Funkstille verordnet, zumindest bis Volker Berg sich selbst ein Bild gemacht hatte. Der diensthabende Arzt der Abteilung empfahl, so erklärte es Hofrat Grasl am Telefon, man möge die Patientin schonen und vorerst von einem Besuch absehen.

»Was heißt hier Patientin? Ist Dora krank, ist sie verletzt? – Sie ist nur vorübergehend im Krankenhaus stationiert. Eine temporäre Nervenschwäche.«

Volker Berg presste die kurzen Sätze zwischen den Zähnen hervor. Er wollte nicht wahrhaben, was er vermutete, dass es schlecht um seine Schwester stand. Schließlich war sie eine Woche abgängig gewesen. Auf sich allein gestellt hätte sie diese Zeit sicherlich nicht überstanden. Also musste sie sich in der Obhut von Menschen befunden haben, die mit ihr etwas vorhatten. Sie musste in irgendeiner Weise versorgt worden sein. Was wollte man von Dora? Nichts konnte ihn davon abhalten, ins Landeskrankenhaus zu fahren, um sich selbst ein Bild zu machen.

Es war spät am Nachmittag. Die dünne Nudelsuppe und der Wurstsalat standen unberührt auf dem Tablett. Tante Dora saß am Bettrand und ließ die Füße über einer Bettschale baumeln. Die Seitenteile des Bettkäfigs mit den Maschengittern hatten die Pfleger hinuntergeklappt. Eine Handmanschette mit reißfesten Bändern, die gewöhnlich zur Befestigung der Patienten am Bettgestell diente, lag auf dem Nachtkästchen. Zwei weitere Betten waren zurzeit nicht belegt. Auf dem Fensterbrett stand zudem ein mageres Gewächs, das nur sehr schwer mit den verschiedenen Früchteteerationen zurechtkam, die von den Patienten in ihm entsorgt wurden.

Nach kurzem, aber energischem Klopfen trat Volker Berg mit seinem Enkel ein. Tante Dora hob den Kopf und fixierte mit düsterem Blick ihren Bruder:

»Wo der Teufel nicht hinkommen kann, dahin sendet er seine Boten.«

»Was redest du? Reiß dich zusammen. Du wirst doch deinen Bruder erkennen.«

Der alte Berg ging auf seine Schwester zu und rüttelte sie leicht an den Schultern.

»Und wer seid Ihr, junger hübscher Herr?«, flüsterte sie Matteo zu.

»Ich nehme an, Ihr seid gekommen, um mich zu vögeln. Nun, so sei es. Ich hoffe, Euer Herkules ist stramm genug, um mein Häutlein zu durchstoßen. Seid zärtlich zu mir und behandelt mich gut. Es soll Euer Schaden nicht sein. Und wenn Ihr mir Freude bereitet, werde auch ich Euch zu Genüssen führen, die Ihr noch nicht gekannt habt. Es lebten zwei Königskinder, die hatten einander so lieb ... Aber schick den alten Sturmbannführer in die Wüste.«

Daraufhin legte sie sich zurück und spreizte die Beine. Großvater und Enkel sahen einander hilflos an und senkten ihren Blick. Eine Schwester betrat das Zimmer und setzte die alte Dame wieder auf.

»Ach«, sagte sie, »ich danke Euch. Das hat mein Fötzchen erfreut. Ihr könnt nun gehen. Und dem alten Mann vergebe ich. Er wird die Vergangenheit am eigenen Leib zu spüren bekommen. Nichts bleibt vergessen. Meinen Undank braucht er nicht ... Auch wenn man Zeugs redet, gegen das der Sinn sich nicht wehren kann, wer will da sagen, nun sei man kein Mensch mehr, habe keinen Wert, lebe ganz verkehrt, sei im Kopf versehrt, immer unbeschwert ... Mein Nannerl, beinahe hätte ich dich vergessen. Wo warst du die lange, lange Zeit? Bei mir hattest du es doch gut. Komm, lass dir deine Zöpfe binden. Die Haare sind schon lang ... Sieh einmal, so weit über den Rücken, bis ganz hinunter ...«

Die beiden Besucher traten ein paar Schritte zurück, und als die Schwester die Scheu der beiden bemerkte, erklärte sie, dass es schon viel besser sei, man habe zumindest am Nachmittag kaum Medikamente benötigt:

»Sie war sehr müde, als man sie zu uns brachte. Aber ihre körperliche Verfassung ist ganz in Ordnung. Sie scheint regelmäßig zu essen bekommen zu haben. Abgesehen vom verschmutzten Nachthemd, das sie anhatte, war sie sauber. Nur die vielen Blutergüsse auf ihren Oberarmen, die können wir uns nicht erklären.«

»Ich danke Ihnen, Schwester. Tun Sie alles, damit ihr nichts fehlt und sie sich wohlfühlt.«

Volker Berg nahm einen Zehneuroschein aus der Tasche und drückte ihn der Pflegerin in die Hand.

»Dorchen, in ein paar Tagen werden wir …«

»Ach lass … nur, bring mir meine BDM-Uniform. Die weißen Socken nicht vergessen. Wir feiern bald Führers Geburtstag. Da möchte ich nett aussehen … Heil dir im Siegerkranze. Das Stierlein ist in Ordnung.«

Mit halb geschlossenen Augen fixierte Dora Matteo, dann leckte sie sich genüsslich die Lippen, legte sich zurück und drehte sich zum Fenster.

Schwester Alma schloss die Tür hinter den Besuchern. Für sie war dies Alltag. Liebenswerter Alltag, denn Tante Dora erinnerte sie an ihre Großmutter. Wenig erinnerte die beiden Männer an ihre Tante Dora. Es schien, als spreche ein fremder Sinn in einem bekannten Körper. Matteo seufzte und wollte von der alten Frau gesehen werden, wie er ihr zuwinkerte. Tante Dora aber befand sich schon weit fort.

Als Matteo die Haustür öffnete, klingelte das Telefon. Andrea kam die Stiege heruntergepoltert und steuerte den schwarzen Apparat im Flur an. Ein knappes, aber bestimmtes Handzeichen des alten Berg ließ ihn zurückfahren.

»Hallo, guten Abend! Ich hoffe, dass ich nicht störe, aber …« Volker Berg erkannte sofort die Stimme Grasls. Es musste schon etwas Besonderes geschehen sein, sonst würde der bemühte Beamte nicht um diese Zeit, die außerhalb seines Dienstes lag, anrufen.

»Was gibt es? Hat man neue Erkenntnisse gewonnen?«

Matteo und Andrea standen so nahe, dass sie den Ausführungen des Hofrats gut folgen konnten.

»Ja und nein! Es ist alles etwas eigentümlich. Noch können wir uns aus den Details keinen Reim auf den Sinn dieser Entführung machen. Um eine Entführung dürfte es sich übrigens handeln. Wir haben jedenfalls einen möglichen Täter und den Pantoffel.«

»Den Pantoffel? Erklären Sie bitte!«

»Nicht heute Abend. Es wäre gut, wenn Sie morgen in mein Büro kommen könnten.«

»Seltsame Begebenheiten geschehen nicht und werden nicht geklärt in irgendwelchen Büros.«

Die Stimme auf der anderen Seite der Leitung hatte ihre Tonhöhe gewechselt, aber Volker Berg ließ sich dadurch nicht beeindrucken. Er forderte strikt:

»Kommen Sie morgen zu mir. Hier ist schließlich der Ort des Geschehens.«

Einige Augenblicke war es still am anderen Ende, dann konnte man die energische Stimme des Hofrats vernehmen:

»Ich warne Sie zum letzten Mal. Mäßigen Sie Ihren Ton, Herr Berg, oder ich lasse Sie vorladen, wenn Sie wollen auch vorführen. Ich leite hier die Ermittlungen nicht zum Spaß irgendwelcher Honoratioren oder solcher, die sich für solche halten. Ich erwarte Sie morgen um zehn Uhr in meinem Büro. Und bringen Sie Matteo mit, der hoffentlich eine beruhigende Wirkung auf Ihren Gemütszustand zuwege bringen wird. – Wir können auch anders!«

Dann hörte man nur noch ein Summen. Berg legte auf.

»Wir können auch anders! Wie anders, liest man oft genug in den Zeitungen. Berichte aus den Wachstuben von stolpernden Inhaftierten mit Platzwunden an allen Ecken und Enden. Aber am Ende wird weißgewaschen.«

»Reg dich nicht auf! Grasl bemüht sich, aber er will ernst genommen werden. Du behandelst ihn wie einen Laufburschen.« Matteo drohte scherzhaft mit dem Zeigefinger. »Vergiss nicht, dass du schon eine lange Zeit nicht mehr leitender Angestellter unseres

Krankenhauses bist, mit Dutzenden Untergebenen, die auf Zuruf die erteilten Order befolgen.«

Matteo zog seinen Finger zurück, als er die missbilligenden Blicke des Großvaters bemerkte.

»Wir werden morgen sehen, wie es weitergeht. Heute können wir nichts mehr tun«, gab Andrea zu bedenken, bevor er sich in sein Zimmer zurückzog.

Das Vernehmungszimmer im Neubau der Bundespolizeidirektion war von abstoßender Sachlichkeit. Mit besonderer Sorgfalt hatte man hier auf jegliche Art von freundlichen Details verzichtet. Ein Tisch, sechs Stühle, zwei gekippte Stahlfenster, das war alles. Nichts sollte vom energischen Willen, die Wahrheit zu erfahren, ablenken. Kein Grün großblättriger Pflanzen durfte das Auge eines Verdächtigen beruhigen. Hier war Zweckdienlichkeit vorgegeben.

Matteo und Volker Berg warteten einige Minuten, bis sich die Tür öffnete und Hofrat Grasl, die kampfeslustigen Augen hinter einer getönten Brille verborgen, und ein weiterer Mann, etwa Mitte dreißig, den Raum betraten und Platz nahmen.

»Meine Herren, offensichtlich haben wir es in unserem Fall mit einem Scherz der übelsten Sorte zu tun, den sich ein paar arbeitslose Mitbürger mit einer alten Dame erlaubt haben. – Guten Morgen übrigens.«

Grasl quittierte den unsicheren Blick der beiden Bergs mit einem kleinen Lächeln, ehe er fortfuhr:

»Herr Josef Beck, genannt Tetra-Beck, ohne gesicherten Wohnsitz, zurzeit arbeitslos, wurde gestern in den frühen Morgenstunden in alkoholisiertem Zustand am Heiligengeistplatz aufgegriffen. Da er sich lautstark gegen eine Befragung wehrte, wurde er vorübergehend in Gewahrsam genommen. Den diensthabenden Beamten war sein seltsamer Halsschmuck aufgefallen. Er trug an einer Kette, die als Zugvorrichtung einer alten Toilette gedient zu haben scheint, diesen rosa Damenpantoffel.«

Hofrat Grasl entnahm einem Pappkarton Tante Doras rosa Pantoffel, legte ihn auf den Tisch und wandte sich an den Mittdreißiger:

»Fällt Ihnen dazu etwas ein, Herr Beck?«

»Nicht mehr, als ich gestern schon gesagt habe!«

»Sie geben also zu, der alten Dame an ihrem Hauseingang aufgelauert, sie betäubt und dann auf den Heiligengeistplatz gezerrt zu haben, wo Ihre Freunde bereits gewartet haben und wo Sie mit Frau Berg Ihren Spaß haben wollten?«

Das musste sitzen. Ein Schuss ins Blaue belebt jede Vernehmung.

»Das ist ein völliger Unsinn, das habe ich nie gesagt. Das haben Sie mir in den Mund gelegt. Ich kenne die alte Schachtel gar nicht.«

»Wie sind Sie dann zu dem Pantoffel gekommen?«

»Er lag einfach da. Ich nahm ihn und hängte ihn mir um den Hals. – Das Eiserne Kreuz erster Klasse – Tetra-Beck, der Pantoffelheld.«

Grasl lehnte sich mit einem breiten Lächeln zurück und warf den beiden Bergs einen vielsagenden Blick zu:

»Nichts sehen, nichts hören und nichts reden. Das Vorbild der drei Affen. Wenn Sie aber glauben, dass wir nichts denken, irren Sie sich, mein lieber Beck. Sie sind kein unbeschriebenes Blatt. Wir kennen unsere Pappenheimer, und diesmal wird es für Sie teuer, mein Lieber!«

Beck stellte sein Lächeln sofort wieder ein. Diese routinierte Rücknahme praktizierte er mit Überzeugung. Es schien sich um ein stereotypes Spiel zwischen ihm und dem Hofrat zu handeln, bei dem jeder die Züge des anderen schon kannte und genau wusste, wie weit er gehen durfte und wann aus dem scheinbar leichten Geplänkel Ernst wurde. Dann galt es, die eigene Haut zu retten. Beck sah es *seinem* Hofrat an, dass nun der Zeitpunkt gekommen war, mit Glaubhaftigkeit und brauchbaren Aussagen zu überzeugen. Aus seinem gleichmäßig rotbraunen Gesicht entwich etwas Farbe. Er faltete die Hände, legte sie auf den Tisch, betrachtete sie und begann:

»Wir haben mit der Sache nichts zu tun. Glauben Sie mir! – Es war vor circa einer Woche, als diese jungen Ärsche wieder auf dem Platz erschienen. Sie waren schon öfters da gewesen, und wir hatten immer Ärger mit ihnen. Wenn sie kommen, bedeutet das eine ordentliche Rauferei. Nicht wir, sie fangen an, und es gibt nie einen Grund. Aber diesmal waren sie leise. Das ist uns aufgefallen.«

»Wem uns?«, unterbrach der Hofrat.

»Die dicke Erna, dann der Henning, der Schwule vom Ballett, der sich uns angeschlossen hat, der

Pfeifen-Ferdi und der alte Brunner Hannes, ja und ich. Wir sitzen immer auf dem Platz, und die Autobusse, die jetzt vorne stehen, beim Stauder-Haus, die stören überhaupt nicht mehr. Aber damals war es schon spät, und der letzte Annabichler ist gerade abgefahren. Danach haben wir den Platz meist für uns alleine. Es waren fünf oder sechs, und sie waren sehr still. Es war wie immer ziemlich dunkel da, vor der Kirche. Viel konnte ich nicht sehen. Aber sie gingen alle eng nebeneinander in Richtung Schütt und zum Park hinauf. Und die Erna hat dann ihre Bierflasche hingeworfen, auf die Gruppe eben, und einen davon hat sie erwischt. Ich verwende ja keine Flaschen. Die Weinpackerl sind viel praktischer. Der Lange mit den dünnen Haaren ist zu uns her und hat der Erna in den Bauch getreten, zwei-, dreimal. Da hat sie geschrien. Wir lassen die Erna immer schreien, wenn Gefahr ist. Sie quiekt immer wie eine Sau, die gerade abgestochen wird, wenn man ihr in den Bauch tritt. – Meistens kommt dann wer.«

»Und der Pantoffel?« Hofrat Grasl trommelte mit den Fingerknöcheln auf die Tischplatte.

»Der ist vor der Kirche gelegen. Es war aber nur einer, und den hab ich dann mitgenommen. Das ist alles, Euer Ehren!« Josef Beck hob beschwörend die rechte Hand.

»Lass das, du stehst hier nicht vor Gericht. Wenn du so weitermachst, wirst du es aber bald, mit deinen ewigen Nichtsnutzereien.«

Josef Beck wusste, wenn ihn sein Hofrat duzte, war das Gröbste überstanden.

Im Laufe der Jahre hatte sich zwischen den beiden Männern, da sie in regelmäßigen Abständen miteinander zu tun hatten, so etwas wie eine vorsichtige Vertrautheit ergeben. Man kannte sich, kannte die Schwächen und bescheidenen Vorzüge des anderen. Grasl konnte nicht umhin, die unerschütterliche Lebensfreude des Alkoholikers und Obdachlosen zu bestaunen, der nichts hatte als seine berauschte Gegenwart, der an nichts anderes dachte als an seine kleinen Bequemlichkeiten für die nächsten paar Stunden. Beck wiederum wusste sich kleine Vorteile durch die alte Bekanntschaft herauszuwirtschaften. Er kannte die Vorliebe des Beamten für die Donaumonarchie, für alte Waffenröcke und Orden aus dem Ersten Weltkrieg. Da er als notorischer Frühaufsteher immer der Erste bei den Flohmärkten war, konnte er dem Hofrat so manches Schnäppchen vermitteln. Die beiden kamen miteinander aus.

»Dann wollen wir diesmal Gnade vor Recht walten lassen und den Herrn Beck wieder auf freien Fuß setzen. Viel zu beweisen wird uns hier nicht gelingen.«

»Gnade vor Recht – was soll das, Herr Hofrat, was kann ein kleiner, unbedeutender …«

»Lassen S' das, Beck, nur keine Vertrautheiten. Er hat schon genug auf seinem Kerbholz.«

Grasl griff zum Telefon an der Wand und sagte nach einer kurzen Pause: »Gehen S', machen S' mir den Beck zur Entlassung fertig. Nüchtern ist er ja wieder – für ein paar Stunden!«

Beck wurde abgeführt. Zufrieden ließ er sich von einem Wachebeamten aus dem Zimmer geleiten. Es war ihm gar nicht so unangenehm, von Zeit zu Zeit in Haft genommen zu werden. Er konnte diese Gelegenheit nutzen, sich über so manche Dinge klar zu werden. Der Gesundheit waren die kurzen Kuraufenthalte in den Klagenfurter Zellen durch die erzwungene Enthaltsamkeit auch nicht abträglich. Es war der heißeste Sommer seit langer Zeit. Josef Beck zog seinen Mantel aus. Das erste Mal seit zwei Jahren.

Volker Berg stand auf und ging zum Fenster.

»Nun sind wir so klug wie zuvor. Was sollte das bedeuten mit den jungen Menschen am Heiligengeistplatz?«

Grasl wollte antworten, aber Matteo war schneller:

»Nein, es ist anders, als wir annehmen. Warum sollten ein paar harmlose Obdachlose eine Frau aus ihrem Haus zerren? Haben sie angeläutet, damit man ihnen die Türe öffnet? Tante Dora ist sehr vorsichtig. Sie öffnet keinem Fremden die Tür. Entweder ist sie von alleine aus dem Haus gegangen, was unwahrscheinlich ist, da sie im Nachthemd war und den zweiten Pantoffel vermisst haben müsste, oder sie hat die Tür jemandem geöffnet, den sie kannte. Ich glaube, der – wie heißt er?«

»Beck«, sagte Grasl, »Josef Beck.«

»Ja, Beck muss etwas gesehen haben. Die Gruppe junger Leute, die so eng nebeneinander gingen. Die ist ihm aufgefallen. Was wollten sie verbergen? Eine alte Frau, die sich in ihrer Mitte befand? Dafür spricht der Pantoffel, der vor der Kirche lag. Und die Kirche liegt genau zwischen den Bänken, auf denen die Obdachlosen logieren, und dem Aufgang zur Schütt und zum Park.«

»Bravo, exzellent! Wann wollen Sie bei uns anfangen?« Grasl war erstaunt und amüsiert. »Machen Sie weiter!«

»Was haben wir noch: Tante Dora ist verwirrt, aber sie ist nicht misshandelt worden, sehen wir von den Blutergüssen auf ihren Oberarmen ab. Was sagen sie uns? Jemand hat die alte Dame festgehalten. Er steht ihr gegenüber und lässt sie nicht los. Warum? – Er redet auf sie ein, eindringlich, immer eindringlicher. Tante Dora reagiert nicht. Sein Druck wird fester. Vielleicht schüttelt er sie. Mehrmals wird sie geschüttelt, und sie fällt in einen Schockzustand und sagt überhaupt nichts mehr. Was wollten die jungen Leute von ihr wissen?«

Volker Berg drehte seinen Rücken dem Fenster zu und trat an den Tisch: »Ich möchte gehen! Danke, Doktor Grasl.«

»Wofür?«

»Dafür, dass wir an diesem Verhör teilnehmen durften. Das ist doch nicht üblich.«

»Sie haben recht. Ich wollte Sie beide dabeihaben, um Ihre Reaktionen zu sehen. Sie waren sehr aufschlussreich.«

»Aufschlussreich wofür? Für die Klärung des Falles?«, fragte Matteo.

»Ja, für die Klärung des Falles. Ich glaube, hier steckt mehr dahinter, als wir zu diesem Zeitpunkt wissen. Ich gebe zu, es kommt gelegentlich vor, dass wir alte Menschen, die durch die Stadt irren, wieder ins Altersheim zurückbringen. Das ist nichts Besonderes, Alltag im Leben eines Polizisten. Diese Menschen finden sich aber nach kurzer Zeit wieder, lachen über ihre gedankenlose Spitzbüberei und richten sich in ihrer bequemen Ordnung wieder ein. Ihre Tante scheint sich aber in ihrer Verwirrung einzunisten, als wäre es für eine längere Zeit. Was versteckt sie, oder wovor versteckt sie sich?«

»Wir halten nichts versteckt«, antwortete der alte Berg fast tonlos und verließ den Raum. Matteo folgte ihm.

Mehrere Nächte hintereinander quälte Tante Dora der gleiche Traum: Wind wehte über die Dünen eines langen Ostseestrandes. Er hob den Sand und trug ihn die steinernen Stiegen hinauf zur Promenade, auf der Mädchen in Reih und Glied standen. Aufrecht, den Kopf gehoben, stolz, selbstsicher, einer Zeit entgegentretend, die sie brauchte, für die sie ihren ganzen persönlichen Einsatz zu leisten hatten. Reihen junger Mädchen vor dem Gebäude, das so lang und so großartig war und von dem sie weder den Anfang kannten noch das Ende sehen konnten, das aber für sie und nur für sie dastand. Und sie ahnten etwas von der Wichtigkeit, die man ihnen zugestand. So wie hier standen auch hundert Meter östlich und mindestens auch hundert Meter westlich Mädchen mit weißen Strümpfen nebeneinander, hinausschauend auf die Ostsee, ein Blick, ein Wille.

Wie glücklich sie hier war, und niemand, der ihr verboten hätte, und niemand, der ihr verwehrte. Ihr Wille war der Wille aller Mädchen hier. Stolz wandten sie ihre Gesichter gegen den Wind, der die salzige Luft hereintrug vom Meer. Es öffneten sich Hunderte Lippen, und mit einem Schlag hörte die Menschheit ihr Bekenntnis, das Bekenntnis einer stolzen Jugend, die ihre Zukunft in die jungen Hände nehmen wollte: »Tote Jugend, steig herauf / aus des Grabes Tiefen! / Tu die lieben Augen auf, / die so lange schliefen.«

Im Schlaf summte Dora Berg die Melodie dazu und wurde wieder jung. Ein Lächeln spielte um ihren Mund, und ihre Haare waren wieder lang und kräftig, zu einem festen Zopf geflochten, der zwischen ihren Schulterblättern lag. Fahnen wurden aufgezogen, und die Blicke hoben sich.

In jener Nacht traten Tränen in die Augen der alten Dame, und sie spürte den festen Druck Miras auf ihrem Oberarm, Mira, die sich festhielt, um nicht zu stürzen, nicht aus der Reihe zu fallen, weil sie wieder ein Krampf erfasste, der ihren kleinen Körper schüttelte und die Augen verdrehte. Wieder sah Dora Flüssigkeit aus dem Mund Miras treten, und ihr braunes Haar löste sich. Aus dem festen Knoten glitten Strähnen an den Schläfen vorbei und verdeckten das blasse Profil: Mira, Mira, was tust du, warum ziehst du mich hinunter? Warum zuckt mein Körper mit deinem statt in freudiger Gemeinsamkeit mit allen? Steh, Mira, steh! Bevor sie dich sehen, bevor sie dich aus der Reihe nehmen.

Dann ist Mira verschwunden. Aus der Aufstellung, aus dem Zimmer mit den drei Betten, aus dem Speisesaal, nimmt nicht mehr teil am gemeinsamen Turnen mit den Reifen und Keulen. Der Wind streift zwischen den harten Grasbüscheln hindurch, die Stiege hinauf zur Promenade, wo ein anderes Mädchen neben Dora steht und Dora Mira vergessen hat: »Tote Jugend, steig herauf / aus des Grabes Tiefen! / Tu die lieben Augen auf, / bevor die andern sie dir schließen.«

Morgens blieb Dora Berg lange liegen, frühstückte wenig, saß lange am Fenster und beobachtete die fremden Menschen, die zu Besuch kamen, verlegen vor der Tür warteten, ehe sie eintraten, ihre Zeitungen und Süßigkeiten vor sich hertragend, und wie sie wieder das Gebäude verließen, erleichtert, ohne sich noch einmal umzudrehen.

Dora vermisste niemanden, hoffte nicht, dass einer der leise eintretenden Besucher für sie bestimmt sei. Sie hatte alles, was sie brauchte, sah durch die Menschen hindurch auf andere Menschen, die hinter ihnen standen, stumm warteten, in einer langen Reihe, bis man sie ansprach. Nur – die richtigen Worte zu finden, das war nicht leicht. Dora Berg fand sie nicht und blieb stumm. Auch auf die Fragen von Schwester Alma antwortete sie nicht, wechselte bloß die Seite des Zimmers, wenn die Pflegerin ihr zu nahe kam, öffnete ihren Schrank und schlichtete ihre Hemden, ihre weißen Blusen, schob die Unterwäsche in den Hintergrund der Fächer, schüttelte ihr geliebtes Eau de Cologne, sah zu, wie die Perlen im Fläschchen aufstiegen, und stellte es zurück. Matteo hatte ein paar ihrer Habseligkeiten zusammengepackt und sie auf die Station gebracht. Gut möglich, dass manche persönlichen Dinge der Erinnerung auf die Sprünge helfen konnten.

So vergingen Tage, und jeder, der mit der alten Dame zu tun hatte, dachte, dass sie nie anders gewesen sein konnte als ruhig, besonnen, in sich versunken. Niemand vermutete hinter ihrem schützenden Lächeln die temperamentvolle und lebenskluge Frau, als die sie ihre Familie so schätzte.

Der Sommer blieb heiß, und kein Gewitter bescherte auch nur für kurze Zeit eine kleine Abkühlung. Das Gras wurde braun, und der Wasserspiegel des Wörthersees senkte sich. Die Pfosten der Badestege ragten weiter als sonst aus dem Wasser, das viel zu warm war. Nur der Garten der Villa Berg blieb mit seinen vielen Buchsbäumen schattig und dunkelgrün. Die hohen Platanen standen zu dicht nebeneinander und ließen kaum einen Sonnenstrahl zu Boden fallen. Das graue Haus mit seinen blauen Fensterflügeln schien die Sonne in sich aufzunehmen, sie einzusaugen und in der Tiefe der gebrannten Ziegel verschwinden zu lassen, noch bevor sie die hohen Räume erreicht hatte.

Auch Volker Berg blieb einsilbig, betrachtete weiterhin Andrea als seinen persönlichen Bediensteten, teilte ihn zur Hausarbeit ein und ließ ihn den Garten pflegen. Andrea gehorchte, ohne zu murren. Für ihn war die Arbeit eine Art Gegenleistung für seinen Unterhalt. Sie stärkte ihn vor dem alten Mann, dem er lieber aus dem Weg ging, mit dem er jegliche Unterhaltung vermied, wenn es sich nur irgendwie einrichten ließ. Auch sein Zimmer neben Matteo hatte er gegen das Gerätehäuschen im hinteren Teil des Gartens eingetauscht. So kam es vor, dass sich die beiden oft tagelang nicht sahen.

Die Fensterläden blieben auch gegen Abend hin, wenn es unmerklich abkühlte, geschlossen. Volker Berg wollte nicht gestört werden, ging die ersten Tage lange in seinem Zimmer auf und ab und begann später in seinen Kästen und Schachteln zu stöbern und verschiedene Papierstapel umzutürmen. Matteo sah manchmal durch den Türspalt ins Zimmer und beobachtete seinen Großvater. Mit versteinertem Gesichtsausdruck, der zu keinem Mienenspiel je fähig zu sein schien, schenkte er bald dem einen, bald dem anderen Haufen Dokumente seine Aufmerksamkeit. In gleichbleibendem Rhythmus, immer in Bewegung und nur manchmal den Kopf zur Seite neigend, als hätte er ein Klopfen gehört, ein Flüstern, das ihm einen Ort zuraunte, an dem er das Gesuchte finden sollte, streifte er durch sein Haus. Die zwei langen Falten, die unter den Augenhöhlen bis zum Kiefer reichten, schienen tiefer geworden zu sein.

Tag um Tag verging, ohne dass die Unordnung wuchs oder geringer wurde. Alles blieb letztlich, wie es war, worin wahrscheinlich die versteckte Absicht der großväterlichen Räumaktion lag. Geschäftigkeit, die nichts veränderte, weil alles so bleiben musste, wie es war. Wie es war, solange er denken konnte.

Diese seltsamen Ereignisse um das Verschwinden seiner Schwester irritierten den alten Mann nachhaltig. Gespräche, die sonst nie geführt worden wären, Bekanntschaften mit Menschen, denen man sonst aus dem Weg gegangen wäre, Anlässe, die Reaktionen erforderten, und vieles mehr. Volker Berg bezog letztlich alles auf sich. Er war gemeint. Ihn wollte eine fremde Macht, die auf seine Nervenkraft zielte, in die Irre führen. Eine Aufforderung und ein Startzeichen zugleich zu einer Reihe von Bewährungen. Er sollte sich seiner Sache nicht so sicher sein. Welcher Sache? Berg wollte die Ursache allen Geschehens unter seinen verschütteten Erinnerungen finden, bis er einsah, dass es besser wäre, nichts zu finden und ausschließlich am Ziel vorbei zu graben, sich absichtlich zu entfernen, fort von den Quellen der Vergangenheit, deren Rauschen in den Ohren dröhnte.

Neugierde

Andrea verbrachte seine Tage mit dem einen Ohr an seinem Walkman, ganz nahe seinen italienischen Schlagern, den Nachrichten aus Udine und den endlosen Sportberichten. Dann schaltete er plötzlich den Apparat ab, warf ihn in eine Ecke und sagte zu Matteo:

»Warum versuchen wir nicht selbst Licht in die Angelegenheit zu bringen? Die Polizei hat deine Tante Dora längst zu den Akten gelegt. Warum sollte sie auch weiter hinter der Sache her sein. Deine Tante ist wieder da, wenn auch etwas ramponiert. Aber es ist weiter kein Schaden entstanden. Man wird den Fall vergessen. Du aber, Minister, möchtest wissen, was hier geschehen ist. Ich sehe es dir an.«

Matteo blickte über seine Zeitung, in der er die Todesanzeigen studiert hatte – eine Angewohnheit, die irgendeinmal in der Familie aufgekommen war und die nun von allen in schöner Regelmäßigkeit gepflogen wurde. Möglich, dass eine gewisse Zufriedenheit darin bestand, noch zu den Lebenden zu zählen, noch die Gelegenheit zu haben, diese Anzeigen zu lesen, während jene, die genannt wurden, keinen Anteil mehr am Leben haben durften.

»Wie meinst du? ... Keine schlechte Idee, aber wo sollen wir anfangen?«

»Am Heiligengeistplatz. Ist doch ganz klar. Dieser Branntweinbruder von der Polizei! Wie hieß er – Beck! – Er hat die jungen Leute verdächtigt, vielleicht eine alte Feindschaft. Eine winzige Spur. Er weiß etwas, è possibile. Das ist der einzige Anhaltspunkt, den wir haben. Warum suchen wir nicht diese jungen Leute, warum gehen wir nicht zu Beck?«

Matteo fühlte sich motiviert. Alles erschien ihm momentan sinnvoller, als untätig herumzusitzen. Seinen eigenen Überlegungen wollte er nicht nachgehen, aber Andreas Ideen konnten, sollten sie sich als unhaltbar erweisen, ohneweiters bestraft werden. Andrea der Versucher. Das delegierte Scheitern. Andrea und das Glatteis. Aber er würde auf der Hut sein.

Sie machten sich auf den Weg durch die Ursulinengasse zum Heiligengeistplatz. Es war schon spät in der Nacht und der Platz fast leer. Nur zwei Busse standen noch bereit zur letzten Runde durch die Stadt, die Türen geöffnet, hinter dem Lenkrad die Fahrer in ihre Zeitungen vertieft.

»Wir müssen den Beck finden! Er weiß sicher mehr, als er dem Hofrat erzählt hat.«

Andrea nickte zustimmend: »Aber hier ist niemand. Wo haben sie sich verkrochen?«

Der kleine Kiosk neben den Wartebänken war schon geschlossen, aber immer noch roch es nach Kebab. Die beiden überquerten den Platz und nahmen Kurs auf den einzigen Würstelstand der Landeshauptstadt. Hier war noch Licht. Würstel-Poldi zerschnitt gerade eine Waldviertler, was sehr selten vorkam, denn Brater oder Frankfurter waren die eigentlich gefragten Wurstsorten. Matteo stellte sich an die erleuchtete Vitrine mit den Gurkengläsern und begann mit dem Besitzer ein Gespräch. Nach einer Weile schien ihm das nötige Vertrauen hergestellt, und er kam zur Sache:

»Ist eigentlich der Beck heute schon da gewesen, der Tetra-Beck?«

Würstel-Poldi steckte sich rasch noch ein Stück der Waldviertler in den Mund und antwortete kauend:

»Der Tetra-Beck isst nicht bei mir. Vielleicht ist ihm mein Menüplan nicht gut genug. Meistens ist er mit seinen Burschen im Schillerpark. Aber Sie müssen schon sehr genau schauen, denn wenn die jemanden kommen sehen, reden sie kein Wort und bewegen sich nicht. Sich tot stellen, das können sie, und bei der Fürsorge sich krank stellen. – Wie Käfer nehmen sie eine Winterstarre an, bis die Leute an ihnen vorbei sind.«

Matteo dankte, bestellte eine Dose Bier, die er Andrea in die Hand drückte, zahlte und überquerte wieder den Platz in Richtung Kirche. Das kurze steile Stück hinauf zur Schütt, hinter der sich der Schillerpark erstreckt, hatten sie bald geschafft, und allmählich gewöhnten sich ihre Augen an die Dunkelheit. Es war still, und außer den eigenen Schritten konnte man nur entfernt die Geräusche der wenigen Autos auf dem Villacher Ring hören. Unter einem Busch an der Wand zum Garten der Ursulinen glimmte eine Zigarette auf.

»Beck, sind Sie's?«, flüsterte Matteo in Richtung der Sträucher.

Kichern von zwei offenkundig angetrunkenen Menschen war die unmittelbare Antwort. Dann raschelte es erneut, und ein schlanker, etwa fünfzigjähriger gepflegter Mann in einem weißen Anzug trat aus dem Unterholz und schloss seinen Hosenschlitz.

»Beck, sind Sie's?«, äffte er Matteo nach und verzog seinen Mund: »Der Beck ist nicht zuhause, der schlimme Junge, er ist ausgegangen, treibt sich mit unmöglichen Menschen herum – schmutzig, pfui, schmutzig, sag ich.«

»Gibt es Problemchen, Henning, Schatz?«, war aus dem Gebüsch zu vernehmen, und wieder raschelten Zweige, und ein alter, kahlköpfiger Mann, dessen schlechte Zähne man bei jedem Grinsen sehen konnte, entstieg der Liebeslaube. Im Unterschied zu Henning machte er keine Anstalten, seinen Hosenschlitz zu schließen oder seine Entblößung zu verbergen. Im Gegenteil, er genoss es und erfreute sich an der von ihm verursachten Peinlichkeit.

»Der Burschi ist schon so. Ein richtiges Schmuddelbärchen. Aber gibt es etwas Schöneres als den scharfen Geruch von Verdorbenem? Beck ist unten im Pavillon. Wartet einen Moment, wir gehen mit euch, und du, Burschi, bedeck dich ein wenig«, meinte Henning, erntete aber nur ein verächtliches Grinsen seines Liebhabers, der mittlerweile eifrig an seinen Genitalien herumwerkte.

Andrea und Matteo lehnten eine Begleitung dankend ab, kehrten den beiden Männern den Rücken und stapften den Weg hinab, in den unteren Teil des Parks. Hinter ihnen rührte sich der rot glimmende Punkt nicht von der Stelle. Beruhigt stellten sie fest, dass er immer kleiner wurde.

Im Musikpavillon erwartete Josef Beck bereits seinen Besuch. Er war aufgestanden und hatte der dicken Erna ein Zeichen gegeben, sich still zu verhalten. Aus jahrelanger leidvoller Erfahrung wusste er, wann Gefahr drohte. Er hatte gute Augen und sah an der Art der Schritte, ob sich Ärger anbahnte oder ob es harmlose Passanten waren, die man anschnorren konnte. Diese hier waren harmlos, schon fast hilflos, aber es waren keine gewöhnlichen Leute. Dazu war es schon zu spät am Abend. Der Besuch galt ihm. Auch das spürte Beck, stellte sich in die Mitte des Pavillons und wartete, bis die beiden Männer nahe genug waren:

»Ah, der junge Herr von dazumal. Das Gespräch mit unserem Erzherzog Hofrat war ihm nicht ergiebig genug. Bitte näher zu treten.«

Beck riskierte eine einladende Geste.

»Sie verzeihen, es ist in meinem Etablissement etwas zugig. Aber die Fenster sind gerade in der Renovage.«

Matteo und Andrea traten näher und bemerkten im selben Moment, dass es eine ziemlich gute Idee gewesen wäre, wenn sie eine Flasche Rotwein mitgebracht hätten. Das hätte die Auskunftsbereitschaft sicher vergrößert und die Stimmung gelockert.

Andrea ergriff die Gelegenheit: »Ich werde uns etwas zu trinken holen. Dann redet es sich leichter.«

»Es kommt darauf an, worüber wir reden wollen«, sagte Beck, obwohl er ganz genau wusste, dass es nur ein einziges Thema gab, worüber sich die beiden Männer unterhalten wollten.

»Aber eine Flasche Rotwein ist nie schlecht. Gleich dort drüben ist eine Tankstelle – der Wein ist ganz passabel.«

Matteo fiel Becks gehobene Art, sich auszudrücken, auf. Er hatte es nicht mit einem gewöhnlich Verwahrlosten zu tun. Hinter diesen vielen Schichten von Schmutz steckte noch ein nicht kleines Maß an Intelligenz.

»Ihre Art zu reden könnte aus einem Nestroy-Stück kommen. Dort passt es eher hin als in den Schillerpark!«

»Na, der Schiller wäre über mein Gerede auch nicht gerade unerfreut«, konterte Beck und setzte nach ein paar Momenten leiser hinzu: »Ich habe ein paar Semester Geschichte hinter mir, hauptsächlich das österreichische neunzehnte Jahrhundert. Das verbindet mich übrigens mit dem Hofrat Grasl. Er ist ganz vernarrt in meine Ausflüge in die Vergangenheit.«

»Was macht ein intelligenter Mensch wie Sie in dieser Gesellschaft?« Matteo musterte sein Gegenüber.

»Er hat sich's verbessert. Vergönnen Sie es mir nicht?«

»Ich vergönne Ihnen mehr als das.«

»Was ist das?«

Matteo merkte erstaunt, wie viele Schichten verschiedenster Ansprüche Beck zu bedienen in der Lage war. Er betrachtete ihn mit zunehmender Neugierde. Aus seinem Stoppelbart im Verhörzimmer waren graue Fäden geworden, die aus der glänzend graubraunen Haut in Büscheln herauswuchsen. Die Augen waren klein, und das Weiß in ihnen zeigte rote Äderchen. Tarnfarbe, um sich im Dunkeln nicht zu verraten, dachte Matteo. Zum ersten Mal fiel ihm auf, wie weit er sich von seinem gewohnten Lebensumfeld entfernt hatte, welche Gestalten sich in seinen Horizont drängten, ihn in Anspruch nahmen – und alles ausgelöst durch dieses eigenartige Verschwinden einer alten Verwandten. Nicht nur das Leben Tante Doras hatte sich aus den familiären Blickwinkeln verschoben, auch sein eigenes war in ein fremdes Fahrwasser geraten. Udine und der Holzhandel waren Teil eines Gestern geworden, zu einer Erinnerung, die wie aus einem anderen Leben herüberwinkte, von einem ablegenden Schiff, das einen Hafen verließ und nicht mehr zurückkehren sollte. Matteo seufzte.

»Nur keine falsche Anteilnahme«, sagte Beck lachend, der diesen Seufzer auf sich bezogen hatte.

»Ich lebe das Leben eines Libertins. Verantwortlich nur dem Tag mit all seinen Überraschungen. Und natürlich meiner dicken Erna.« Erna lachte im

Hintergrund. »Ich habe keine Pflichten und keine Feinde. Beiden gehe ich aus dem Weg. Das ergibt zwar manchmal einen Zickzackkurs, aber dagegen habe ich nichts.«

»Sie haben auch einen ganz schönen Zickzackkurs um die Fragen des Hofrats gemacht. Warum haben Sie nicht erzählt, was Sie gesehen haben? Sie wissen doch mehr?«

Matteo improvisierte, etwas zu direkt möglicherweise. Er bluffte und wartete auf eine Reaktion. Zu forsch, dachte er. Das konnte der Unterhaltung schaden.

»Oho, oho! Na, das beschäftigt den gnädigen Herrn aber.« Beck lachte laut und anhaltend, bis ihm Erna mit einem Zeichen zu verstehen gab, doch still zu sein.

»Ich werde Ihnen sagen, was ich weiß. Es ist nicht viel mehr, als ich schon sagte. Aber etwas schien mir recht seltsam. Diese jungen Leute gingen eng aneinandergedrängt über den Platz. Das habe ich schon gesagt. So, als wollten sie etwas oder jemanden in ihrer Mitte verbergen. Aber dieser Jemand in der Mitte schien Vertrauen zu den jungen Menschen zu haben. Es war, als kannte Ihre Tante diese Menschen. Sie ging freiwillig mit ihnen.«

Das wollte Matteo hören. Niemand hatte Tante Dora jemals zu irgendetwas gezwungen. Sie ging also freiwillig mit. Woher aber kam nun diese Verstörung? Etwas musste geschehen sein, das die alte

Dame verwirrt, sie aus der Bahn geworfen hat. Aber was? Wie leicht es doch war, aus der Bahn geworfen zu werden, dachte Matteo. Dieser Lausbubenstreich von ein paar Jugendlichen hatte auch sein Leben verändert. Gerade in dem Moment, da er sich als Geschäftsmann in Udine zu etablieren begann, passierte diese Familientragödie. Harmlos auf den ersten Blick, und doch hatte sie einen Virus in sich, der sein Immunsystem erschüttete.

Genau betrachtet hätte er nicht rechts oder links zu schauen brauchen und seinen Weg weitergehen können. Seinen Weg weitergehen, wie das klang. Dramatisch, hochdramatisch! Dabei, was war sein Weg schon? Eine Folge von unmittelbaren Einverständniserklärungen auf familiäre Einflussnahmen, ohne kritische Betrachtung, ohne selbst einen Plan zu entwickeln. Ein Jasagen, bevor noch die Frage gestellt worden war. Eine Welle kam, und man stellte sich rechtzeitig darauf ein, um nicht weggeschwemmt zu werden. Man hüpfte im richtigen Augenblick hoch, und die Welle trug. Mehr war es doch nicht.

Verschwinden lenkte ihn von seinen akzeptierten Oberflächlichkeiten ab. Das ruhige Flüsschen bekam kleine Strudel. Hier war ein Rätsel zu lösen, eine Aufgabe, die mit Logik zu tun hatte, musste bewältigt werden. Plötzlich sieht man am Ufer einen Bekannten sitzen und will auf ihn zuschwimmen. Jetzt erst merkt man, dass einen die Strömung getragen hat und dass es anstrengend wird, nicht abgetrieben zu werden. Wer sich bewegt und was bewegt wird, ist nicht mehr klar. Das Ufer zieht vorbei, man selbst scheint regungslos zu sein. Matteo seufzte, weil er sich nicht gerne bei solchen Gedanken ertappte.

Manche Menschen werden krank, wenn sie in ihrem Berufsleben nicht weiterkommen. Sie denken dann: Also erst einmal die Krankheit in den Griff kriegen, dann schafft man das andere auch noch. Sie schieben eine Krankheit vor, um sich von den eigentlichen Verunsicherungen abzulenken. Schattenboxen, Scheingefechte, Stellvertreterkriege, dachte Matteo. Nehmen wir sie an. Sie haben sich nun einmal in mein Blickfeld gedrängt, also werde ich sie beachten. – Warum nicht.

Lautes Lachen holte Matteo von seiner Reise zurück. Andrea war gekommen und hatte zwei Flaschen Wein auf den Boden gestellt. Daneben standen hygienisch verpackte Plastikbecher, über deren Sinn Beck und seine dicke Erna die heitersten Spekulationen anstellten. Erna steckte sich zwei Becher in den Ausschnitt und bewegte ihre nun gigantische Oberweite kreisend um die Männergruppe. Beck hielt sich zwei Becher an die Stirn und stimmte teuflisches Geheul an.

»Lass uns gehen. Die beiden sind beschäftigt, und ich habe genug erfahren«, sagte Matteo zu seinem Freund, und sie verschwanden.

Der nächtliche Ausflug mit seinen unappetitlichen Episoden beschäftigte Matteo noch einige Tage. Er spürte, wie er Zug um Zug Teil einer fremden Geschichte wurde. Alles, was er tat, zog ihn mehr und mehr in sie hinein. Er wurde Teil eines Rätsels, von dem er sich angezogen fühlte, dessen Lösung er aber zugleich scheute. Wenn es nur irgendwie möglich war, verschwand er in sein Zimmer und stellte sich die Frage, wer das Recht habe, ihm Aufgaben zu stellen, ihn auf die Probe zu stellen und ihm die Möglichkeit einer Lösung des Problems vorzugaukeln. Warum ich? Wer lenkt mein Leben in Gegenden, die mir unangenehm sind? Was geschieht mit mir? Warum werde ich mit den Belangen anderer zugeschüttet? Wo bleibe ich bei dieser ganzen Geschichte? – Ich will hier nicht mehr sein!

Volker Berg verließ nur selten sein Arbeitszimmer, und Andrea hörte in seinem Gartenhaus italienische Sender. Zum gemeinsamen Abendessen erschien der Großvater nicht mehr. Matteo und Andrea aßen dann stumm in der Küche. Seit ihrer Abreise aus Udine war fast ein Monat vergangen, und manchmal schien die wortlose Übereinstimmung in ihren Blicken aufgelöst zu sein, die eine Rückkehr, vielleicht Flucht nach Udine als einzig möglichen Ausweg sahen.

»Allora«, sagte Andrea und legte die Gabel in seinen Teller mit Fettuccine.

»Wir können natürlich so weitermachen, herumgrübeln, warten, bis der große Vater wieder aus seiner Versenkung erscheint und das Ruder an sich reißt, mit mächtiger Stimme erklärt, was zu tun ist, und seine Wünsche erfüllen. Aber erstens, wer weiß, ob er noch einmal aufwacht, und zweitens, wer weiß, was sein verwirrter Geist uns dann aufzulösen gibt.«

Matteo sah von seinem Teller auf.

»Nein, unterbrich mich nicht. Ich weiß ganz genau, was du denkst und was du dir wünschst. Endlich ein Machtwort, damit alles wieder seine Ordnung hat, jeder wieder an seinem Platz die Rolle spielen kann, die ihm vom Familienoberhaupt zugewiesen wurde. – È un momento fatale, aber du wünschst dir doch dieses traurige Gefühl der Sicherheit, das dir dein Großvater mit seinem bestimmenden Willen immer eintröpfelt. Wie gerne bist du doch von unserem Ausflug in die Klagenfurter Unterwelt des Signore Beck wieder zurückgekehrt in den Schoß der Familie. Hier geschieht zwar nichts, aber das mit Sicherheit.«

»Woher nehmen Sie nur diese erstaunlichen Erkenntnisse, verehrter Doktor Freud?«, unterbrach ihn Matteo. Trotz seiner ehrlichen Verwunderung konnte er sich ein Schmunzeln nicht verkneifen. Andrea überging die Frage:

»Alles auf dieser Welt geschieht zu deiner Freude oder dir zum Trotz. Ist es nicht so? Als das World Trade Center einstürzte, versuchten Terroristen, das persönliche Weltbild des Matteo Berg in Klagenfurt zu erschüttern. Als man Olof Palme nach einem Kinobesuch erschoss, war damit dem Herrn Matteo Berg klar, dass es ihn genauso treffen könnte, auch er keine Sekunde seines Lebens mehr sicher sein konnte. Er war gemeint. Er ganz persönlich. In Indien entgleist ein Zug auf einer Brücke, und hundert Menschen auf den Waggondächern stürzen in den Fluss und werden von Krokodilen zerfetzt. Was heißt das für Signore Matteo? Vorsicht – auch in einem gewöhnlichen Zug lauert das Schicksal. Noch einmal hat er eine Warnung über die Austria Presse Agentur bekommen, il capitano! Aber wehe, bedenke, wenn du in einen Zug steigst! Alles Weltgeschehen tritt in Beziehung mit dem Universum des Herrn Matteo. Gott hat einen persönlichen Draht zu Matteo Berg und will ihm sagen, dass er aufpassen und sich ja nicht zu sicher fühlen soll. Das Schicksal korrespondiert mit Matteo Berg. Und jetzt, in diesem Moment, spielt es mit ihm, gibt ihm als kleines Beispiel seines allmächtigen Vermögens das Tante-Dora-Rätsel zu lösen. – Du hast Fieber, du solltest ausspannen, Minister!«

Zurück, ausspannen, die Spannung lösen, auslassen, hinter sich lassen, stehen lassen und fortgehen. All das und noch mehr schoss Matteo durch den Kopf. Noch nie schien ein Abstand von all den Familienzwängen so leicht möglich wie in diesen Augenblicken, da sein Freund ausgesprochen hatte, was ihn beschäftigte. Matteo betrachtete das Gesicht Andreas, dieses absichtslosen Verführers. Eine gleitende Harmlosigkeit entnahm er den kleinen Falten um den Mund, eine fortführende Versuchung deuteten sie an, fortführend von den traditionsbedingten Sicherheiten, aber auch fort von einer ungewollten Belastung.

Matteo lächelte. Er gab sein Lächeln Andrea zurück, vorsichtig zustimmend, wie es diesem schien.

»Welch eine Entscheidung! Man sehe den wagemutigen Signore Matteo. Tief in seinem Innersten ahnt er, dass es ihm guttun würde: ein paar Tage in Italien, in Caorle, wo die Stätte der sorglosen Jugend ist, nach der sein Herz schreit. Wein und Fisch, Polenta und Tomaten, Abende ohne verlorene Tanten ...«

»Schon gut – du und deine Witze. Aber wahrscheinlich hast du recht. Wir denken zu viel. Wir geben allem einen Sinn, und wenn wir unglücklich sein wollen, geben wir allen Dingen einen traurigen Sinn«, erwiderte Matteo mehr zu sich selbst.

»Man sollte sich keine Fragen stellen, auf die man keine Antwort weiß oder zumindest einen Ausweg ahnt«, setzte Andrea unmittelbar fort, und wieder traf ihn ein erstaunter Blick Matteos. Das war aus dem kleinen italienischen Mann herausgekommen, ganz von selbst. Wie schwer er doch einzuschätzen ist. Ob er ihn unterschätzt hatte, fragte sich Matteo und nahm sich vor, seinen Freund etwas genauer zu betrachten. Ein paar Tage würden ihm guttun, ihn ablenken, seine verklemmten Familienbeziehungen etwas ruhen lassen, ihn zu sich zurückführen, mehr Gelassenheit und Abstand zulassen. Andrea besaß die Fähigkeit, Dinge auf sich zukommen zu lassen und dann wie selbstverständlich darauf zu reagieren. Er nahm an und erledigte. Nachdenken war nicht seine Sache. Die Erledigung auch schwierigster Probleme schien bei Andrea eine Sache des Instinktes zu sein. Er agierte aus dem Bauch heraus und hatte zumeist recht.

Die Nächte schenkten keine Abkühlung. Es war immer noch zu heiß. Die Fenster zu den Schlafzimmern standen angelweit offen, wie riesige schwarze Mäuler, die frische Luft in sich einsogen. Manchmal grölten junge Soldaten von der nahen Waisenhauskaserne an den Schlafzimmern der Gasse vorbei und schreckten die Menschen aus ihren dünnen Träumen. Niemand wagte die Fenster zu schließen, und nur selten bauschten sich die weißen Stores über die Fensterbänke. Das Konzert der Vögel, das mit dem Erahnen der ersten Lichtstrahlen einsetzte und beim Erscheinen der Sonnenscheibe wieder aussetzte, wurde von Tag zu Tag kürzer. Das bemerkten nicht wenige Bürger in ihren Betten. Die Vögel waren müde.

Wenn kein Schlaf möglich ist, beschäftigt sich der Geist mit jenen kleinsten Dingen, die sonst nicht einmal Eingang zum äußeren Ohr gefunden hätten. Die wenigen Geräusche der Außenwelt halten sich in diesen Momenten die Waage mit dem Aus und Ein der Atemströme. Werden sie langsamer, besteht die Möglichkeit des Absinkens in jene Tiefe, in der die Erholung lauert und ein paar Momente des Schlafes mit gedankenloser Kühle belohnt, in denen das Bewusstsein entgleiten kann.

Andrea hatte am Abend die Koffer gepackt und in Matteos Wagen verstaut. So brauchten sie nur noch einzusteigen, davor vielleicht einen Kaffee hinunterzustürzen. Richtig genießen würde man das Frühstück erst jenseits der Grenze, in einer Autobahnraststation kurz vor Carnia, wo die milde Luft schon einen Vorgeschmack auf das Meer gab.

Jede Begrüßung und jede Verabschiedung im Familienkreise, besonders wenn Großvater Berg dabei war, nahm die Feierlichkeit eines Rituals an. Es gab da kein herzliches »Also dann ...« oder »Ja, das wär's dann ...«, »Wir sehen uns ja demnächst« oder Ähnliches. Jedwede Verabschiedung hatte etwas Endgültiges und stimmte alle Beteiligten traurig. Wenn schon verabschiedet werden musste, dann mit großem Aufwand – so, dass etwas haften blieb im Innersten des Fortgehenden.

Matteo betrat das Arbeitszimmer des Großvaters unaufgefordert, nachdem er auf sein Klopfzeichen keine Antwort erhalten hatte. Der alte Mann stand mit dem Rücken zur Tür und betrachtete ein Blatt, das er nahe an sein Gesicht hielt. Die Brille zwischen den kurzen weißen Haaren auf der Stirne, eine Hand in die Hüfte gestützt, schien er auf Matteos Kommen gewartet zu haben.

»Sieh dir das einmal an, Matteo!«

Matteo näherte sich dem kleinen Lichtkreis, in dessen Mitte der Großvater stand. Vor den Fenstern war es längst hell geworden, hinter ihnen blieb es dunkel, als habe jemand die Lust am hellen, warmen Morgen verloren. Die Balken waren schon einige Tage zugeblieben und hatten nur durch schmale Lichtstreifen einen Hinweis auf die Tageszeit gegeben.

»Ich kenne es. Kennt doch wirklich jeder. Michelangelo – Sixtinische Kapelle – Die Erschaffung Adams. Was ist daran so besonders, dass es dich beschäftigt, noch dazu die ganze Nacht?«, fragte Matteo.

»Dieses jeder stört mich ein wenig, mein lieber junger Berg. Nicht für jeden ist dieses Meisterwerk eine Selbstverständlichkeit. Nur in unserer Familie gehörte es zu den Selbstverständlichkeiten, mit diesen Dingen, mit diesen Kostbarkeiten aufzuwachsen. Wenn man sie schon nicht besitzen kann, ist es doch eine Genugtuung, von ihnen zu wissen. Eine Art von Bildung, die in Vergessenheit – ja vielleicht auch in Verruf geraten ist. Man weiß nicht mehr, wozu man sich diese Dinge merken sollte. Welchen Nutzen hat man, Matteo, wenn man weiß, dass Michelangelo die Sixtinische Kapelle ausgemalt hat? – Ist man dadurch glücklicher, oder wird das Überleben dadurch erleichtert?«

»Gropa«, seufzte Matteo, »du willst mich doch nicht um sechs Uhr morgens in eine Diskussion über den Sinn einer humanistischen Bildung verstricken?«

»Verstricken!«, der alte Berg runzelte die Stirne, sodass ihm seine Brille auf die Nasenwurzel rutschte. »Verstricken kann man sich nur in Nebensächlichkeiten, die einen dann ablenken von jenen Dingen, die uns eigentlich beschäftigen sollten. Wie gern suchen wir doch nach aufwendigen Tätigkeiten der banalsten Art, nur damit wir abgelenkt werden, weg von den Wirklichkeiten, den wichtigen Sachen, die unser Leben bestimmen und die wir eigentlich kennen sollten.«

Volker Berg hielt noch immer sein Blatt mit dem Ausschnitt aus der Sixtinischen Kapelle in der Hand. Unmerklich hatte er es seinem Enkel näher gebracht, bis auf ein paar Zentimeter vielleicht war es an ihn herangerückt. Matteo griff abwehrend nach dem Bild und hielt es, ohne noch einmal einen Blick darauf zu werfen, mit gestrecktem Arm leicht von sich entfernt:

»Sag mir also, was ich von diesem Bild halten soll!«

»Die Zeit, in der ich dir sagte, was du dir zu denken hast, ist doch schon etwas her.«

»Sie wird nie lange her sein, sie ist immer Gegenwart, auch wenn du einmal nicht mehr bist.«

Matteo wusste nicht wirklich, war es nun ein Kompliment oder eine Anklage, ein Vorwurf des immer Zweiten im Rudel, der auch nach dem Tod des Leitwolfes diesen immer vor sich wittert, in guten wie in schlechten Gedanken.

Volker Berg schmunzelte. Matteos Erziehung war in seinem Sinne gelungen. Schließlich hatte er auch seine ganze Kraft hineingelegt, nachdem Matteos Vater noch vor der Geburt des Sohnes abhandengekommen war. Matteo war ein Träumer, aber es waren Volker Bergs Träume, die in ihm arbeiteten und sein Leben vorzeichneten:

»Aber einen kleinen Hinweis will ich dir geben. Schau genau hin. Was siehst du?«

»Gott erschafft Adam.«

»Bist du sicher? – Ich sehe einen alten Mann in den Wolken, der seinen Arm und seinen Zeigefinger ausstreckt. Auf der anderen Seite richtet sich ein junger Mann auf, er stützt sich auf, blickt den alten Mann an, hat das eine Knie aufgestellt und hält dem alten Mann seinen Arm entgegen, den ausgestreckten Arm mit dem leicht abgewinkelten Zeigefinger. Wie kann ein toter junger Mann mit angewinkeltem Bein, traurigem Blick und mit ausgestrecktem Arm auf seine Erschaffung warten?«

»Du hast recht. Adam lebt bereits. Noch bevor sich die beiden Finger, also Gottes und Adams, berührt haben«, stellte Matteo mit einigem Erstaunen fest.

»Nein, falsch, er lebt *noch*! Gott entzieht Adam das Leben. Er hat sich geirrt. Entschuldigung, sagt Gottvater. Ich habe mich geirrt. Das ist mir misslungen. Ich will nicht Vater sein. Hier ist nicht mein Sohn. Gott fliegt nicht auf Adam zu. Er hat den Rückwärtsgang eingelegt. Er entfernt sich von ihm. Er entzieht ihm das Leben. Mit seiner ganzen Gefolgschaft, diesen halb nackten Engeln, ist der Allmächtige einem Gegenwind ausgesetzt. Sieh dir seine Haare an, sie sind wie in einem Windkanal nach hinten geblasen. Gott hält sich nicht im Gegenwind. Er wird verblasen und nimmt das Leben mit. Der noch lebendige Adam richtet sich nicht auf. Er war lebendig. Nun sinkt er zurück.«

Matteo legte das Blatt auf den mit Schriftstücken angeräumten Tisch. Damit war es wieder ein Blatt von vielen. Die unglaublichsten Gedanken verlieren so etwas von ihrer Einmaligkeit, dachte Matteo. Wenn man sie ablegt. Zwischen Ähnlichem verliert das Besondere seine Besonderheit.

»Ich kann dir darauf keine Antwort geben. Wie sollte ich auch. Wäre es so, wäre es traurig.«

Matteo hielt die Arme vor seinem Körper verschränkt und richtete den Blick zu Boden. Volker Berg stieß sich vom Fensterbrett ab und ging auf seinen Enkel zu:

»Du wolltest mir etwas sagen, Matteo?«

»Ich wollte mich verabschieden. Ich fahre mit Andrea ein paar Tage nach Italien. Nicht lange ... Ich lege dir meine Urlaubsadresse zum Telefon.«

Volker Berg unterbrach ihn: »Recht hast, lass uns ein wenig auseinanderrücken. Das tut uns allen gut. Vielleicht wissen wir bald mehr ... Die Ungewissheit, wozu das Ganze sein soll, macht mich unruhig ... Also dann ... addio, Matteo, mein Bub.«

Matteo nahm die Wärme der Worte dankbar in sich auf. Hier war wirkliche Zuneigung, so, wie er sie brauchte und schon lange nicht mehr erfahren hatte. Er umarmte seinen Großvater und ging.

Matteo wollte nicht selber fahren und gab Andrea wortlos die Autoschlüssel, der den Wunsch nach Stille respektierte und vorsichtig genug war, seinen ersehnten Ausflug nicht durch eine flotte Redewendung zu gefährden. Er kannte den Eigensinn seines Freundes, der ihn nicht selten zu jähzornigen Entscheidungen hinriss, solchen, die in späterer Folge auch nicht weiter in Frage gestellt werden durften, vielmehr einer leidenschaftlichen Verteidigung unterzogen wurden, wenn sie auf Widerstand stießen. Jetzt erst recht!

Bis Tarvis wurde kein Wort gesprochen. Matteo versuchte zu schlafen, aber es gelang ihm nur ein dämmriges Abtauchen in gottverlassene Welten, öde Gebirgslandschaften, in denen Spuren von Menschen zu sehen waren, die im Aufbruch alles liegen und stehen gelassen hatten. Angefangenes, Zerbrochenes, Verlassenes, in das immer wieder Straßenlärm und nervenraubende Hupattacken drangen.

Kurz vor der Mautstelle Carnia hielten sie an und tranken in der Autobahnraststätte ihren Kaffee. Die wenigen Urlauber, die hier um diese Zeit anzutreffen waren, blieben mit ihren Getränken vor den Zeitungsständern stehen, starrten endlos auf die verpackten Salami, prüften die Härte der vakuumverschweißten Parmesanstücke, bissen in ihre Panini mit Prosciutto und widmeten sich mit Hingabe dösendem Herumstehen nach dem langen Sitzen. Schuhspitzen prüften Autoreifen, Reisemüll wurde entsorgt. Viel Belangloses geschah ohne Hektik. Das beruhigte Matteo ein wenig und stimmte ihn fröhlicher. Die Nirostatheke spiegelte die Gesichter der müden Reisenden.

Zwischen den Kartoffelchips und Liegematten zwängten sich vereinzelte Sonnenstrahlen in den kleinen Gastraum und bildeten für Augenblicke helle Streifen auf den Haaren des Personals.

Matteo blickte in den Ausschnitt der Kellnerin. Als er bemerkte, wie Andrea ihn beobachtete, hob er eine Erdnuss und zielte auf die Mitte zwischen den beiden wohlgeformten Ausbuchtungen der hübschen Italienerin. Andrea stellte seine Tasse auf den Tresen und hielt den Arm seines Freundes zurück, der es gerade noch schaffte, die Erdnuss in der Tasse zu versenken. Nun war Matteo an der Reihe, die Angriffe des Freundes abzuwehren. Und schließlich war sie wieder da, die vertraute Heiterkeit zwischen alten Freunden, eine unbeschwerte Ausgelassenheit, die Erwachsensein vergessen ließ und sich in Form dunkelbrauner Kaffeeflecke auf den hellen Hemden in Erinnerung hielt.

Abstand

Und wieder hatten sie das enge Kanaltal hinter sich gelassen, diesmal mit dem Blick nach Süden, und diesmal war es Andrea, der herzhaft seufzte und in ein italienisches Volkslied einstimmte, das aus dem Radio trällerte. Nirgends konnte eine Stimmung so schnell und unvermittelt in eine andere, beschwingtere übergleiten wie hier in Italien.

Die Italiener haben es auch nicht einfacher als wir, dachte Matteo, und doch gehen sie an die Sache ganz anders heran. Vielleicht erreichen sie gewisse Schwermütigkeiten gar nicht, mit denen wir unseren Verstand belasten. Sie arbeiten mit Vorbehalt und nur so viel, um sich den Luxus des Nichtstuns auch leisten zu können. Und wenn es nicht so ist, ich es mir nur einbilde, dann ist es ein schöner Gedanke, aber ein Feriengedanke, der irgendwann einmal auch für mich Wirklichkeit werden sollte.

Wie oft musste er solchen und ähnlichen schwadronierenden Ausführungen von Großvater Berg folgen, der ihm wortreich erklärte, dass diese alten Männer, die stundenlang vor einem Kaffeehaus sitzen, sich nicht einmal unterhielten, nur schauten und ihre Zeitung lasen, zu keiner produktiven Arbeit fähig seien und er selber sich niemals so einen Zustand der Mattigkeit vorstellen könne. Vielleicht brauchten sie nichts anderes. Vielleicht genügte es ihnen, ihr regelmäßig konsumierter Kaffee von neun Uhr bis zwölf, bevor man das Mittagessen hinter den geschlossenen Läden in der kleinen Wohnung um die Ecke zu sich nahm, das Mittagsschläfchen einlegte und sich dann für den abendlichen Corso fertig machte oder sich wieder in sein geliebtes Café setzte. Die Tauben auf der Piazza haben den gleichen Rhythmus wie die alten Männer, glaubte Matteo zu erkennen. Scheinbar ohne Absicht, doch mit geschmeidiger Geschäftigkeit ausgestattet, erkunden sie den Platz, halten an verschiedenen Stellen inne und eilen dann jedes Mal ein wenig schneller in eine andere Richtung davon.

Wo ist nur diese lebenslange Liebe zu Kunst und Kultur geblieben, die er uns immer wieder weitergab, in liebevollen Geschichten, die für uns Kinder stets spannend waren? Unsere Comichelden hießen Savonarola und Lorenzo di Medici, dachte Matteo und wunderte sich gleichzeitig, wie ein derart großes Kunstverständnis letztlich Züge lustvoller Destruktivität annehmen konnte. Niemals zuvor hatte sein Großvater in den Werken seiner geliebten Maler wie Michelangelo und Leonardo etwas anderes entdecken wollen als das Motiv der Überwindung aller irdischen Kleinheit. Nun hatte er sich in ein Detail der Sixtinischen Kapelle verkrampft, um das Bild einer gottverlassenen Welt zu entwerfen. Der Zeitpunkt der Geburt Adams ist eigentlich der Zeitpunkt des Todes. Gott entzieht sich seinem Werk. Die leblose Hülle bleibt, dachte Matteo mit geschlossenen Augen. Die lange Allee warf ein Blitzgewitter heller Lichtbalken auf seine Lider.

Warum nur zerstört man etwas, das immer Halt gegeben hat? Volker Bergs Lebensentwurf schien doch alles in allem geglückt zu sein. Als junger Mann hatte er zwar sein Medizinstudium abgebrochen, seinen Frontdienst geleistet und war noch im Krieg mit einer Verwundung in die Verwaltung des Krankenhauses in Klagenfurt versetzt worden. Dort hatte er sich hinaufgearbeitet, leitete nach dem Krieg ein paar Jahre die Organisation und war dann ab Mitte der Siebzigerjahre zufriedener Pensionist, der sich seinen Büchern und Kulturreisen widmen konnte und natürlich der Erziehung seines Enkels, denn einen Vater gab es nicht. Der war eines Tages einfach nicht mehr zurückgekommen. Es war Krieg – mehr wurde über ihn nicht gesagt.

Und Matteo selbst hatte mit der starken Persönlichkeit des Großvaters genug zu tun. Die Gedanken ließen ihn nicht los. Wie groß muss seine Enttäuschung sein? Warum gerade jetzt diese Veränderung? Was war das für eine Belastung, die sich zu einem Gespenst auswuchs? Alles erscheint sinnlos. Und in die Enttäuschung wird die ganze Schöpfung einbezogen. Das Übel hat sich schon in der Schöpfung gezeigt. Und er selbst ein Teil des Versagens? Daraus kann nichts mehr werden. Hat er diese Gedanken in sich getragen? – Wie sehr wünschte sich Matteo doch wieder seinen starken Großvater, der sein und das Leben aller Familienmitglieder meistert, auf alle Fragen eine Antwort weiß und neben dem man sich einfach sicher fühlen muss.

Das Hotel hieß Bellevue und war renoviert. »Warum heißt ein italienisches Hotel in Caorle mit italienischen Besitzern nicht Bellavista?« Matteo blickte Andrea, der die Frage mitten in der Rezeption gestellt hatte, erstaunt an:

»Sag du es mir, warum. Wozu habe ich einen Italienexperten im Reisegepäck?«

»Nicht alles in Italien ist auch italienischen Ursprungs! Nicht alles DOC«, warf Andrea ein, ohne seinen Blick von der rundlichen Rezeptionistin zu nehmen, die mit einer Hand das Telefon bediente, Kugelschreiber für die Meldeformulare reichte und die andere, in einen Verband gehüllt, an ihre üppige Oberweite drückte.

»Den Großvater des Besitzers hat eine unglückliche Liebe zu einer Französin fast in den Ruin getrieben. Sie verschmähte ihn, und er hörte auf zu essen, bis er an Körperschwäche verstorben ist, povero Giovanni«, erklärte die korpulente Angestellte.

Andrea richtete ein paar mitfühlende Worte an die Signora, worauf sich ihre Züge erhellten und die Zimmerschlüssel der besseren Etage auf dem Empfangspult landeten. Sie hatte die schwere Tür zur Speisekammer in der Küche zufallen lassen und vergessen, ihre Finger zuvor wegzuziehen. Alle Engel habe sie mit einem Schlag gesehen und die Mutter Gottes dazu. Nur für einen Moment selbstverständlich, nur für einen Moment, wie sie wortreich versicherte.

Matteo war an einer weiteren Unterhaltung nicht interessiert, tötete eine Gelse, die durch sein T-Shirt hindurch ein Blutgefäß an der Schulter gefunden hatte, und ging auf sein Zimmer.

Das Bellevue stand mit seinen Balkonen halb auf das Meer und halb auf die kleine Piazza gerichtet. Niedrigere Häuser umgaben das Hotel. Von der siebenten Etage sah man auf die Dachterrassen der anderen Häuser mit ihren Wäschestangen und Liegestühlen, die sich die Angestellten der kleinen Pensionen für ihre Mittagspause zurechtgerückt hatten. Den Campanile konnte man von allen Zimmern aus sehen, und Matteo erinnerte sich an die Enttäuschung, als er noch als kleiner Bub erfahren musste, dass nicht nur sein geliebter Campanile in Caorle, sondern alle Kirchtürme in Italien Campanile genannt wurden. Matteo seufzte. Es sollte also ein Ausflug in seine Vergangenheit werden.

Die Sonne des Spätnachmittags legte rote Schatten auf die Mauern der Häuser. Die ersten Gruppen verließen ihren angemieteten Sonnenschirm am Strand und bummelten in ihr Quartier. Kleine Kabinenmopeds lieferten mit viel Lärm und Rauchentwicklung frisches Gemüse zu den Kücheneingängen. In den Panoramascheiben spiegelten sich die Sonne und die kleine Karawane der schlurfenden Urlauber. Hinter Glas tauchten weiße Blusen auf und braun gebrannte Hände, die Besteck und Stoffservietten ordneten. Noch war es Zeit, noch war kein Gast in den Speisesälen. Matteo lehnte sich in seinem Plastikstuhl auf dem Balkon zurück, sein Gesicht tauchte in den

Schatten, und ein sanfter Windstoß führte ihn zu einem leichten Schlaf.

Als es an der Tür klopfte, war es bereits dunkel. Von der Straße herauf hörte man das Lachen der ersten Spaziergänger und das unvermeidliche Quengeln der Kleinkinder, für die seit je das Abendessen auf weniger Interesse stößt als die vielen Spielzeugläden mit ihren übervollen Ständern, die auf den Gehsteigen ein flottes Weiterkommen der Erwachsenen verhindern. Der steinerne Corso des Leuchtturms nahe der Altstadt in der Ostbucht bis nach Porto Santa Margherita war hell erleuchtet.

Die Hotelleitung des Bellevue, das etwa in der Mitte zwischen Leuchtturm und Mündung der Livenza gelegen ist, hatte die zentral gesteuerten Laternen auf den Balkonen an der Außenfront angeknipst. Lauter kleine Kästen mit Stühlchen, Handtücher über die Balkongeländer geworfen, kleine Menschen, die dort sitzen, sich unterhalten, Kinder, manchmal ein kläffendes Hündchen, Insekten, die nicht genug Hitze an den Sparlampen finden, um zu verglühen. Matteo hörte den Sirenengesang der Gelsen und schlug sich aufs Ohr.

Das Abendgeschäft hatte begonnen. Die rechte Zeit war gekommen, sich in den langsamen Strom auf dem Corso einzureihen. Er führte wie immer über kleine Umwege rund um den eigenen Häuserblock, zum Café-Kiosk und zurück, dann in eine der zahlreichen Trattorien. Neues Hemd, lange Hose, etwas Eau de Toilette. Matteo fühlte sich frisch und freute sich auf eine Portion Calamari.

Fast alle der langen Holztische im Restaurant an der Ecke waren bereits besetzt. Familien aus Österreich warteten mit zunehmender Unruhe und wachsender Lautstärke auf gefüllte Teller. Nervöse Heiterkeit übertrug sich von einem Tisch zum anderen. Den geröteten Gesichtern im Lokal konnte man eine schwer zu bändigende Sehnsucht, endlich die Riesenportionen zu zerteilen, zu zerbeißen, zu verschlingen, anmerken.

Die Väter bemühten sich immer weniger um vorbildhafte Zurückhaltung. Kinder schlugen mit ihrem Besteck auf Tisch und Teller. Die Kellner verzogen keine Miene. Sie kannten die Zeremonie der Abfütterung. Nach dem Antipasto konnten sie sich wieder etwas Zeit lassen. Danach galt es, die dampfenden Nudeln so schnell wie möglich zu bewegen, die überhängenden Pizzen zu servieren und ja nicht die große Flasche Cola zu vergessen. Dann war wieder Zeit zum Durchatmen. Endlich kamen die vollen Schüsseln mit Penne all'Arrabiata, die Insalate miste und die Quattro Staggioni. Der Lärmpegel, knapp am Kippen zu hysterischem Kreischen, senkte sich sofort. Die Mäuler waren gestopft. Im September wird dann wieder alles vorbei sein.

In Matteos Kopf dröhnte es. Schreien nach Essen, Gier, Habenmüssen, Genuss, alles zum Familienpreis. Würstel con Krauti. Nicht zu kurz kommen.

Den Teller hinhalten. Essen und reden zugleich. Drankommen, endlich selber drankommen. Alles wird immer enger. Sie rempeln mich an, damit sie zuerst beim Mehlspeisenwagen sind, wie beim Lift im Hotel. Sie erkämpfen sich ihren Platz. Er steht ihnen zu. Das wäre gelacht, kämen sie nicht auf ihre Rechnung – ihre Rechnung, die sie ja zu bezahlen hatten. Dafür konnten sie schon etwas verlangen. Dazu waren diese Ferienparadiese da. Hier kauft man sich die Zufriedenheit in Kalorien. Hier drängt man sich in die erste Reihe am Strand und lacht über die billigen Plätze. Hier wird lautstark kundgetan: Man kann es sich leisten, man hat dieses Recht auf Entspannung gekauft. Und jetzt wird es beinhart eingefordert.

Das war nicht das Paradies seiner Jugend. Wie durch einen Schleier sah Matteo sich als Kind in Caorle an der Hand des Großvaters gehen, sich hinsetzen und auf seinen Teller warten, die kleine Nase auf der Tischplatte, mit der einen Hand die tätschelnden alten Damen abwehren. Gropa hob ihn hoch, wenn er sich verkriechen wollte, setzte ihn auf seine Knie, lachte und trank Wein. Keine Kinder, dachte Matteo, es waren fast nie Kinder in meiner Umgebung damals in Caorle. Auch beim Sandspielen immer diese alten Gesichter: Tante Dora, Onkel Valdemaro, alte Freunde aus Triest. Es war alles viel größer und leiser. Ich hatte mehr Platz.

Mit Zischen und Knistern verendeten Insekten in einer elektrischen Falle, die heller und kälter die

Veranda des Lokals überstrahlte als alle Tischlämpchen zusammen. Das war nicht mehr Matteos Welt, und doch hatte es ihn hierher gezogen, magisch, mit sanfter Gewalt. Der warme Stallgeruch bei Neonlicht war es. Der heiße Dampfgeruch kochender Nudeln war es.

Dann aber, in dem Moment, da sich die fettigen dicken Finger in sein Gesichtsfeld zwängten, die verschüttete Cola auf der angebissenen Pizza, die leeren Muschelschalen, die wie tote Augen auf ihn gerichtet waren, die mit Tiramisu beschmierten Kindergesichter, deren leere Augen, die Unmengen Süßigkeiten, die in den Mündern verschwanden und die kleinen Menschen dabei alt und traurig aussehen ließen, wandte sich Matteo ab. Kleine Erwachsene ohne Kindheit, Kleinkinder, die auf den Bänken abgelegt wie tot wirkten und sich doch nur durch regungslosen Schlaf aus dem Lokal retteten; als er all das vor sich aufgetischt sah, dieses gemeine Vergnügen, das mit jeder Kaubewegung zu wachsen schien, war die Verbindung zu den Italienurlauben seiner Kindheit abgebrochen. Da war es, als schäme er sich, einer von ihnen zu sein, einen Moment des Lebens im Fressen zu ihnen gehört zu haben, in der stumpfen Sehnsucht nach dem Sattsein.

Matteo zog Andrea an seinem T-Shirt aus dem Lokal. In einem kleinen Stehcafé nahmen sie Panini mit Schinken und ein paar Oliven zu sich. Sie gönnten sich auch einen Fernet – zur Verdauung des Gesehenen.

Das nächtliche Promenieren hatte seinen unruhigen Höhepunkt fast erreicht. Die satten und müden Bambini wurden auf den Arm genommen und durch die Gassen getragen. Sie setzten ihren Schlaf fort, mit offenem Mund, kleine Speichelfäden auf den Shirts ihrer Väter ziehend.

Im Hintergrund eines aufgelassenen Sportplatzes versicherte ein älterer Herr seinen Zuhörern, dass er die Sangeskunst nie richtig gelernt habe, vielmehr aus reiner Freude am Singen zu singen pflege, aber wenn man es wünsche, könne er dennoch mit dem einen oder anderen Volkslied zur Unterhaltung beitragen. Unter einem irgendeinmal modern gewesenen Betonsegel hatten er und sein Begleiter neben dem elektrischen Klavier Aufstellung genommen und warteten nun auf ermunternden Applaus. Die Anwesenden spendeten ihn gerne. Einige hatten ein paar weiße Plastikstühle an die kleine Bühne herangerückt und unterhielten sich. Andere tanzten einen eigentümlichen Reigen, der sich immer wieder öffnete und zu einem gemeinsamen Tanz aller dieser alten Leute wurde, die hierhergekommen waren, zu einer Veranstaltung, die in keinem offiziellen Programm der Magistratsbehörde stand, die da mit einer Neonlampe und einem kleinen Verstärker auskam. Den vor langer Zeit gelernten Figuren folgend, drehten sich die Paare, die Augen halb geschlossen, den Blick in sich gerichtet. Immer mehr wurden es. Immer mehr weiße Plastikstühle wurden herangerückt.

Diverse Aufregungen entstanden beim Erscheinen einer älteren Dame, die ihr Haar offen trug und immer noch gut aussah in ihrem engen Tigerkostüm und mit ihrer erotisierenden Figur, mit ihrem tiefen Ausschnitt, in dem die vielen Fältchen den gierigen Blicken der gepflegten Herren nur spärlich verborgen blieben.

Das sommerliche Halbdunkel, in das nur manchmal Glutpunkte von Zigaretten drangen, legte einen weichen Schatten über die Szene. Matteo zerschlug eine Gelse an seinem Hals und wischte sich das Blut mit einem Taschentuch vom Kragen.

An der Steinmole drängten sich Menschen. Das Meer dahinter lag schwarz verschmolzen mit dem Himmel. Kein Wellenschlagen, als hörte die Welt hinter dem kleinen Laternenlichtkegel am Ende der Mole nach ein paar aufgetürmten Felshindernissen auf zu existieren. Ist hier noch etwas, dachte Matteo, oder stürzen wir in eine Dunkelheit, in der nichts mehr zählt, die keine Erfahrung, keine Erinnerung, keine Gegenwart mehr zulässt?

»Gegenwart zulässt«, wiederholte Andrea monoton. Ohne es zu bemerken, hatte Matteo die letzten Worte laut vor sich hingesprochen, und trotz des wellenförmigen Geplappers der Mütter, Großmütter, Väter und philosophierenden Großväter waren einige Wörter an Andreas Ohr gelangt. Wie viele waren es, und wie weit sind sie vorgedrungen, fragte sich Matteo und blickte seinen Freund schmunzelnd an, während ihm die schwarze Wand am Ende der Mole gleichmäßig kühle Luft entgegenblies.

»Alles, was wir wollen«, setzte Andrea fort. »Alles, was wir wollen, lässt die Gegenwart und die Zukunft zu.«

»Du hast mich nicht verstanden. Oder einfacher, du hast nur ein paar Details ohne Zusammenhang aufgeschnappt, Wortfetzen, die der Wind gerade nicht an deinen Lauschern vorbeigeblasen hat. So wie wir immer nur ein paar Brocken mitbekommen, der Rest bleibt unverständlich. Irgendein guter Geist da draußen streut ein paar Prisen irgendwelcher Wichtigkeiten auf uns, und wir kombinieren, fügen zusammen und ergänzen. Alles, um zu verstehen und die Angst vor dem Ungewissen zu verscheuchen. – Aber das verstehst du nicht, caro amico! Du verstehst eigentlich nichts!« Sie kehrten um.

Andrea hasste es, wenn sein Freund sich gnädig zu ihm herabließ und ihm einen Platz unter den Ignoranten zuwies.

Weit vorne über den Menschenköpfen leuchtete eine bunte Halbinsel aus der Dunkelheit, eine Holzbaracke, die vor mehr als zwanzig Jahren als Strandcafé provisorisch errichtet worden war und dieses Provisorium nun als ihr Markenzeichen stolz vor sich hertrug. Der weiße Lack auf den Dielen und am Balkon war abgeblättert. Bunte Lampengirlanden bewegten sich im Wind.

»Wenn der Wind aufkommt, kommt etwas auf«, bemerkte Matteo.

»Wenn es dunkel wird, geht die Helligkeit!«, konterte Andrea und lächelte. Die beiden betraten die

Veranda und bestellten Eis. Ein alter Mann, dessen weiße Haare vom Zigarettenrauch gelb geworden waren, servierte eilig und zog sich sofort wieder hinter die Theke zurück, deren einziger Zugang von einem schläfrigen Mischlingshund bewacht wurde. Wenige Tische waren besetzt. Matteo streckte sein Gesicht wieder der schwarzen Wand entgegen, aus der sich das monotone Glucksen einer müden Brandung, überstimmt durch ein helles Summen, löste.

Flügelschlag schien seine Wangen zu streifen, als glitten tausend Kinderfinger blitzschnell über sein Gesicht. Vor seinen Augen wechselten unzählige schwarze Punkte ihre Flugrichtung, zielten auf die Augen, landeten auf den Armen. Ein Schwarm Gelsen hatte sich Matteos Kopf und seine Schultern zum Ziel erkoren. Während alle anderen Gäste verschont blieben, konnte sich Matteo nur durch immer heftigeres Schlagen auf beide Schultern und ins Gesicht wehren. Letztlich half nur noch das gänzliche Verbergen hinter den Händen, die selbst schon von Stichen übersät waren. Andrea zahlte eilig und führte seinen nur noch Schmerz wahrnehmenden Freund die kleine Holztreppe hinunter, fort aus dem Lichtkegel, fort von der Neonhelligkeit, dieser kalten Verbündeten der Insekten.

Matteos Hände waren angeschwollen. Zwei alte Damen schlürften unberührt vom Geschehen ihren Campari-Soda. Nichts von der Attacke war ihnen entgangen. Nach einigen Augenblicken aber verloren sie das schwache Interesse und widmeten sich wieder ihrem Gespräch.

Warum ich, dachte Matteo. Keiner von den anderen Gästen wurde angegriffen. Nur er war auserwählt von den Peinigern, Nahrung zu geben und mit winzigen, aber wirksamen Giftportionen beschenkt zu werden. Sein Blut musste ein besonders attraktiver Saft für die Insekten sein. Matteos Hände schwollen weiter an und färbten sich rot.

In dieser Nacht träumte er schwer: Er stand in einem kleinen Café nahe der schmalen Mole, dort, wo die Livenza ins Meer mündet. Ein weißhaariger Ober warnte ihn davor, hinauszugehen. Der Leuchtturm am Ende der Mole funktioniere nicht, er könnte sich verirren. Warum sollte er sich verirren, dachte Matteo im Traum. Der Weg ist vorgegeben. Es gibt nur eine Richtung.

»Was wollen Sie dort draußen sehen, was Sie hier nicht sehen? Es ist stockdunkel. Hier ist es hell. Dort draußen ist nichts! Vor Ihnen und hinter Ihnen – nichts, einfach nichts. Können Sie sich das vorstellen? Schauen Sie weg. Sie nehmen sich auch das, was Sie jetzt hier noch haben. Sie verlieren es. Ist Ihnen das die Sache wert?«, deklamierte der kleine Mann weiter in seinem monotonen Geplapper und lachte dabei in sich hinein.

»Genau das möchte ich sehen.«

»Sie wollen sich davon überzeugen, dass da nichts ist? – Wie kann man sich vom Nichts überzeugen?« Wieder lachte der Mann.

»In Österreich tragen die Kellner Speisen ...«, erwiderte Matteo in der Hoffnung, das Gespräch wäre nun beendet. Aber der Mann ließ sein Tablett fallen, rief erbost: »Die Tragik Österreichs!« und begann eifrig aus einem Büchlein Rilke zu zitieren.

Hinter Matteos Rücken hatten zwei österreichische Touristen Platz genommen, ein älteres Ehepaar, dessen Gemeinsamkeit nur noch durch eine demonstrative Unzufriedenheit erhalten blieb. Ein weinerlicher Singsang, in den sie sich wiegend vertieften, bestätigte die Verdorbenheit der Welt, das Missgeschick der menschlichen Ordnung, ja die Ungeschicklichkeit der Schöpfung, welche die beiden als Einzige erkannt haben dürften. Sie denken, belauern sich und verwerfen die Welt. Hinter all diesen Verweigerungen, mit denen sie ihre Umgebung belasten, meinen sie letztlich nur ihr verpatztes Leben, projizieren es auf harmlose Subjekte ihres Umfelds, um von ihrer eigenen Tristesse abgelenkt zu werden.

Eine Flasche Mineralwasser wird zum Angelpunkt einer nervenzerreibenden Auseinandersetzung. Ein Liter ist auf ihr angeschrieben. Ein Zehntel fehlt. Bei einer Million Flaschen ergaunert sich der Produzent ein Vermögen. Beharrlich suchen sie mit ihren Gesprächen Probleme zu lokalisieren, die sie nicht selbst verschuldet haben, die sie nicht beeinflussen können, die der Welt letztlich egal sind und nur sie nahezu lustvoll aus dem mühselig erhaltenen Gleichgewicht schwingen lassen. Das ist Nervenkitzel und belebt die Sinne.

Als Gespenst der Monotonie lauert ihre Zukunft an den schönsten Plätzen der Welt. Keine Aussicht auf Veränderung stört ihre wohlsortierte Unzufriedenheit.

Matteo dachte im Traum nach, wie es sein könnte, wie das Leben seiner Traumansicht nach nicht sein durfte. Das Arkadencafé neben der Präfektur damals in Treviso, das durfte sein. Dort hatte er zum ersten Mal gespürt, wie sich wohlige Gleichgültigkeit selbst präsentieren konnte, unaufgefordert, leise, von wenigen, die zu sehen verstanden, auch wahrgenommen werden durfte.

An jenem Nachmittag, als die Sonne rotgelbes Licht auf den Backsteinbau der Präfektur warf, der große Platz nur von zwei Mädchen überquert wurde, die Bambustische mit den roten Tüchern unbesetzt blieben, damals ließ sein unruhiger Gedankenstrom einen Moment des wunschlosen Innehaltens zu. Hier stimmten sich die Details auf eine leise Melodie ein, die man nie mehr vergessen möchte: Das Flattern einer Taube wird von den hohen Wänden zurückgeworfen. Ein Lichtstrahl trifft den gläsernen Aschenbecher und weist dem leuchtenden Blitz einen Weg unter die schattigen Arkaden. Ein Flugzeug zieht sein Schattenbild in einer Diagonale über den Platz. Ein alter Herr entfaltet den *Corriere della Sera*. An der Theke nimmt ein Carabiniere Aufstellung und erwartet seinen Espresso, dieses belebende schwarze Nichts am Grund einer winzigen Tasse. Das war schon eine Erinnerung wert, davon konnte man zehren.

Matteo wandte sich zum Gehen, und bald klang die monotone Litanei des philosophierenden Kellners merklich leiser. Endlich war er fort, und Matteo fand sich auf der schmalen Mole wieder, setzte vorsichtig einen Schritt vor den anderen, gleichmäßig, gerade hinaus auf diesem dünnen steinernen Finger, der in die Dunkelheit zeigte. Von weit draußen kam ihm ein Radfahrer entgegen. Er hatte eine Angel auf seinem Gepäckstråger verstaut und fuhr ohne Licht. Als er nahe genug war, erkannte Matteo seinen Großvater, und im selben Moment begann eine Wolke von Gelsen sein Gesicht und seine Schultern zu umschwirren. Wild um sich schlagend, lief Matteo auf seinen Großvater zu, hielt sich die Hände vor die Augen und schrie um Hilfe. Aber sein Mund blieb stumm, kein Laut entkam ihm.

»Kein guter Abend für Fischer. Der Korb bleibt leer. Matteo, Bub, kehr um. Hier ist kein Weg für dich. Lass uns nachhause gehen!«

»Nachhause! Endlich sagst du es. Warum erst jetzt? Was tun wir hier?«

Matteo flüsterte seine Fragen für niemanden hörbar durch die Handflächen seinem Großvater zu, während der alte Berg lächelnd eine einzelne Gelse von seiner Schulter scheuchte. Sie flüchtete zu Matteo, bohrte sich durch das Hemd in seine Schulter, steckte ihren Kopf in eine geöffnete Blutbahn, holte noch einmal tief Luft und ließ sich mit geschlossenen Augen in Matteos Herz treiben.

Matteo fuhr aus dem Schlaf und griff sich an die Brust. Ein bohrender Schmerz tobte in ihm. Er stand auf und trank hastig ein Glas Wasser. Dann ließ er sich wieder ins Bett fallen.

Als er nach ein paar Stunden müde erwachte, war es bereits später Vormittag. An Frühstück war nicht mehr zu denken. Der Speisesaal wurde eben für das Mittagessen hergerichtet. Die meisten Gäste waren längst am Strand. Matteo stellte sich an die Theke und trank einen Espresso, als eine Hand mit eingebundenen Fingern einen Zettel über die Theke schob. Das Fräulein von der Rezeption blickte ihm besorgt in die rot unterlaufenen Augen.

»Ein Signore Grasl hat angerufen und erbittet Ihren baldigen Rückruf. Er hat gesagt, Sie wüssten schon, wo Sie ihn finden werden. – Kann ich etwas für Sie tun? Gibt es ein Problem?«

Offensichtlich gab es das, denn sonst würde der Polizeihofrat nicht in Caorle anrufen. Matteo hatte das Gefühl, dass er sofort reagieren musste. Etwas war geschehen, das kein Abwarten zuließ.

»Nein danke, alles in Ordnung. Aber telefonieren möchte ich. Kann ich …«

»Selbstverständlich.« Die rundliche Dame mit den gequetschten Fingern reichte ihm das Telefon über die Theke. Matteo nahm niemals sein Handy mit, wenn er auf Urlaub fuhr. Vielleicht wäre es diesmal besser gewesen. Einer spontanen Eingebung folgend, wählte er die Nummer des Großvaters. Nach wenigen Klingelzeichen hörte er eine fremde Stimme am anderen Ende:

»Ja bitte! Wer spricht?«

»Das möchte ich auch wissen«, antwortete Matteo, der auf eine fremde Stimme nicht gefasst war. »Wer sind Sie, und was machen Sie im Haus von Volker Berg?«

»Ich hatte doch recht – Sie würden wissen, wo ich mich aufhalte!«, sagte die Stimme, der man ein Schmunzeln anhörte.

»Grasl, sind Sie's? …«

Hofrat Grasl war nicht wirklich erfreut, seinen Namen ohne respektable Anrede genannt zu hören, zögerte mit der Antwort und setzte mit ein paar hektisch herausgestoßenen »Ja, ja, ja …« dem Erkennungsgeplänkel ein Ende.

»Haben Sie etwas für mich? … Ist etwas mit Tante Dora? … Oder …«

»Etwas, das Sie nicht erfreuen wird. Es ist nichts mit Tante Dora. Ihr geht es gut, soweit ich das beurteilen kann.«

»Kommen Sie doch endlich zur Sache!«

»Am Telefon wird das nur schwer möglich sein. Ich glaube, es ist besser, Sie kommen zurück, so bald als möglich. Ihr Großvater …«

»Ist ihm etwas zugestoßen? … Hat er die Aufregung …«

»Es ist viel schlimmer. Ihr Großvater wurde Opfer eines Gewaltverbrechens. Er ist nicht mehr am Leben. Die Umstände sind grauenvoll, und auch für mich ...«

Matteo ließ den Hörer sinken. Er wollte keine Details hören. Sein Blick verlor sich in der Maserung der Marmorfliesen.

Andrea betrat das Foyer des Bellevue. Er trug kurze Hosen und weiße Socken, dazu Plastiksandalen und einen Matrosenhut: »Capitano, stechen wir in See. Der Tag ist uns hold. Ich habe den Sonnenschirm 831 bekommen.« Mit einem breiten Grinsen im Gesicht, das seine schlechten Zähne sehen ließ, trat er an den schweigenden Freund heran und erschlug klatschend eine Gelse auf seinem Knie.

»Nun ist der Alte auch nicht mehr da. Wir müssen zurück. Was geht hier nur vor?« Matteo setzte sich.

Andrea wischte sich die vom Insektenblut geröteten Finger in den dunklen Shorts ab und runzelte die Stirn. »Kaum ist man ein paar Tage nicht im Lande, schon bricht die Welt zusammen«, sagte er mit geheuchelter Bestürztheit.

In der Tat muss da eine Welt untergegangen sein. – Jemand hat seine Achillesferse entdeckt. – Seine Abwehrkräfte sind schwach geworden. – Seine Lebensgeister haben sich von ihm zurückgezogen? – Michelangelo! – Er hat sich als Opfer geoutet. – Er ist verletzbar geworden. – Oder hat ihm etwas die Augen geöffnet? Bruchstücke zahlreicher Möglichkeiten stürzten auf Matteo ein. Er fühlte, dass etwas im Gange war. Etwas hatte begonnen, das auch ihn betraf – möglich, dass es sogar auf ihn abzielte. Das Vorspiel war zu Ende. In seine geschützte Welt war jemand eingedrungen. Warum nur, dachte Matteo und: Wem nützt es?

Matteo war ein Mensch, der lieber schwieg, wenn dadurch Einklang gewahrt werden konnte, der nicht reden musste, der nicht aufdecken musste, einer verborgenen Wahrheit lieber aus dem Weg ging, sich vor ihr fürchtete, weil sie mehr zu zerstören vermochte, als aufzuklären. Schweigen war für ihn ein wärmender Mantel, der eine kalte Wahrheit fernzuhalten hatte. Jetzt konnte er nicht mehr stillhalten, nicht mehr schweigen.

»Ich wurde aufgerufen. Nun muss ich mich melden.«

Der alte Berg und sein Bruder Valdemaro waren Angreifer gewesen. Sie forderten ihr Leben lang heraus und entzweiten zu ihren Gunsten. Wer nicht für mich ist, der ist gegen mich. Ausgleich war für sie Versagen. Sie mussten gewinnen, bei allem, was sie auch taten. Ihr Sieg beruhigte dann kurze Zeit, ihr Verlieren machte sie trotziger. Beide waren stark, und die Generation nach ihnen hatte es schwer, sich zu beweisen.

Seine eigene Generation war in unauffälliger Weise verloren gegangen. Sie hatte keinen Ursprung, so dachte Matteo. Wenn man von seinen Vätern nichts weiß, so weiß man über sich nicht viel. Auch Viktoria,

Cousine Viktoria! Zuerst studierte sie in Graz, engagierte sich sehr für Jugendbewegungen und für alternative Gesellschaftsstrukturen. Auch Viktorias Mutter hatte sich in vage Erinnerung aufgelöst, sie war einfach aus dem Familienleben verschwunden, wie Matteos Vater. Viktoria stand Matteo auch darum seit Kindheitstagen nahe. Einige Sommer verbrachten sie gemeinsam im Klagenfurter Berg-Haus. Einmal waren sie auch zusammen in Caorle.

Eigenartig, dachte Matteo, es fehlt eine Generation. Unsere ganze hochheilige Familientradition wurde von zwei alten Männern und einer Anzahl Statisten derselben Altersklasse geprägt. Wo ist diese andere Generation, die vor mir?

Matteo erinnerte sich an einen Film, den er in Wien gesehen hatte. Es war ein österreichischer Stummfilm, der ein biblisches Motiv zum Inhalt hatte, monumental aufbereitet, im Schwulst der Zeit eben. Gedreht wurde in Wien, auf dem Rosenhügel. Da waren unzählige Statisten, die von einer unsichtbaren Hand gesteuert hin und her wogten, wie in Trance gleichzeitig die Hände hoben, sie fallen ließen, ihre Fäuste ballten und die schwarz geschminkten Augen rollten. Hauptdarsteller des Filmes waren die Statisten. Um sie drehte sich alles. Sie wurden ins Bild gesetzt. Die Hauptdarsteller wirkten neben ihnen verloren. Ein ganzer Berg bewegte sich. Menschenköpfe im gleichmäßigen Auf und Ab der Schritte. Wie ein einziger, aber riesiger Körper wirkte diese Menge, die dafür geschaffen schien, sich im Gleichklang zu bewegen. Der Zuschauer sah die Bewegung, aber nicht den, der die Bewegung vorgab.

Wir sind in eine Zeit der bedeutend bewegten Statisten geraten, dachte Matteo. Protagonisten wie Volker Berg oder Valdemaro haben keinen Platz mehr hier und jetzt. Sie fallen heraus.

Geistiger Beistand

Die Tür zum Berg-Haus am Theaterplatz war nicht versperrt. Jemand zog an der Innenseite, als Matteo sie aufdrückte. Keinen Widerstand leistete die alte Tür. Manki, Tante Doras Enkelin und Matteos Cousine, hatte sie von innen mit Schwung aufgerissen. Matteo war mit gleichem Schwung ins Stiegenhaus getreten, und so lagen sie sich in den Armen, überrascht und mit einem Lächeln in den Mundwinkeln, das sofort wieder verschwand, denn beide waren sich des Ernstes der Situation bewusst. Matteo ahnte sie, Viktoria schien sie zu kennen. Und doch erfolgten sie wie selbstverständlich, diese beiden Küsse auf die Wangen zur Begrüßung.

Matteo hatte auf eine familiäre Unterstützung in dieser seltsamen Situation gehofft und insgeheim erwartet, dass Cousine Viktoria kommen werde. Warum sollte er alles auf sich nehmen. Diese Zuweisung von schicksalhaften Belastungen wollte er nicht alleine bewältigen. Manki war robuster, und ihr trockener Humor hatte schon so manchen Gesprächsverlauf vor einer kränkelnden Tiefe gerettet, in der alle nur zu gerne verharrten, wenn die Alten ihre Familienrituale zelebrierten.

Sie hielten sich in den Armen, und Matteo spürte ihren Herzschlag. Seine Hände öffneten sich am Rücken Viktorias und zogen ihren Körper enger an den seinen.

»Dass du da bist. Endlich ein Lichtblick. Was ist eigentlich geschehen? Warum bist du nicht mehr in Amerika bei deinen Studenten?« Viktoria hatte die letzten Monate in den Staaten verbracht. Zuerst studierte sie ein paar Semester, dann betreute sie andere Studenten und machte sie mit den Gepflogenheiten des College vertraut. Eine einfache Arbeit, die ihr Spaß machte.

»Allmählich könntest du mich loslassen. Obwohl es nicht unangenehm ist, deinen starken Arm zu spüren nach so langer Zeit, Matteo – Schatz!«

Matteo errötete und ließ Viktoria los. Mit einem Schmunzeln und kurzem Kopfnicken versuchte Andrea die Koffer an den beiden vorbeizutragen. Andrea wollte nicht stören, das verrieten seine verschmitzten Augen und das leichte Lachen um sie.

»Lassen Sie die Koffer hier stehen. Und fassen Sie sonst nichts weiter an. An Auspacken ist nicht zu denken. Sie werden wohl oder übel woanders übernachten müssen«, dröhnte eine Stimme das Stiegenhaus herunter. Matteo erkannte unschwer Hofrat Grasls Amtspathos, diese schrille Bestimmtheit, die keinen Widerspruch duldete und ihn stets zum Widerspruch reizte.

»Sie sind mir eine Erklärung schuldig, Herr Grasl«, schleuderte Matteo in den hallenden Raum zurück. Kein Hofrat, kein Doktor, kein Konsul, kein Inspektor, keine Titel, das war Kränkung genug, und Matteo wusste, dass er damit gehörig an einem Selbstwertgefühl gerüttelt hatte.

»Ich habe ihn gerufen. Es ist notwendig gewesen. Matteo, dein ...« Cousine Manki verstummte, und Matteo ging an ihr vorbei.

Wie in einem amerikanischen Kriminalfilm waren überall gelbe Bänder gezogen, die irgendwelche Bezirke von anderen trennten und Unbeteiligten den Weg verwehrten. Weiß vermummte Gestalten bewegten sich hinter der Abgrenzung. Mit Pinseln wurden die glatten Oberflächen der Möbel bearbeitet. Irgendwo sprühte ein Erhebungsbeauftragter eine Flüssigkeit über einen Stuhl. Ein anderer leuchtete mit einer Stablampe und verharrte in gebückter Haltung. Alukoffer wurden aufgeklappt, Instrumente entnommen. Grasl stand auf der obersten Stufe der Treppe, und seine großen Brillengläser blinkten im grellen Licht der aufgestellten Scheinwerfer.

Erst jetzt sah Matteo, wie alt das Haus war, wie abgelebt das Stiegenhaus, wie grau und abgegriffen die Türklinken waren. Das milde Halbdunkel, in welches die einsame Glühbirne in ihrem grünen Schmiedeeisenmantel das Stiegenhaus sonst hüllte, gewöhnlich alles zudeckte, war einem grellen Weiß gewichen, das einen schamlosen Blick auf die Risse gewährte, die sich wie Krampfadern über die Wände zogen.

Hofrat Grasl hielt Matteo am Arm zurück, als dieser das Arbeitszimmer seines Großvaters zu betreten versuchte.

»Vielleicht sollten wir vorher noch ein paar Takte miteinander reden, Matteo! Es gibt da ein paar Dinge, die ich Ihnen noch sagen sollte.«

Matteo blickte auf seine Cousine, die ein paar Tränen kaum unterdrücken konnte, dem Blick nicht standhielt, sich abwandte und ihr Gesicht in den Händen verbarg.

»Machen Sie keine Umstände. In meinem Haus gehe ich wann immer ich will wohin immer ich will. Wer sollte mich daran hindern?«

»Ich, wenn es die Ermittlungen erfordern.«

Grasl hatte seine Brille abgenommen und putzte die Gläser mit besonderer Sorgfalt. Dabei gab er acht, dass niemand das Arbeitszimmer betrat.

»Sobald das Wort Ermittlungen gefallen ist, glaubt jeder Beamte, er habe das Recht, ungeniert in Privatsphären herumzuwühlen, als wäre er nun Statthalter der familiären Ordnung. Ermittlungen sind das Privatleben der öffentlichen Hand. Es riecht nach Voyeurismus, Herr Grasl!«

Matteo schob den Polizeibeamten zur Seite und betrat das Arbeitszimmer. Ein unangenehm süßlicher Geruch stieg ihm in die Nase. Auch in diesem Raum brannten grelle Scheinwerfer. Zwei Beamte in weißer Ganzkörperverkleidung samt Handschuhen suchten nach Spuren. Der unaufgeräumte Schreibtisch war mit einer bräunlichen Flüssigkeit überzogen. Der Stuhl dahinter stand leer.

»Das ist das Blut Ihres Großvaters. Ein Teil seines Blutes. Der Rest ist am Boden und dort hinten an der Wand. Es müssen fast die ganzen fünf bis sieben Liter sein, die so ein erwachsener Mensch in sich trägt. Wie groß war Ihr Großvater?«

Grasl hatte alle Nachsicht aufgegeben. So konnte er nun uneingeschränkt offen sein, Dinge aussprechen, die sonst Behutsamkeit verlangten.

Matteo überging die Frage des Beamten: »Was ist hier geschehen?«

»Ihr Großvater wurde enthauptet, und ich muss gestehen, dass wir bis zum jetzigen Zeitpunkt seinen Kopf nicht gefunden haben. Den Leichnam haben wir in die Prosektur verbracht. Die Autopsie wird uns die letzten Fragen beantworten. Danach ruhe er in Frieden. Zumindest das, was von ihm geblieben ist.«

Aus einer Mappe zog Grasl ein Kuvert, dem er einige großflächige Schwarz-Weiß-Fotos entnahm. Sie zeigten den Körper des alten Mannes in seinem Stuhl hinter dem Schreibtisch, einen mit Krawatte und Hemd bekleideten Rumpf ohne Kopf. Die Hände lagen im Schoß, zu Fäusten geballt. Überall diese dunkle Flüssigkeit. Matteo atmete einige Male tief durch, und ohne es zu wollen entglitt ihm ein Seufzer aus seinem Inneren. Zwei Hände spürte er sogleich auf seinen Schultern, die warme, feste Hand Viktorias und die zaghafte, kühle Andreas. Beide schüttelte er ab und trat einen Schritt vor.

»Geköpft?«

»Mit einem sehr scharfen Instrument abgetrennt. Es erfolgten zuerst zwei Stiche. Der erste traf, von hinten ausgeführt, in der Höhe zwischen dem ersten und zweiten Halswirbel. Dies löste einen Krampf aus. Der ganze Körper des Mannes streckte sich. Es muss ihn aus dem Sessel gehoben haben. Das Gesicht läuft in diesem Moment blau an. Der Kopf streckt sich nach hinten durch. Aus dem Hals entweicht ein gepresstes Geräusch. Der Mörder zieht das Messer heraus. Das Geräusch lässt nach. Der Krampf lässt nach. Der Körper sinkt wieder zurück. In diesem Moment lässt das Opfer Wasser unter sich. Aus der Halswunde tritt Liquor, also Hirnflüssigkeit, da das Mark getroffen ist. Liquor ist Holundersirup nicht unähnlich, weißlich, leicht dickflüssig. Noch ist das Opfer bei Bewusstsein, zwar getrübt, aber es ist noch da. Mit dem zweiten Stich oder Schnitt wird das Messer im Kreisrund geführt. Dann stößt das sicherlich sehr scharfe Messer an die Nackenwirbel und wird gebremst. Vielleicht steckt es auch zwischen den dünnen Knorpelschichten, welche die beiden Wirbel voneinander trennen. Der Täter, die Täter halten nun den Kopf mit beiden Händen fest. Die Tatwaffe wird mit Gewalt und mit möglicherweise sich auf und ab bewegender Klinge durch die Knorpelschicht gezwängt und dann der Kopf mit einem entschiedenen Ruck vom Körper getrennt. Dazu braucht es viel Kraft, denn die Halswirbel leisten elastischen

Widerstand. Das Messer ist scharf. Die Knorpel knirschen. Der Mörder zieht das Messer durch. Der Kopf ist ab. Die Wunde ist glatt. In der letzten Phase ausgefranst, zermergeltes Gewebe. Man sieht es hier genau auf diesem Foto.«

Matteo wartete eine Atempause ab und verpasste in ihr dem vortragenden Hofrat eine schallende Ohrfeige, sodass dessen Brille in weitem Bogen vor die Füße eines suchenden Beamten flog.

»Sie sind unverschämt! Was erlauben Sie sich? Sie sprechen von meinem Großvater. Zu seinen Lebzeiten hätten Sie es sich nicht einmal im Traum erlaubt, so über ihn zu reden.«

Hofrat Grasl benötigte nur einige Momente, seine Fassung wiederzuerlangen.

»Nehmen Sie diesen Kerl auf der Stelle fest«, wies er einen Beamten an. »Ich habe genug von Ihren Frechheiten, Matteo Berg. Was erlauben Sie sich? Auch Sie werden wir noch disziplinieren. In welcher Welt leben Sie? Sie, Sie ... Kerl! Sie meinen wohl, Sie könnten sich alles erlauben. Sie unnützer Tagedieb. Dieses verwöhnte Geschmeiß! Sie werden mich noch kennenlernen.«

Grasl hatte die Kontrolle über sich verloren, stotterte wirres Zeug und drehte Matteos Arm auf den Rücken. Sein Mund näherte sich Matteos Ohr, und was für die Anwesenden wie ein Zischen klang, verstand Matteo sehr gut:

»Sie degenerierter Bastard. Ein Wort noch, und Sie landen in der Psychiatrie. Verkommener Sozibengel! Ihr Großvater würde sich im …«

»Bist du nun völlig verrückt geworden«, schrie Viktoria, und es waren beide, Matteo und der Hofrat, die sich angesprochen fühlten und ihren Kopf der jungen Frau zuwandten.

»Zu seinen Lebzeiten hätte er natürlich nicht so über Gropa Berg geredet, denn zu seinen Lebzeiten hätte Großvater noch gelebt, du Dummkopf!«

Andrea, etwas abseits der Szene stehend, konnte ein schallendes Lachen nicht zurückhalten, worauf ihm eine ebenso lautstarke Ohrfeige zuteil wurde. Sie stammte von Viktoria und wurde mit einem bösen, verachtenden Blick verabreicht. Das genügte. Zur gleichen Zeit hatten die beiden Beamten mit den weißen Handschuhen Matteo am Arm gepackt und begannen ihm Handschellen anzulegen. Grasl gab den Befehl, ihn loszulassen. Bevor Matteo es sich versehen konnte, hatte auch er eine Ohrfeige versetzt bekommen. Grasl rieb sich die Hand und Matteo die Wange.

»Es ist weder der Ort noch die Zeit für derartige Blödheiten, die eine ungeheure Respektlosigkeit gegenüber dem Toten aufzeigen!«

Viktoria war die Jüngste im Raum. Am wenigsten war ihr eine derartige Entschlossenheit zuzutrauen. Aber ihre Unbedarftheit und ihr Hang zu krampfartigen Gefühlsäußerungen gaben ihr die Kraft und

Entschlossenheit zu dieser spontanen Stellungnahme. Betretenes Schweigen der anwesenden Herren, die mit dem Rücken zueinander standen, war die Folge. Viktoria füllte ihre Lungen mit dem süßlichen Blutnebel, der noch immer im Raum hing, und verbarg wieder ihr Gesicht in den Händen.

In diesen Augenblicken der Stille schien es Matteo, als ginge einer jener lautlosen Sprünge durch die Welt, die einen Blick auf eine Wirklichkeit gaben, die grausamer und enttäuschender war als all das, was in schlechten Träumen manchmal in der Nacht an die Oberfläche der Gedanken geriet und mit Tagesbeginn wieder zurückgeschoben wurde. Sie forderten Matteo geradezu heraus, sie zu verdecken, mit einer Hand zuzudecken. Aber die Risse laufen wie Spinnenbeine über die schützende Abdeckung, werden größer und größer, und alle Hände reichen bald nicht mehr aus, den klaffenden Abgrund zu verbergen.

Matteos Vorstellungskraft spielte verrückt. Erdrückende Bilder drängten sich in seine Gedanken und verlangten nach Erklärung. Das machte Matteo Angst.

Wer konnte denn Interesse haben, aus dieser Posse, in der er lebte und in der er doch nur eine Nebenrolle mit geringem Engagement spielte, eine Tragödie, einen splitternden Zerrspiegel zu machen, der nicht nur ihn selbst, sondern alle Beteiligten blendete, mit einem zerschnittenen Licht, das schmerzt und verletzt? Alles war anders. Nichts passte mehr zueinander. Welch ein Spektakel wird mir da serviert? Ich finde keinen Abstand mehr, werde gezogen, geführt, geleitet und kenne den Sinn der ganzen Sache nicht. Was um des Himmels willen fängt man da mit mir an? – Wie theatralisch, dachte Matteo. Ich neige zu Übertreibungen. Erbärmliches Schauspiel. Schluss damit. Vorhang!

Matteo drehte sich zum Fenster und blickte auf das der Villa gegenüberliegende Stadttheater. Aus Stolz und Dankbarkeit der Bürger errichtet und in aller Bescheidenheit Kaiser Franz Joseph zum sechzigsten Regierungsjubiläum gewidmet, war es seit Jugendtagen für Matteo immer ein Ort der Freiheit gewesen. Hier allein konnte und durfte das Außergewöhnliche von ausgewählten Menschen in bunten Kleidern vorgelebt werden. Hier fanden gemeinschaftliche Beschwörungen großer Menschheitsideale statt. Hier wurden auch gefährliche Gedanken gesponnen, solche, die eine Welt ohne Gott vorstellbar machten und die Menschen in ihren behaglichen Verträumtheiten verunsicherten. Nur, das Theater konnte man ja wieder verlassen, und dann stimmte alles wieder. Ein paar Schritte über die Straße, ein paar Stufen hinauf, dann rechts ins Arbeitszimmer des Großvaters, wo mit Leichtigkeit wieder zurechtgerückt wurde und die ängstlichen Kummerfalten zwischen den Augenbrauen weggewischt wurden, manchmal auch mit einem Kuss auf die Stirne. Da war keine Verstellung, vielmehr Ordnung und Beständigkeit.

Heute fegt mir eine kalte, unmenschliche Zeit, die nicht mehr für mich arbeitet, alle Gedanken aus dem Gehirn, die mir so oft halfen, mich mit diesem Leben zu versöhnen, dachte Matteo. Ein Blick in die Runde bestätigte seine Vorstellungen.

Jemand hatte gelogen, als er sagte, wir müssten nur den Sinn dieser ganzen Sache suchen, alles Weitere ergäbe sich dann schon. Das Suchen selbst erlöst. Am Ende der Sache ist nichts. – Wir wenden uns voneinander ab: Des Tages rufe ich, doch antwortest du nicht, und des Nachts, doch finde ich keine Ruhe. – Die helfende Hand hat sich zurückgezogen. Der Sturmwind bläst den Schöpfer fort von Adam. Matteo senkte seinen Blick auf die Spitzen seiner italienischen Halbschuhe.

Dann bezog er wieder sein Jugendzimmer und kümmerte sich so wenig wie nur möglich um all die lautstarken Belästigungen, die um ihn herum auftauchten. Einmal kam Manki vorbei, legte sich auf sein Bett und betrachtete ihn von der Seite, spielte mit den Plüschtieren, räusperte sich vielsagend, ging dann wieder, ohne etwas gesagt zu haben. Matteo verspürte keine Lust, sich mit ihr auszusprechen. Worüber auch? Sich gemeinsam über das Geschehen zu wundern, in Trauer zu versinken und im Schmerz wieder zueinanderzufinden, dazu war nicht die Zeit. Matteo hatte die kleinen Erlebnisse mit Manki vergessen und wollte nicht an Gemeinsamkeiten erinnert werden. Cousine Viktoria konnte so nicht abhandenkommen. Sie hatte sich in Tante Doras Zimmer für einen längeren Zeitraum häuslich eingerichtet. Geredet konnte immer noch werden. Andrea verzog sich in seinen Gartenschuppen und verhielt sich ruhig.

Ein paar Tage vergingen. Der Sommer, der nur aus heißen Tagen bestand, hatte sich schnell verbraucht. Die Blätter verfärbten sich. Das Grün war aus den Adern herausgebrannt. Die Kastanienblätter begannen zuerst fleckig zu werden und dann abzufallen.

Natürlich stürzte sich die ausgedörrte Presse auf den Fall Berg. Wie in jedem Sommer war auch in diesem an innenpolitischem Geschehen nicht viel zu erwarten. Die Ferien hatten noch immer von den Politikern Besitz ergriffen. Zwischendurch brachten die Zeitungen Schauermeldungen über Salmonellenepidemien an der oberen Adria. Auch das war schon Tradition, traditionell auch das Lob und die zur Schau gestellte Zufriedenheit der Tourismusbetriebe gegenüber einer demonstrativ patriotischen Medienlandschaft, die ihr Scherflein zur Anhebung der heimischen Übernachtungszahlen beitrug. »Geköpft« – »Mord in Klagenfurt« – »Wahnsinnstat« – lauteten die Schlagzeilen. Die Details wurden minutiös beschrieben, stadtbekannte Psychologen gaben umständliche, vor allem aber umfangreiche Analysen zum kargen Faktenmaterial. Aber schon nach ein paar Tagen war die Familientragödie wieder aus den Zeitungen verschwunden. Eine verschmutzte Gastronomieküche am See hatte ihren Platz eingenommen.

Hofrat Grasl konnte mit keinen weiteren Erhebungsdaten dienen. Dann kam noch dazu ein Fall von Legionärskrankheit auf dem Campingplatz ins Spiel. Ein Urlauber starb an Lungenversagen. Die heimische Hotellerie hielt den Atem an. Die Familientragödie geriet in Vergessenheit.

Die Leiche Volker Bergs, oder vielmehr der Großteil der Leiche, wurde freigegeben. Die Bestattung musste kopflos erfolgen, da der Schädel trotz eifrigster Suche der Behörde unauffindbar blieb. Matteo ertappte sich bei der Frage, ob der Sarg kürzer sein sollte als bei einem gewöhnlichen Begräbnis – dies, um anklagend auf das Schreckliche dieser Tat hinzuweisen und allen Begräbnisteilnehmern das Unfassbare drastisch vor Augen zu führen. Was geht das aber die Menschen an? Wie viel mussten sie überhaupt wissen? – Darf man eine Leiche ohne Kopf begraben?

Matteo wurde unsicher und suchte Pater Gero auf, ein Jugendfreund von Großvater Berg, der, spät berufen, nach dem Krieg Kapuzinerpater geworden war und nicht weit vom Berg-Haus am Anfang der Bahnhofstraße mit seinen Ordensbrüdern neben der unscheinbaren Kapuzinerkirche in einem Neubau aus den Sechzigerjahren lebte. Matteo traf Pater Gero beim Kehren des Kirchenvorplatzes.

»Mein Gott, Matteo!« Pater Gero erschrak und ließ in seiner freudigen Aufregung den Besen fallen. Er umarmte Matteo herzlich.

»Was ist nur mit euch los? Habt ihr wenigstens endlich den Kopf gefunden? Ohne Kopf kann ich nichts für euch tun. Wer macht eigentlich so etwas. Wir leben in einer Welt, in einer Welt …«

In Klagenfurt blieb nichts verborgen. Ein paar Jahre genügten, und jeder hatte mit jedem Kontakt. Man musste nur lange genug hier leben, um alle Mitbürger und ihre Schicksale zu kennen. Hatte eine Familie dazu noch das Glück, einige Generationen lang hier vertreten zu sein, war sie notgedrungen auch mit dem größeren Teil der Bevölkerung verwandt, wodurch man schon aus familiären Gründen verpflichtet war, an diesen Familiengeschichten teilzunehmen. Pater Gero las keine Zeitungen, wusste aber Bescheid und kannte aus beruflichen Gründen die meisten Familienchroniken. Auch die der Bergs, zu denen er darüber hinaus ein langes freundschaftliches Verhältnis pflegte. Im Laufe der Jahre war für ihn die sorgsam ausgebaute pastorale Neugierde zum Ersatz für ein eigenes Familienleben geworden. Er musste schließlich seine Schäfchen kennen, um sie betreuen zu können und im Namen Christi zu retten, was zu retten war.

»Mein Gott, Matteo!«, wiederholte Pater Gero und warf seine langen, dünnen Arme, an denen viel zu große Hände hingen, vor sich her und seinem Gegenüber an die Brust. Sein grauer, markanter Schädel mit den Stoppelhaaren, der kurz geschnittene, grau melierte Bart und die hagere, sehnige Gestalt verliehen ihm das Aussehen eines frühchristlichen Wanderpredigers.

So mussten die ersten, noch gänzlich von ihrem Missionsglauben erleuchteten Patres ausgesehen haben, als sie auf die in Felle gekleideten Kärntner stießen, um ihnen die Worte Christi einzubläuen, dachte Matteo und freute sich gleichzeitig darüber, dass sich wenigstens Pater Gero nicht verändert hatte. Für einen Moment schloss Matteo die Augen, um den Klang von Pater Geros Stimme in sich aufzunehmen. Der leichte Dialekt wirkte wie eine behutsame Entschuldigung, um die Schärfe seiner Feststellungen zu mildern. Da war sie wieder, diese besondere Art der Betonung, dieser feine südösterreichische Dialekt mit seiner leisen, abfallenden Melodie. Am Ende seiner Sätze senkte sich meist der Sprachgesang und verlieh dem Gesagten so ein wenig Melancholie. Auch seine Körpersprache war ganz Zurücknahme. Er überwand sich fast zu jedem Schritt, den er auf Matteo zuging, und auch zur Umarmung musste er sich einen Ruck geben. Sie fiel aber herzlich aus und endete abrupt.

»Natürlich spricht sich hier alles schnell herum. Wir leben in einem Dorf. Das weißt du. Und ich brauche den täglichen Tratsch wie mein tägliches Brot. Alles wissen heißt alles verzeihen. Nur braucht man Informationen, um glaubhaft verzeihen zu können, mein Sohn … Aber ohne Kopf geht gar nichts. Tut mir leid!

Pater Gero hatte also geahnt, dass Matteo ihn um die Einsegnung bitten werde.

»Pater Gero, wie stellst du dir das vor? Sollen wir meinen Großvater, deinen Freund und Kriegskameraden, verscharren ohne kirchlichen Segen? Das ist nicht dein Ernst. Und schließlich sind es doch die Verwandten, alles Christen mit Köpfen, die den kirchlichen Beistand benötigen. Der Tote sieht und spürt nichts mehr.«

»Da wäre ich mir nicht so sicher. Aber in diesem Falle ...«

Pater Gero hob den Besen auf und schob abwehrend Kehrichthäufchen vor sich her.

Matteo fuhr fort: »Wie viel Prozent Körper müssen denn anwesend sein, damit ein Mensch ein Mensch ist oder damit er von der Kirche als menschlicher Toter akzeptiert wird, der berechtigt ist, aufzufahren oder hinabzusteigen?«

»Wenigstens der Hauptteil«, antwortete Pater Gero.

»Was ist der Hauptteil? Ist der Kopf der Hauptteil? Wo sitzt die Seele? Im Kopf oder im Herz? Vielleicht im ganzen Körper. Begräbst du einen Körper oder eine Seele? Ich werde diesen Kopf finden, keine Angst, und auch den, der ihn abgerissen hat.«

»Genug, genug! Bevor das bisschen Seele, das dir geblieben ist, auch noch verspielt ist, zum Fenster hinausgeworfen, dem Gottseibeiuns in die Hände gefallen ist! Wer hat dich nur so zu reden gelehrt?«

Pater Gero warf entsetzt seine Hände vor sich her und ließ sie darauf kraftlos neben seinen dünnen Beinen baumeln. Dann sprang er Matteo nach, der sich ein paar Schritte entfernt hatte. Dabei zog er seinen Besen hinter sich her. Matteo merkte zum ersten Mal, wie traurig seine Augen waren.

Wie viel Enttäuschung lag wohl in diesen alten Augen, die gut waren, aber deren Glanz immer am Abgrund zwischen Resignation und Noch-einmal-Hoffnung-Schöpfen pendelte. Wäre er der Welt erhalten geblieben, wäre aus Pater Gero sicher ein gütiger, schmunzelnder Großvater geworden, dessen Lebenserfahrung ihn gelehrt hätte, über seine Enttäuschungen zu schweigen. Aber so verrieten seine Augen alles. Auch den Schmerz über seine Aufrichtigkeit, zu der er sich mit seinem Gelübde verpflichtet hatte, den Schmerz und die Traurigkeit, beides lag in seinen Augen. – Matteo umarmte den alten Mann.

»Ich werde es natürlich tun! Kann ich dir etwas abschlagen? Wo auch immer sich die verschiedenen Teile deines Großvaters befinden – ich segne sie. Er war ein guter Mensch. Vor vielen Jahren haben wir uns einmal gut verstanden. Aber unsere Wege gingen auseinander. Ich habe viel vergessen ... Verzeihen heißt vergessen! Wer von euch ohne Schuld ist, der ... Aber das ist eine andere Geschichte. Versprich mir nur, dass du es nicht dabei bewenden lassen wirst und nicht den Mantel des Vergessens über die Tat breitest! Es muss an den Tag. Viel zu viel wird geschwiegen, und dann folgt gleich das Vergessen.«

»Davon kann keine Rede sein«, warf Matteo ein.

»Unterbrich mich nicht, mein Sohn. Ich habe dir noch etwas zu sagen – vielmehr etwas zu geben.« Er kramte in seiner Kutte, zog einen glänzend schwarzen Stein heraus und reichte ihn mit einer schwungvollen Bewegung Matteo.

»Was ist damit?«

»Als Geistlicher habe ich zu Orten Zugang, die für das gemeine Volk verschlossen bleiben. Auf dem Weg zu den Ursulinen, denen ich manches Mal mit Rat und Tat zur Seite stehe, kam ich an eurem Haus vorbei und sah zwei Polizeiautos, und die Tür stand offen. Ich ging hinein. Zuerst wollten sie mich zurückhalten. Ich gab mich als Freund der Familie aus, der ich ja bin. Dann merkten sie, dass man einen Geistlichen nicht so ohneweiters abweisen kann, und ließen mich hinein. Ich sah deinen Großvater hinter dem Schreibtisch sitzen. Alles war voll Blut! – Der Herr steh mir bei! – Ich hatte seit den Kriegstagen nicht mehr so Grauenhaftes gesehen. Keiner von deiner Familie war da – du warst irgendwo in Italien –, der unfreundliche Polizist mit der dunklen Brille kam auf mich zu und fragte, was ich hier wolle. Ich sehe, dass hier geistiger Beistand vonnöten ist. Wollen Sie verwehren, ihn zu leisten?, sagte ich. Was wollen Sie hier noch leisten?, sagte er. Sie können höchstens noch Spuren verwischen. Ich war erbost und schob ihn sachte zur Seite. Hier stehen wir vor einem Zeichen, das weit über Ihren Horizont hinaus, in eine viel höhere Dimension ragt, sagte ich. Darauf er: Hören Sie mir mit Ihrer Predigt auf. Tun Sie, was Sie tun müssen. Aber machen Sie schnell, und verwischen Sie keine Spuren. – Ich ignorierte ihn und wandte mich den schrecklichen Resten deines Großvaters zu, trat hinter den Schreibtisch, kniete nieder und – irgendetwas ließ mich seine rechte Hand nehmen. Ich öffnete sie. Sie gab einen Stein frei, den ich dir hiermit gebe. – Nichts Menschliches hat ein Mensch ohne Kopf!«

Matteo nahm den glänzenden Stein und drehte ihn in der Hand.

»Vielleicht sollte ich dir dazu … ach, es ist nichts.«

»Was willst du mir noch sagen, Pater Gero?«

»Gehen wir ein paar Schritte.«

Die beiden Männer verließen den kleinen Vorhof der Kirche, nachdem Pater Gero seinen Besen hinter die Kirchentür gestellt hatte, und betraten den bewachten Parkplatz, der noch vor einigen Jahren ein verschlossener Klostergarten gewesen war und den Kapuzinern gehört hatte. An der Längsseite, etwas erhöht, befanden sich ein paar Bänke. Dorthin führte Pater Gero Matteo.

»Wenn man erst einmal die Geschichte begonnen hat, ist es leicht. Aber den richtigen Anfang zu finden ist immer schwer. – Wie soll ich dir von einer Zeit erzählen, die du ja nicht einmal im Ansatz begreifen kannst. Aber urteilen, das könnt ihr, und Schuld zuschreiben, aus dem Abstand der Nachgeborenen heraus, das könnt ihr mit euren zusammengestoppelten

Fakten aus den lückenhaften Geschichtsbüchern. Ich bin es müde, eine Zeit zu verteidigen, die ihr falsch beurteilt und die ich aus meiner eigenen Erfahrung zutiefst verabscheue. Je mehr ihr Nachkommen darüber redet, desto verzerrter wird das Gewesene. Ihr reißt keine alten Wunden auf, ihr fügt neue hinzu. Ihr mit euren intellektuellen Moralspielen, in denen ihr für wahr erklärt, was denkbar ist. Ihr wollt das Schreckliche denken, also verlängert ihr es und schmückt es aus.

Dein Großvater Volker, dein Großonkel Valdemaro und ich, wir haben diese Zeit erlebt, wir haben sie überstanden, was viel wichtiger ist. Ich weiß auch gar nicht, ob diese besondere Verbindung, die mir in den Sinn gekommen ist, mit dieser Zeit vor dem Kriegsende etwas zu tun hat – nur so ein Gefühl, aber seit Volker tot ist, denke ich öfter darüber nach, als mir lieb ist. Manchmal genügt so ein unbestimmbares Gefühl, und schon kommt man aus dem Tritt. – Gib mir noch einmal diesen schwarzen Stein!«

Matteo holte ihn aus der Tasche und gab ihn zurück.

»Ich bin mir sicher, er ist aus Eisenkappel. Es gibt dort eine Bushaltestelle, von wo man in diese Tropfsteinhöhle gebracht wird. Neben der Kasse steht ein großer Glasbehälter mit diesen Halbedelsteinen, die sich in einer Wassermühle so lange aneinander reiben, bis sie glänzen. Dann kaufen sie die Menschen, bevor sie in den Bus steigen, auf den sie warten müssen …«

Die Worte des alten Mannes waren immer leiser geworden, kehrten in ihn zurück, bis Matteo sie nicht mehr verstand. Dann war es still. Die beiden Männer ließen sich auf einer der Bänke nieder, und Matteo beobachtete das ununterbrochene Auf und Ab der Schranken am Parkplatz. Immer wollten Menschen hinein, andere hinaus. Eine Meise näherte sich der Bank und blieb vor den Schuhen des Priesters stehen. Pater Gero griff in die Tasche und holte ein paar Pistazienkerne hervor, hielt sie murmelnd dem Vogel hin, der ein paarmal seinen Kopf hin und her schwenkte, sich auf die Hand des Geistlichen setzte und die Leckerbissen verspeiste.

»Dort vorne hatte ich ein Beet mit Kräutern. Ich mochte die Arbeit im Garten.« Pater Gero deutete mit dem Kinn auf ein Stück Asphalt, auf dem gerade ein roter Golf stand.

Die Welt ist voller alter Männer!, dachte Matteo. Alte Männer, die sich immer erinnern, immer recht haben, noch immer das Sagen haben wollen, die immer noch Vorgaben machen, vorsagen, vorbestimmen wollen, die unser aller Anführer sein möchten. Eine Generation voller großer Väter, die sich niemals irren und an allem hängen, was einmal war! Alte Männer, die Steine aus der Tasche ziehen, damit sie wenigstens irgendwie noch im Spiel bleiben dürfen und jemand ihnen Aufmerksamkeit schenkt. Und wir lechzen nach ihren Weisheiten, hängen an ihren trockenen Lippen und sind dankbar, vorgekaut bekommen zu haben, in den Rachen gestopft bekommen zu haben, vorgedacht bekommen zu haben. Sie sind einfach zu stark. Sie nehmen einem das Wort, die großen Väter. Matteo lachte in sich hinein.

Die Väter waren abhandengekommen. Sie waren im Krieg geblieben oder hatten sich danach ruhig verhalten. Sie sind stumm geworden. Sie hatten das Wort verschluckt, damit sie nicht daran erstickten. Nur nicht auffällig werden, nicht Aufmerksamkeit auf sich lenken. Vielleicht übersieht einen ja das Schicksal, und man fällt durch die Maschen. Am Leben bleiben, nicht dort gewesen sein, wo etwas passiert ist. Durchhalten! Das war die einfache Lebensregel.

Wieder lachte Matteo in sich hinein. Aber dieses Lachen war ohne Fröhlichkeit, ohne Befreiung. Er hätte auch in sich hinein weinen können, es wäre das Gleiche gewesen. Er hätte genauso gut seufzen können. Aber auch das wollte Matteo nicht mehr. Matteo fühlte sich allein gelassen mit seinen Fragen, mit seinem Wunsch, etwas zu erfahren und Klarheit zu bekommen. Pater Gero stützte seinen Kopf in beide Hände.

Die Steine, dachte Matteo. Tante Doras Steine. Das Kruzifix auf der Bettdecke. Es war aus den gleichen Steinen gebildet wie dieser hier, den mir Pater Gero gegeben hat. Es waren sechzehn Steine. Vier gerade Linien zu je vier Steinen. In alle Himmelsrichtungen. Das ergibt kein Kruzifix. Ein anderes Symbol hat Tante Dora gemeint. Sechzehn Steine sind übrig geblieben. Das sind vier weitere Linien zu je vier Steinen.

Matteo bückte sich und legte sechzehn Kieselsteine vor sich auf. Ein Kreuz. Die Meisen flüchteten in Windeseile. Dann nahm er weitere sechzehn Steine und legte jeweils vier Steine im rechten Winkel an die Endpunkte des Kreuzes.

»Ein Hakenkreuz! – Tante Dora hat uns einen verschlüsselten Hinweis auf ein Hakenkreuz gegeben. – Deutschland erwache!«

»Was machst du da um Gottes Himmels willen?« Entsetzt schleuderte Pater Gero seine langen Arme von sich, sodass die restlichen Pistazienkerne in weitem Bogen den Meisen nachflogen.

»Woher ist dieser schwarze Stein? Sag es mir noch einmal!«

»Aus der Hand deines Großvaters.«

»Du weißt genau, was ich meine!«

»Eisenkappel ... Es ist ein Trommelstein. Halbedelsteine werden in eine Art Waschmaschine gesteckt. Wasser wird zugeführt. Dann reiben sich die Steine so lange, schleifen sich aneinander ab, bis sie gleich groß, gleich schön sind und alle, alle glänzen. – Trommelsteine – Sie reiben sich aneinander. – Ach, sind wir Menschen nicht alle Trommelsteine?«

»Was heißt das?«

»Wir fuhren manchmal gemeinsam nach Eisenkappel, zu Schulte.«

»Lass dir nicht alles aus der Nase ziehen. Hier muss es doch irgendwo einen Zusammenhang geben.

Kaum hat man etwas, entgleitet es. Jeder sagt etwas und versteckt es sofort wieder. Pater Gero! Merkst du nicht, hier will etwas heraus. Hier muss etwas heraus. Und du weißt davon. Du hältst es in den Händen und gibst es nicht her. Wie vereinbarst du das mit …«

»Ich vereinbare gar nichts. Ich …«

Der Kapuziner unterbrach sich, stockte und blickte zu Boden. In seinem Innersten begann sich etwas zu bewegen, etwas, von dem er gehofft hatte, dass es ihn endlich verlassen hatte. Aber es war noch da. Ein leiser Schmerz begann sich in der Tiefe seiner gläubigen Seele zu bewegen. Er wurde stärker und drang höher und immer klarer in sein Bewusstsein. Ja, es stimmte. Etwas wollte aus ihm heraus, verlangte danach, beachtet zu werden.

Darüber sprechen, nur darüber sprechen, ohne angeklagt zu werden, ohne Schuld eingestehen zu müssen, ohne geistlichen Beistand. Einfach einen Menschen haben, der nur … einfach nur zuhört, dachte Pater Gero. Keine Beichte mit ihren Regeln der Vergebung, ihrer Routine der Nächstenliebe kann einen Menschen ersetzen, der einem nahesteht und der nur zuhört. – Aber sie sind alle gestorben oder sind zu alt und haben ihre Erinnerungen in ein Verlies gesperrt. Immer noch aus Angst, sie könnten wieder ausrutschen auf den Überzeugungen ihrer Jugend. Nicht auffallen und schweigen. Ja, ich möchte reden!, dachte Pater Gero. Zu Matteo aber sagte er:

»Was soll ich dir denn erzählen? Wo warst du, als wir jung, doch voller Hoffnungen einer Zeit ausgesetzt waren, die uns das Zaumzeug anlegte und vor ihren Karren spannte? Hoffnung auf ein besseres Leben war eine Einbahnstraße. Niemand konnte wählen. Niemand durfte ... Kannst du mitreden? Kannst du mitdenken?«

Wieder stand in seinen Augen diese Traurigkeit, die sich schämte, es nicht bis zu einem Lächeln gebracht zu haben. Ruhig lag seine Hand auf dem Knie, als sich eine hungrige Meise im Sturmflug auf sie setzte und im gleichen Moment wieder abhob, erschrocken vor ihrer eigenen Courage.

»Es sind die liebenswertesten Lebewesen. Sie sind die einzig unschuldig gebliebenen. Wenn die Welt heute ohne Menschen wäre, wäre sie wieder liebenswert, lebenswert.« Pater Gero sah dem kleinen flatternden Punkt über dem Parkplatz nach.

Sie fuhren manchmal nach Eisenkappel! Eisenkappel spielt eine Rolle. Was beschäftigt ihn dabei so sehr?, grübelte Matteo. Welcher Sinn lag in all den Traurigkeiten, die so zögerlich aus Pater Gero herauskamen, unter denen er litt? Er spielte sicher keine unbedeutende Rolle in der ganzen Familiengeschichte.

Matteo merkte, dass er in einer Sackgasse steckte, und geriet darüber in Zorn. Was schert mich eure Vergangenheit, dachte er und sagte es auch. Der Mönch zuckte zusammen. Er stand auf und wandte sich ab, ging ein paar Schritte und drehte sich dann noch einmal um. In seinen Augen war die ganze Traurigkeit eines Lebens enthalten.

»Sind wir nicht alle Trommelsteine? Zusammengeworfen in einer Waschmaschine, reiben wir uns aneinander, werden glatt und glätter, bekommen die gleiche Größe, gleichen einander und glänzen. Und wie wir glänzen! Und doch sind wir nur Halbedelsteine. Auf dem Weg zum Diamanten stehen geblieben vor undenklicher Zeit. Alles, was wir hatten, haben wir an uns selbst abgerieben, in einer Trommel, die uns durcheinandergewirbelt hat, gleichgeschliffen hat, bis uns der Schwindel zur Gewohnheit geworden ist. Wir taumeln alle fort von der Wahrheit, bis es zu spät ist. Erkenne das, was vor dir ist, und das, was vor dir verborgen ist, wird dir enthüllt werden; denn es gibt nichts Verborgenes, was nicht offenbar werden wird. – Pass auf dich auf, Bub!«

Dann ging er, mit langen Schritten, die baumelnden Arme mit den großen Händen vor sich herwerfend, umschwirrt von ein paar Meisen, die alle Scheu verloren hatten und ihren Gönner vertrauensvoll begleiteten.

Frohsinn

Einen Menschen gab es, der die Ereignisse und Aufregungen mit heiterer Gelassenheit hinnahm – Tante Dora. Die Aufregung, die sie verursacht hatte, berührte sie in keiner Weise. Obzwar sie Anlass und Ursache aller Turbulenzen war, fühlte sie sich unbeschwert und heiter, wie einst in ihrer Jugendzeit. Sonderbar hingegen erschien es allen Verwandten, als sie auf die Nachricht vom Tode ihres Bruders in ein schallendes Gelächter ausbrach, das nur sehr schwer zu stoppen war. Valdemaro, ihr achtundachtzigjähriger Bruder, Holzhändler mit besten Kontakten zu Italien, verabreichte ihr eine heftige Ohrfeige, worauf sie in einen weinerlichen Singsang fiel. Ohrfeigen hatten einen epidemischen Einzug ins Haus Berg gefunden. Sie lagen in der Luft, und der patriarchalische Zorn entlud sich diesmal in aller erforderlichen Heftigkeit.

Valdemaro, der sich stets im Hintergrund gehalten hatte, wenn es um Familienangelegenheiten ging, und seinem Leitwolf Volker nicht ins Gehege kommen wollte, sah nun seine Stunde gekommen, die Zügel an sich zu reißen, die Familiengeschicke neu zu ordnen, um einen neuen Geist einkehren zu lassen. Aber viel vom einstigen Familienbestand war nicht mehr vorhanden. Eine Atmosphäre des Peinlichen hatte die Cousins und Cousinen Abstand vom Berg-Haus nehmen lassen. Jetzt erst war ersichtlich, wie klein die Familie letztlich war.

Valdemaro dachte über die Mängel nach und entdeckte, dass auch hier eine gewisse Tradition wirkte. Vor allem hatten seit je die Frauen ausgelassen. Sei es nun Matteos Mutter, die aufgrund des Verschwindens ihres Mannes fast schwermütig geworden war und bald immer stärker, zuerst über die katholische Kirche, dann über allerlei Okkultismus, die Nähe zum Tod und darüber hinaus gesucht und sich dann einfach fallen gelassen hatte, in den Abgrund stumpfen Vegetierens. Am Ende stand dann ein Freitod, zu dem jeder Sterbliche zwar das persönliche Recht hatte, davon war Valdemaro überzeugt, aber nicht Selbstmord aus Liebe zu einem Mann. Keine Beziehung ist es wert, dass man daran zugrunde geht.

Oder Doras Tochter, die sich seit ihrer Kindheit in diesem Bezirk der Verweigerung heimisch eingerichtet hatte, oder Viktoria, die alle Manki riefen und die, sobald sie halbwegs erwachsen geworden war, ein Studium in Amerika begonnen hatte und sich standhaft weigerte, auch nur die geringste Kleinigkeit an Herzensbildung in die Familie einzubringen. Eine scheue Verweigerin, die selbst nicht wusste, wohin sie wollte. Valdemaro hatte das alles schon früh erkannt, ohne es je wahrhaben zu wollen. Man lügt sich halt die Behaglichkeit selber in die Tasche, wenn von außen nichts kommt. Valdemaro hing an seiner Vorstellung von Familie. Ein eingeschworener Kreis, der eben eng aufeinander bezogen ist und gerne zusammenlebt. Dieser Kreis schafft Geborgenheit. Was bleibt denn schließlich, wenn auch der Begriff Familie zu einer bloßen Werthülse verkommt, die von niemandem mehr mit Geist und Leben erfüllt wird? Gedanken dieser Art gingen Valdemaro durch den Kopf, als er Volkers Platz einnahm und das Begräbnis für seinen Bruder organisierte, der nun auch noch Anlass zu einem schwachsinnigen Gelächter seiner eigenen Schwester gab. Die Ohrfeige hatte Valdemaro erleichtert und schockierte Schwester Alma, die nach und nach Tante Dora in ihr Herz geschlossen und die Rolle einer wehrhaften Beschützerin eingenommen hatte. Aber sie wagte es nicht, dem alten Herrn zu widersprechen. Seine Erregung wirkte bedrohlich. Schwester Alma befürchtete, einen Teil davon auf sich zu lenken.

»Vater! Du hast die Fahne getragen im Krieg. / Vater! Lass mich sie weitertragen zum Sieg ... Kyrie, Kyrie, Kyrie eleison ...!«, krähte plötzlich Tante Dora in die bedrückende Stille hinein.

»Ein Schlag wird dich treffen, und du wirst dich nicht mehr erholen davon, du Bastard, du neunmalkluger seniler Geißbock, stinkender! Steck mir deinen dürren Knochen zwischen die Schenkel, wenn du Mut hast!«

Schwester Alma nahm Tante Dora, die schlagartig wieder verstummt war, liebevoll in den Arm und ging mit ihr aus dem Zimmer. Das sollte das letzte Mal gewesen sein, dass Manki, Matteo und Valdemaro ihre Tante Dora gemeinsam besuchten. Die alte Dame hingegen hatte ihre Familie längst verlassen, war auf eine Reise gegangen, für die sie keine Gefährten mehr brauchte. Ihr Bestimmungsbahnhof war die Schattenwelt der Erinnerungen. Ein paar glitzernde Glückssteine waren auf der Bettdecke zurückgeblieben, damit niemand sie vergesse, keiner aus der lieben Familie.

Alles Ausharren muss irgendeinmal enden. Kartenhäuser sind dazu da, zusammenzubrechen, einen wirren Haufen von Einzelstücken zu hinterlassen, der durch nichts mehr an eine einstige Ordnung erinnert. Tante Dora saß inmitten der Bruchstücke ihres Lebens und verteidigte diese so gut sie konnte. Niemand durfte in ihre Welt eindringen. Ihre Fröhlichkeit hatte sarkastische Züge angenommen. Das heitere Ja zum Leben war zu einem kichernden Vielleicht geworden.

Wie lange kann man denn ein Leben immer wieder bejahen, ohne es wirklich zu kennen? Wie lange sich an Formen festhalten, die man wie Krücken unter die Schultern des eigenen Charakters klemmt, um den Anschein des Korrekten und der Zufriedenheit zu wahren? Vorgetäuscht wird immer. Doch dass man sich auch selbst täuscht, sogar dann, wenn man sich unbeobachtet und allein fühlt, das war eine neue Erfahrung. Und diese Täuschung hatte Bestand.

Aber alle anderen waren auch dort in dieser Lüge, waren schon viel früher dort angekommen. Sie lügen sich ebenfalls ihre Traurigkeit vor, so dachte Tante Dora. Das tat gut. Diese neuen Gedanken taten ihr gut. Trauriger Schmerz, der geteilt wird, ist schön. Alle in ihren feierlichen schwarzen Gewändern hatten Tränen in den Augen. Manche hielten sich bei den Händen, andere schauten mit gläsernem Blick in das Erdloch, in dem Blumen lagen, auf dem schön geschnitzten Holzdeckel. Andere wieder warfen Erde in die Grube. Ein feierlicher Herr, der keine Miene verzog, machte mit seinen großen Händen ein riesiges Kreuz in die Luft, und alle anderen zuckten zusammen.

»Kyrie … Kyrie … Kyrii … Kyrii … Kyriiiii …«, ertönte es mit einem Male, laut in den Himmel und in das Erdloch gerufen, mit der gläubigsten Inbrunst, zu der Tante Dora noch fähig war. Die Trauergesellschaft erstarrte.

Dann musste sie gehen. Weggeführt von der schönen Feier hatte man sie, in ihrem schönsten rosa Kleid, weil sie sich die feine Erde auf die Brust geschmiert und in ihr Täschchen gestopft hatte, für später, wenn Teezeit war, wie sie meinte. Immer kleiner war die Gruppe geworden, die zuerst eng zusammengestanden war. Hinter ihr wurde die Autotür geschlossen, und Tante Dora konnte das helle Läuten der kleinen Glocke nicht mehr hören.

Fortan stützte sich Tante Dora nicht mehr auf Krücken. Sie ließ sich mehr und mehr in die Erinnerungen aus den glücklichen Tagen ihrer Jugend fallen. Das Gleiten und Weinen tat ihr gut. So dachte sie.

Schöne Menschen kamen zu ihr, mit kurzen Haaren, die glänzten, in grauen Uniformen mit silbrigen Knöpfen. Sie sangen mit ihr Lieder, die unzählige Strophen hatten. Schöne Schritte hörte sie dazu, von Schuhen aus hartem Leder. Viele Schuhe, fest auf die Erde gestellt. Hier war kein Zaudern und Zögern. Hier ging man voran und sang dazu. Niemand konnte diesen energischen Schritten Einhalt gebieten, das war klar. Helle Stimmen, Schellenbäume, Schultern, die Schultern berührten. Breitbeinig standen die Burschen, die Hände am Rücken verschränkt, die Brust jedem hingestreckt, das Koppelschloss blinkte in der Sonne. Die Jungmädels in weißem Hemd, den Rock weit über die Knie, braun gebrannt im Sommer die Arme – unschuldig.

»Deutsch und treu, so ganz und echt, / nicht verpfafft und nicht vertschecht, / nicht vermauschelt und nicht verwelscht, / kurz und gut ganz unverfälscht«, sang Dora Berg-Muschhausen. Deutschland, erwache!

Manchmal kamen diese dunklen Augen, diese fragenden Blicke eines kleinen Mädchens, das sich fest an sie klammerte. Ganz rot waren die Händchen und mussten doch loslassen. Mira. Das zitternde Köpfchen tief in den Falten des Dirndlkleides vergraben. Dann wurde es fortgetragen, und der Schlaf schenkte Dora ein weiteres Stück Vergessen.

Zurück

Hofrat Grasl war bemüht. Eine eigene kleine Sonderkommission wurde eingerichtet. Sie brachte keine Resultate. Die Entführer von Frau Dora Berg-Muschhausen blieben unerkannt. Der Kopf des Familienoberhauptes Berg blieb unauffindbar.

Der hohe Polizeibeamte legte besondere Sorgfalt in die Ermittlungen, denn, ohne es zugeben zu wollen, das zynische Grinsen des jungen Matteo Berg, mit dem er die gesamte Polizeiarbeit verächtlich machte, war ein Stachel im Selbstbewusstsein des Herrn Hofrat. Keine Lektüre über Monarchie und Kommandostrukturen diverser k. u. k. Regimenter vermochte ihn in heitere Stimmung zu versetzen. Die Familie Berg war nun einmal auf der Welt, um Menschen wie ihn zu sekkieren. Zumindest versuchte sie es. Und wie sie es versuchte. Aber der Hofrat hielt letztlich stand, schwieg, grübelte und entwarf Strategien.

Widerwillig griff Hofrat Grasl zum Telefonhörer und wählte die Nummer der Bergs. Es meldete sich Viktoria Berg, der er noch weniger traute als dem jungen Matteo. Ihre Freundlichkeit ließ keine Spur von Ehrlichkeit erkennen, geschweige denn Respekt. Sie wirkte aufmüpfig. Die ganze Familie war aufmüpfig. Natürlich auch das Umfeld. Besonders der kleine Italiener. Das Aufmüpfige steckte an. Grasl wartete, bis endlich Matteo ans Telefon geholt wurde.

»Wenn ich die Zeit zusammenzähle, die ich am Telefon auf Sie warte, Herr von Berg, könnte ich jetzt schon in Pension gehen!« Grasl schnaubte.

»Tun Sie es doch. Wenige werden Sie davon abhalten wollen!« Matteo seufzte.

Tauchte der Name Grasl auf, verhieß das niemals Gutes. An jeder Ecke lauerte eine neue Belastung, eine neue Ungereimtheit und neuer Ärger.

»Was wollen Sie, werter Hofrat?«

»Wir haben Ihren Vater gefunden!«

»Meinen Großvater!«

»Ihren Vater!!«

Matteo konnte sich nicht erinnern, wann der Begriff Vater zum letzten Mal mit ihm selbst in Zusammenhang gebracht worden war. Vater war für ihn ein Fremdwort. Matteo dachte daran, dass eine Familienkrise auch Sachen ans Licht bringen kann, die gar nicht gesucht werden. Überraschendes kommt zutage, das mit einem Schlag eine Eigendynamik entwickelt.

»Wer zum Teufel hat Sie gebeten, meinen Vater zu suchen?«

»Wir haben ihn nicht gesucht. Er ist aufgetaucht, besser gesagt, er ist aufgetaut. Wir haben den heißesten Sommer, seit ich mich erinnern kann.«

»Herr Grasl, wenn ich den Wetterbericht haben will, drehe ich das Radio an oder schalte den Fernseher ein.«

Eine halbe Stunde später saßen sich die beiden Männer im Café Sandwirth gegenüber. Grasl hatte es abgelehnt, ins Berg-Haus zu kommen. Matteo wollte nicht ins Präsidium. Diesmal gab der Beamte nach. Nur keine Prinzipiendiskussionen mehr mit einem Mann wie Matteo! Nachdem der Ober endlich die beiden Kaffees gebracht hatte, kam er zur Sache:

»Ihr verschwundener Vater …«

»Mein Vater ist nicht verschwunden«, unterbrach ihn Matteo. »Mein Vater hat sich abgesetzt und damit den geistigen Verfall und den Tod meiner Mutter verursacht. Man kann aus Enttäuschung zerbrechen. Meine Mutter ist zerbrochen, weil mein Vater sich abgesetzt hatte. Versprechungen, Versprechungen, ein kleines Vergnügen und ab. So ist es, wenn Sie die Güte hätten.«

»So ist es nicht! Lassen Sie mich endlich ausreden. Ich habe meine Zeit nicht gestohlen. Ihr Vater ist aus dem Venedigergebiet, vielmehr aus dem Vilgratener Kees geapert.«

»Was ist mein Vater?«

»Der Gletscher hat ihn freigegeben. Ihr Vater hat sich nicht abgesetzt. Er ist bei einem Lawinenunglück in Osttirol verschüttet worden. Offensichtlich war er Hobbybergsteiger und ging auch schwierige Touren alleine. Das kann man jedenfalls seinem Alpenvereinsausweis entnehmen. Aber darauf komme ich später zu sprechen. Aufgrund des heißen Sommers kam es zu einem Rückgang der Gletscherfelder.

Unter anderem ist auch das Feld, welches Ihren Herrn Vater beherbergte, geschmolzen und hat die sterblichen Überreste freigegeben.«

Matteo lehnte sich zuruck, stützte die Arme auf und legte seine Fingerkuppen wippend aufeinander. Ein neuer Zug in dieser Partie. Eine neue Situation, die nicht im Geringsten mit den Ereignissen der letzten Wochen zu tun hatte, und doch kam es Matteo vor, als stünden sie alle in einem Zusammenhang. Vielleicht war er selbst dieser Zusammenhang.

»Es gibt keine Zweifel?«

»Nicht die geringsten! Der Osttiroler Alpingendarm Fritz Radler fand bei dem Toten einen intakten Alpenvereinsausweis. Damit war die Identität klar, denn in der Chronik der Matreier Gendarmerie stand mit Datum 5. September 1972 niedergeschrieben, dass ein gewisser Armin Berghaus am 10. August 1972 von der St. Pöltener Hütte aufgebrochen ist. Zu diesem Zeitpunkt herrschte stürmisches Wetter, und es fielen fünfzig Zentimeter Neuschnee. Der Schafhirte Anton Prauzner vulgo Oberbrunner sah den einsamen Bergsteiger gegen dreizehn Uhr Richtung Prager Hütte marschieren. Seit dieser Zeit galt der Mittelkärntner als vermisst. Auch zwei Suchaktionen brachten damals keinen Erfolg. Da nun Ihr Herr Vater mit Ihrem Fräulein Mutter erst wenige Wochen bekannt war, wurde sie naturgemäß nicht verständigt. Ihr Großvater erhielt allerdings eine Benachrichtigung.«

»Armin Berg müsste es heißen, nicht Berghaus«, korrigierte Matteo.

»Das ist ja das Seltsame. Im Ausweis steht Berghaus, nicht Berg! Wir sind aber dennoch davon überzeugt, dass es Ihr Vater ist, denn diese Fotografie fand sich dem Ausweis beigelegt.«

Hofrat Grasl zog eine noch gut erhaltene Schwarz-Weiß-Aufnahme aus der Tasche. Sie zeigte vier Männer in SS-Uniform: Volker und Valdemaro Berg, Gero von Zechlan, Doktor Ulrich Schulte sowie einen nicht gerade glücklich aussehenden Jüngling in Wehrmachtsuniform und mit Brille, Matteos Vater. Erwartungsvoll fixierte der Polizeibeamte sein Gegenüber.

»Was erwarten Sie von mir? Dass ich nun vor Scham vergehe, weil ich Verwandte in schwarzen SS-Uniformen sehe? Sie passen den Männern übrigens ausgezeichnet. Eine Uniform ist noch kein Verbrechen. Und die Wehrmacht war außerdem sauber. Vier kostümierte Männer, das ist mir für eine Verurteilung zu wenig. Ich möchte mehr wissen.«

Matteos Sätze kamen blitzartig hervorgeschossen, beeindruckten den Beamten jedoch in keiner Weise. Hinter diesem aufbrausenden Wortschwall konnte Matteo nur schlecht sein Erstaunen verbergen.

Berg, Berghaus, dachte er. Sollten sich seine Ahnen gescheut haben, den Namen, den sie während der NS-Zeit trugen, auch in Friedenszeiten zu führen? Wenn ja, war die Wandlung von Berghaus zu Berg ein schwacher Versuch, die Identität zu verschleiern. Oder ein sehr raffinierter. Die Ähnlichkeit war vielleicht gewollt. Wer vermutete schon in dieser Nähe eine Übereinstimmung?

Warum hatte sein Großvater geschwiegen? Warum hatte er ihm nichts gesagt? Er hatte doch vom Tod seines Sohnes gewusst und hatte geschwiegen, selbst gegenüber Matteo. Volker Berg und Matteos Mutter kannten sich nicht. Hier fanden keine vertraulichen Gespräche statt. Auch dürfte Volker Berg keine Ahnung gehabt haben, dass sein Sohn Vater wurde. Auch Armin Berg hatte davon nichts gewusst. Alle schwiegen, und das Schweigen kostete Matteos Mutter das Leben. Aus Gram hatte sie sich aus dem Leben zurückgezogen.

Einen Abschiedsbrief soll es gegeben haben, den aber hatte der Großvater seinem Enkel nie gezeigt. In ihm bat die verzweifelte Mutter, dass ihr Kind im Hause Berg aufgezogen werde. Tante Dora erwähnte es einmal zwischen Kofferpacken und Abreise. Der Großvater hingegen verfolgte die Strategie des Totschweigens. Das, worüber man nicht sprach, existierte nicht. Was man nicht sehen will, ist nicht vorhanden.

Ich hoffe, er hat meine Mutter nicht gekannt, wusste nichts von ihr, erfuhr erst nach ihrem Tode von ihr. Dann behielte die Vergangenheit ein Körnchen Unschuld. Matteo seufzte. Dafür stöberten wildfremde Menschen in seinem und im Leben seiner Familie, erhoben anklagend den Finger, schüttelten empört den Kopf, lächelten verächtlich und gaben sich spürsinnig und fachkundig.

Grasl konnte nicht der Gerechte sein, als der sich aufzuspielen er gerade im Begriffe stand. Was bildete er sich ein? Wer von euch ohne Schuld ist, werfe den ersten Stein. Matteo fixierte den Kriminalisten.

»Wir ließen uns von dem Namen Berghaus nicht täuschen und ermittelten. Dazu haben wir eine eigene Sonderko... Wie dem auch sei ... Schließlich haben wir ein Archiv, und darin fanden wir Ihren Herrn Großvater Volker Berghaus, seit 1958 auf Erlass des Bundespräsidenten nur noch Berg, ebenso Valdemaro Berghaus, jetzt Berg. Der dritte Herr in der Totenkopfuniform ist ein gewisser Gero von Zechlan, der vierte heißt Doktor Ulrich Schulte, ein Arzt, lebte bis zuletzt in Eisenkappel und ist vor einem Monat an Altersschwäche verstorben.«

Seine Familie hieß also Berghaus, er selbst war ein Berghaus, dennoch der erste gebürtige Berg.

»Da wären dann noch ein paar gut erhaltene Gegenstände, die Sie bei Gelegenheit in Empfang nehmen können, abgesehen von der Leiche, die Ihnen ebenfalls ... quasi ausgehändigt wird. Eine Füllfeder, Essbesteck, ein Nassrasierer, ein paar Münzen, etliche Aluminiumtuben mit verschiedenen Pasten, was weiß ich, und ja ... zwei goldene Eheringe.«

Er hatte also doch die Absicht gehabt, meine Mutter zu heiraten. Eine Lawine verhinderte es, schob sich vor seine Familienplanung. Ein völlig falsches Bild von seinem Erzeuger hielt sich so über Jahrzehnte, bis ein heißer Sommer einen Gletscher zum Schmelzen bringt, damit er ... Matteo verscheuchte alle damit verbundenen Gedanken. Hier gab es nichts zu folgern. Weitere Schlüsse können nur Konstruktionen einer fiebrigen Fantasie sein. Man sollte alles einfach geschehen lassen. Matteo schaute in den Spiegel hinter sich und erkannte sich nicht.

Die beiden Männer zahlten und gingen. Vor der Tür des Cafés gaben sie sich zum Abschied die Hand. Hofrat Grasl blinzelte in die Sonne, ehe er seine getönte Brille aufsetzte:

»In der Tat, es ist ein heißer Sommer. Zu heiß meines Erachtens.«

Eisenkappel

Die Tage gehen hier schneller zu Ende. Bereits am Nachmittag wird das Licht eingeschaltet, dann ist der Tag auch schon fast vorbei. Das Leben zieht sich hier früher unter die kleinen Lichtkegel der Tischlampen zurück. Die Berge stehen eng zusammen. Als man noch kein Fernsehen hatte, gab es lange Zeit hindurch in dieser Gegend die meisten Selbstmorde und die meisten unehelichen Kinder.

Spötter behaupten, dass Raben, wollen sie einen Abstecher nach Eisenkappel unternehmen, die Reise im Rückwärtsflug antreten, da der Ort zu klein zum Wenden ist. Als man hier ganze zweihundert Häuser zählte, waren achtundvierzig davon Gasthäuser. Das sprach nicht nur für die besondere Geselligkeit der Anwohner. Der nahe Seebergsattel war eines jener Schatten werfenden Hindernisse, vor deren Überwindung es noch einer Stärkung bedurfte.

Ein Durchzugsort, hinunter nach Jugoslawien, dann wurde die Loiblpassstraße im Süden von Klagenfurt gebaut. Die alte Salzstraße über den Seebergsattel war nicht mehr interessant. Den Bewohnern ging es mit einem Schlag nicht mehr gut. Eisenkappel wurde daher steuerlich entlastet, Klagenfurt bekam zusätzliche Steuern. Später entdeckte man die Säuerlinge, und aus Eisenkappel wurde Bad Eisenkappel, ein Kurort. Bad Vellach hieß die kleine, aber gut besuchte Kuranstalt abseits der Passstraße, zwischen den Steiner Alpen und den Karawanken. Ein kleiner ebener Platz mit Springbrunnen galt wohl als ganzer Stolz der Betreiber, denn Platz ist hier Mangelware. Das kleine Hotel, ein Nebengebäude, die Parkanlage und der Bach genügten für die schattige Sommerfrische. Alles andere war und ist heute noch gut aufgeforstete Steilwand, aus der dem Besucher kühle Waldluft entgegenströmt. Stolz nannten die einstigen Betreiber in den Vierzigerjahren die Kuranstalt den südlichsten Punkt des Großdeutschen Reiches.

»Enger geht es wohl nicht mehr. Ich bekomme keine Luft hier!« Andrea öffnete das Autofenster und streckte sich, als wollte er die Berge von sich drücken. »Ich bin Italiener und kein Höhlenbewohner. Was willst du hier eigentlich?«

»Stell dich nicht so an und lass dich überraschen. Bloß weil ihr keine Berge habt, heißt das noch nicht, dass ihr einen größeren Horizont besitzt.« Matteo kannte die chauvinistischen Anwandlungen seines Freundes nur zu gut. Italien – die Welt, hinter seinen Grenzen – das Dorf! Und dahinter lauert der Teufel. Andrea Bador, Holzhändler und Hasenfuß. Letzteres überzeugender, denn …

»Es muss einen Grund geben, warum sich die Menschen in diese enge Welt zurückziehen. Man sucht nicht freiwillig Orte des Schattens und der Dämmerung auf.«

»Dort vorne geht es zum Seebergsattel. Das hier war eine wichtige Handelsstraße. Wo Handel, da

Geld, Signore Bador! Auch Handelsleute müssen rasten, gehen essen, übernachten, verkaufen ihre Waren, wenn sie schon einmal hier sind. Dann entdeckte man Heilquellen.«

»Wenn Leben in Grauzonen möglich ist, wird es selber grau. Wer mit den Straßenkindern spielt, wird selber schmutzig, lautet ein deutsches Sprichwort. Ich möchte nicht wissen, welche Art von Leben hier gedeiht.«

»Es gibt kein derartiges Sprichwort. Wenn du schon erfinderisch sein möchtest, dann erfinde italienische Sprichwörter und lass unsere Kultur in Frieden. Du wirst sie nie verstehen.«

»Ich habe auch keine Lust dazu. Sie ist mir zu einfach! Hier sehe ich keine Reife. Alles ist im Anfang stehen geblieben. Statt Entwicklung erfolgte Stillstand, Ideologie, und wo man zu faul war zu denken, wurde man heroisch. Kurzer Atem! Einfach zu kurz – euer Atem. Und alles versteckt in engen Bergschluchten«, meinte Andrea und fuchtelte abwehrend mit den Händen.

»Se non è vero, è ben' trovato! – Das ist einmal ein vernünftiges italienisches Sprichwort. – Wenn es nicht wahr ist, so ist es eben gut erfunden! Italien, ein Land der Erfinder. Ihr erfindet eure Realität und gebt sie als Wirklichkeit aus. Großartig! Und das alles bei herrlichstem Sonnenschein in aller Öffentlichkeit.«

»Manchmal ist eine erfundene Wirklichkeit besser als die, in der wir uns befinden. Lassen wir das. Einmal wird unsere Freundschaft an diesen Gesprächen zugrunde gehen. Worte, einmal ausgesprochen, kann man nicht mehr zurücknehmen. Sie graben sich in das Herz und zerstören es.«

Matteo schwieg und lenkte den Wagen an den Fahrbahnrand. Die beiden Männer stiegen aus.

»Das Büro der Obirhöhlen. Hier sind wir richtig. Wollen wir doch einmal sehen, wie es da um die Trommelsteine steht. Mister Watson, folgen Sie mir unauffällig. Ich glaube, wir haben eine heiße Spur.«

Im vorderen Teil des Verkaufsraumes waren Glasvitrinen in den verschiedensten Größen aufgestellt. Sie enthielten Trommelsteine in allen denkbaren Varianten. Halsketten, kleine zusammengeklebte Figuren, Geschenksbeutel mit einer Auswahl der bunten Steine und Andenken jeglicher Art. Weiter hinten war die Kasse. Dort konnte man Fahrkarten zur Tropfsteinhöhle und zum Schaubergwerk lösen. Ein Prospekt machte darauf aufmerksam, dass mindestens drei Stunden Zeit aufzuwenden seien und dass man mit einem unvergesslichen Erlebnis zu rechnen habe.

Matteo näherte sich der Kasse.

»Entschuldigen Sie, aber ich hätte da ein paar Fragen …«, begann er, ohne recht zu wissen, wo er mit seinen Nachforschungen ansetzen sollte.

»Mein Gott, der junge Berg! Das ist aber einmal eine Überraschung. Jetzt waren Sie aber schon lange nicht mehr hier.« Ein ältliches Fräulein setzte die Brille auf und musterte Matteo eindringlich.

»Kennen wir uns? – Woher kennen Sie mich?«

»Wieso ich dich wiedererkenne, junger Berg? Du bist deinem Großvater wie aus dem Gesicht geschnitten – weniger Falten, mehr Haare, aber die gleiche Haltung beim Gehen, der schief gestellte Kopf, ganz der alte Berg!«

Matteo liebte es nicht, wenn Menschen über ihn Bescheid wussten, die er nicht kannte.

»Helfen Sie mir auf die Sprünge«, sagte er und runzelte die Stirn, während sich Andrea der Trommelsteinesammlung zuwandte.

»Früher kam dein Großvater öfters in den Ort. Ich darf doch noch Du sagen? Immer in Begleitung seines Bruders Valdemaro und dieses Kapuzinerpaters.«

Matteo zuckte zusammen. Natürlich konnte es sich nur um Pater Gero handeln. Die Freundschaft der alten Leute schien doch intensiver gewesen zu sein, als er gedacht hatte. Sie trafen sich regelmäßig um der alten Zeiten willen. Welche Rolle spielte Pater Gero hier?

»Ja, und als du noch klein warst, haben sie dich bei mir abgegeben, hier im Kassenraum, damals sah alles freilich ganz anders aus. Dann sind sie hinein zum Schulte. Der war ja der Vierte im Bunde. Aber damals warst du noch zu klein, ein kleiner Hosenscheißer warst du, ja, ja, und geheult hast du jedes Mal, wenn die Männer aufgebrochen sind zur Parkvilla vom alten Schulte.«

Matteo konnte und wollte sich nicht erinnern. Zu weit weg war die Zeit, von der die Frau sprach. Und doch: Die Gesichtszüge des Kassenfräuleins kamen ihm dunkel vertraut vor, je länger er sie betrachtete. Das Bemühen um diese Erinnerung glättete allmählich alle Falten aus dem Gesicht der Eisenkapplerin und gab endlich ein junges Gesicht mit schmalen Lippen, eisig blauen Augen und dünnen schwarzen Haaren frei. Ein albernes Lachen schien dazuzugehören, eines, das immer dann ertönte, wenn ihm selbst zum Heulen war. Ja, so könnte es gewesen sein. Es war möglich, dass diese grinsende Alte hinter ihrem Kassenschalter einmal in seinem jungen Leben vorgekommen war.

»Wann waren die Herren hier?«

»Oh, sie kamen in den letzten Jahren öfters. Manchmal dachte ich, sie werden doch nicht irgendeine Dummheit aushecken. Aber was sollten diese alten Männer noch anstellen?«

Man sollte diese alten Gehirne nicht unterschätzen. Sie sind in gewissen Bereichen vitaler, als man es gerne möchte. Wenn noch die verklärende Erinnerung an alte Burschenherrlichkeit dazukommt, können da schon einige Energien frei werden, dachte Matteo.

»Das letzte Mal waren sie Anfang Mai hier. Ich wunderte mich ein wenig, denn zu dieser Jahreszeit ist bei der Parkvilla drinnen noch tiefster Winter.«

Matteo bedankte sich und ging. Andrea, der in der Zwischenzeit ein paar Trommelsteine eingesteckt hatte, verzichtete darauf, sie zu bezahlen, und eilte seinem Freund hinterher.

Die ersten langen Schatten zogen über die eng aneinandergedrängten Häuser. In den Gasthöfen wurde Licht gemacht. Die beiden Männer stiegen in ihren Wagen und fuhren an der neuen Kuranstalt vorbei, die Serpentinen der Seebergstraße hinauf. Einschichthäuser säumten die Straße, klein, an den Waldrand gedrückt, mit winzigen Vorgärten und genügend Abstellplatz für das Auto. Schließlich wurde das Tal zur Klamm. Hang, Straße, Fluss und wieder Hang. In einer Rechtskurve zweigte ein Feldweg ab und endete vor einem Schlagbaum. Etwa hundert Meter dahinter konnte man ein paar Häuser erkennen. Matteo und Andrea stiegen aus und gingen auf sie zu.

Die kleine Kapelle hatte man neu eingedeckt. Das Haupthaus von Bad Vellach, ein prachtvoller Bau mit vier Stockwerken, Holzbalkonen vor den westseitigen Zimmern, war dem Verfall überlassen worden. Wo sich das niedrigere Kurhaus mit den Restauranträumen einst an das Haupthaus angeschlossen hatte, war eine Schutthalde geblieben. Sie stützte die Nordseite des noch erhaltenen Gebäudes. Das Nebenhaus mit den Wannenbädern lag etwas abgerückt vom Haupttrakt und befand sich in einem noch annehmbaren Zustand. Hier war noch der einstige Glanz erkennbar. Matteos Fantasie komplettierte das Wunschbild einer Zeit, in der alles Leben langsamer, mit mehr Intensität, in ruhigeren Rhythmen und augenzwinkernder Beschaulichkeit verlief:

Kleines, aber feines alpenländisches Kurbad, ein bisschen an gute alte Zeiten erinnernd, vor langer Zeit ein stolzes Haus gewesen, aufgegeben, vergessen und begraben. Aber es atmet immer noch ein gewisses Lebensgefühl, mit dem man auch eine Art kultivierte Beschaulichkeit verbindet, in der noch Platz war für Nachdenklichkeit und erholsame Langeweile in der Sommerfrische, dachte Matteo. In dieser Zeit hätte er gerne gelebt. Das gesellschaftliche Korsett einer guten Erziehung bestimmte die Umgangsformen. Die Gepflogenheit der seichten Konversation schloss tiefschürfendes Verzweifeln an der Welt aus und blieb im Bereich wohltuender Beliebigkeit.

Bedächtig muss es hier zugegangen sein, in einer Vergangenheit, die mit der zweidimensionalen Oberfläche des Lebens auskam und für die eine dritte Dimension, wie die Tiefe, sicherlich als unschicklich galt. Hier hätte ich gerne gelebt. Matteo lächelte.

»Sehen wir uns die Sache doch einmal von innen an.« Andrea riss seinen Freund aus den Träumereien und wies auf die Ecke des Haupthauses hin: »Jedes Haus hat einen Hintereingang. Von vorne werden wir keine Chance haben. Die Fenster und Türen sind verrammelt. Aber hier, in der Tat, haben wir ein WC-Fenster, welches zum Einstieg geradezu auffordert.«

Geradezu auffordert, wiederholte Matteo in Gedanken. Wie gerne wäre er durch dieses Fenster auch in die andere Zeit eingestiegen. Amüsant, wie sich Andrea manchmal ausdrückt! Für manche Menschen hat auch das gegenwärtige Leben die Leichtigkeit einer Mantel-und-Degen-Komödie. Ein wenig Abenteuer, ein wenig Intrige, etwas Liebe und Verwicklung, und am Ende steht die allgemeine Versöhnung. Andrea nahm Matteo am Arm und zog ihn zu dem offenen Fenster.

»Worauf warten wir? – Nichts wie hinein! Ein Abenteuer, das auf so romantische Weise wie mit dem Einsteigen durch ein Klofenster beginnt, kann nur interessant werden.«

Verlassene Räume haben einen besonderen Reiz. Sie sind wie erstarrtes Leben. Irgendeinmal in ferner Vergangenheit haben Menschen diese Räume aufgegeben, haben noch einen alten Eimer ins Zimmer geworfen und dann die Türen versperrt. Dann beginnt die Zeit mit ihrer Arbeit. Sie arbeitet feiner. In winzigen Schichten verändert sie, wovon sich der Mensch abgewandt hat. In solchen Fällen ist die reine Zeit am Werk. Sie braucht den Menschen nicht. Noch immer liegt der Eimer im Zimmer. Er bleibt ein Zitat. Eine eingefrorene, nein, eine versteinerte Bewegung.

Mit solchen Gedanken trug sich Matteo öfters. Sie tauchten ihn in eine angenehm melancholische Mattigkeit, in die er sich nur zu gerne fallen ließ, wenn niemand ihn beachtete. Er war letztlich ein Träumer geblieben.

»Was suchen wir hier eigentlich? Der Freund deines Großvaters, wie hieß er doch gleich, Schulte, wird wohl kaum hier wohnen. Hier wohnt seit Jahren keiner mehr.« Andrea bewegte sich vorsichtig über den knarrenden Holzboden weiter.

»Spuren. Es muss etwas geben, das diese Männer auf dem Foto aus der Brusttasche meines Vaters verbindet. Es muss lange her sein. Onkel Valdemaro, Großvater Volker, Gero von Zechlan, der damals noch nicht Geistlicher gewesen ist, und mein Vater.«

Mein Vater – wie seltsam das klingt, dachte Matteo. Noch nie habe ich über meinen Vater gesprochen. Sein Wiedererscheinen als Toter macht ihn jetzt lebendiger, als er je in meinen Gedanken war. Plötzlich verbindet mich etwas mit ihm. Er und ich. Vater und Sohn.

Andrea war vorausgegangen. In einigen Zimmern standen noch alte Möbel, ein Flügel und ein paar zerbrochene Stühle. Ein Behandlungszimmer mit einer gepolsterten Tür, die mit weißem Leder bespannt war. Ein Gynäkologenstuhl in der Mitte des Raumes in einem Kurhaus am Ende eines schattigen Tales, weit entfernt von allen neugierigen Blicken und Vermutungen, an einem Ort, den nur wenige kannten. In einem kleinen Nebenraum mit Fenstern nach Süden und Westen schien es, als fehlten ein paar Staubschichten. Die beiden Männer blieben stehen und warteten. Etwas anderes in diesem Zimmer wartete ebenfalls. Es wartete darauf, entdeckt zu werden.

Der Raum war leer, bis auf die vier Stühle, die zu einem Halbkreis geordnet dastanden. Ihre Sitzflächen waren einer Wand zugedreht. Wer hier saß, der musste auf die leere Wand gestarrt haben.

»Das ist es!«, sagte Andrea.

»Was ist es?«, antwortete Matteo, der noch immer mit sich und seinem Vater kämpfte, den er nicht wieder aus seinen Gedanken verlieren wollte. So nahe war er ihm noch nie gewesen.

»Sieh dir diese Zeichen an der Wand an! Menetekel! Menetekel! Meine Güte!«

»Ich sehe nichts außer ein paar Wasserflecke auf einer alten Tapete.«

»Das sind keine Wasserflecke! Das ist eine Zeichnung! Sieh dir doch den Raum an. Er ist völlig trocken. Woher sollen denn die Wasserflecke kommen?«

»Du siehst etwas, weil du etwas sehen möchtest, mein lieber Andrea. Es ist eine Kosten-Nutzen-Frage. Es kostete dich eine Menge Aufwand, hierher zu gelangen, mühselig in das Haus zu steigen, und nun willst du einen Nutzen haben, einen messbaren Erfolg, ein Resultat des Abenteuers in Form eines mystischen Planes, von unbekannter Hand vor vielen Jahren fiebrig an die Wand gekritzelt. Ein Hinweis zur Lösung unseres Rätsels, wer Großvater Berghaus getötet hat und wo sein Kopf versteckt ist.«

»Nein, nein, nein! Es ist ein Zeichen! Nicht der Zufall hat es uns hinterlassen. Es war ein Mensch, der hier eine Information weitergeben wollte. Sieh dir doch die Zeichnung an, sie ist viel zu regelmäßig für einen Wasserfleck. Dann diese beiden K. Eines auf einem Hügel und eines über der Zeichnung, fast wie ein Titel.«

»Und natürlich wirst du mir sofort die Bedeutung dieser beiden K verraten!«

»Natürlich! Das eine bedeutet Klagenfurt und das andere auf dem kleinen Hügel, na, was wohl? Wie heißt denn der kleine Hügel in Klagenfurt?«

»Kreuzbergl«, antwortete Matteo spontan.

»Der Kandidat hat neunzig Punkte und ist reif für die nächste Runde: Wofür könnte dieser braune, sich windende Wurm stehen? Auf den ersten Blick ist es nicht leicht zu erkennen, ein menschlicher Dickdarm. Niemand wird auf die Idee kommen, einen Dickdarm auf die Wand zu zeichnen. Es muss etwas anderes sein.«

»Die andere Lösung ist, dass wir in einen Wasserklecks ein Geheimnis hineininterpretieren wollen. Das heißt du, nicht ich! Ich sage nur Rorschachtest. Der Klecks ist Zufall. Die Interpretation blamiert den Interpreten.«

»Was windet sich am Kreuzbergl?«

»Der Bachmannweg.«

»Unsinn! Schau einmal hier oben. Der Zeichner hat hier versucht, etwas plastisch, räumlich darzustellen. Der Weg ist eine Röhre, ein Tunnel, ein Bunker oder Ähnliches.«

Tatsächlich gibt es am Kreuzbergl einen alten Bunker, der in den Nachkriegsjahren noch von der örtlichen Rundfunkanstalt genützt wurde. Ein Teil diente auch zum Anbau von Champignons. Später hatte der Botanische Garten hier ein Lager, und heute befindet sich in einem Teil das Felsentheater, eine originelle Veranstaltungshalle, die erfolgreich bespielt wird. Davon konnte Andrea nichts wissen, oder doch? Waren seine Kenntnisse über Klagenfurt besser, als Matteo gedacht hatte? Aber welchen Grund sollte er haben, sich für Klagenfurt zu interessieren? Er, Matteo, war es doch, der ihn mit seiner Heimatstadt vertraut gemacht hatte. Matteo verscheuchte die lästigen Mutmaßungen über das Wesen seines Freundes.

»Nehmen wir einmal an, du hast recht – was machen wir dann mit der Zeichnung?«

»Wir nehmen sie mit und überlegen uns etwas!« Mit einer raschen Handbewegung riss Andrea die Tapete mit der Zeichnung von der Wand, rollte sie zusammen und steckte sie in die Tasche. Für ihn war die Sache nun erledigt. Der Ausflug war erfolgreich gewesen, also konnte man jetzt gehen. Andrea erwartete nicht, noch etwas zu finden, etwas, das vielleicht noch aufschlussreicher sein könnte. Er begnügte sich mit einem Wasserfleck auf einer alten Tapete, klopfte sich zufrieden auf die Brusttasche und wandte sich der Klotüre und damit dem Ausgang zu.

»Moment, mein Freund! So schnell wollen wir uns nun doch nicht zufriedengeben.«

Matteo überlegte und wollte einen vagen Erfolg dieser Exkursion nicht seinem Freund allein überlassen. Etwas daran musste auch von ihm stammen. Nachdenklich betrachtete er den Fleck, an dem die geheimnisvolle Zeichnung gehangen war, und bemerkte, ohne den Blick von der Wand zu nehmen:

»Wir sollten wenigstens noch einen Sprung hinauf zur Parkvilla machen. Schließlich wohnte Doktor Schulte nicht in dieser Ruine, sondern oben in der Villa. Vielleicht können wir dort ein paar Informationen einholen.«

Diesmal seufzte Andrea. Aber er fügte sich, auch weil er Matteos Sturheit kannte, die meist keinen Widerspruch duldete. Insgeheim aber war er mit dem Erfolg *seiner* Aktion zufrieden. Sie verließen das Haus über denselben Weg, den sie gekommen waren, wischten sich so gut es ging den Staub von den Kleidern und stiegen einen kleinen Weg zur Vellach hinunter, sprangen über das mineralhaltige Rinnsal und erklommen die Böschung auf der anderen Seite des engen Bachlaufes. In den Zeiten, als der Kurbetrieb noch aufrecht war, führte eine schmale Holzbrücke über die Vellach, und über einen Steg mit hölzernem Handlauf gelangte man hinauf zur Parkvilla, wo die Familie Schulte wohnte und wahrscheinlich besonders wichtige Kurgäste in ihren Privaträumen empfing. Aufwertende Kundenbetreuung mit österreichischem Charme, begleitet von einer Schale Kaffee und hausgemachtem Apfelstrudel.

Ein stolzes, gut erhaltenes Haus war diese einstöckige Parkvilla immer noch. Tadelloser weißer

Verputz und grüne Fensterläden, die jetzt geschlossen waren, und ein gepflegter Rasen, der einige Quadratmeter Parkkultur der wuchernden grünen Wildnis abgerungen hatte, vermittelten den Eindruck einer soliden bürgerlichen Lebensordnung. Die schöne Längsfront mit den Bogenfenstern und der Mitteltür hinter dem Balkon im ersten Stock war der Vellach zugewandt. Der Eingangsbereich lag an der Zufahrtstraße zur Westseite des Tales gerichtet. Matteo und Andrea gingen auf die geöffnete Eingangstür, hinter der sie einiges Rumoren vernahmen, zu. Mehrere Koffer und Taschen standen penibel aufgereiht zum Abtransport bereit, in einiger Entfernung davon ein kleiner Gummibaum, den Topf sorgfältig in einen Plastiksack gewickelt.

»Sind Sie endlich da? Wie lange soll ich noch auf Sie warten? Vor einer Dreiviertelstunde habe ich angerufen, und jetzt erst kommen Sie!«

»Hallo, ist da jemand?«, antwortete Matteo und stellte damit klar, dass er nicht der Erwartete war.

»Wer sind Sie, was wollen Sie hier?«, ertönte wieder die Frauenstimme aus einem dunklen Winkel hinter der Tür.

»Wir würden Sie gerne sprechen!«

»Wer wir?«

»Wir hätten da ein paar Fragen. Dürfen wir eintreten?«

»Nein!« Danach wurde es still, das Rumoren hörte auf. Eine Türangel quietschte, und im Eingang erschien eine große Frauengestalt mit vollem, blendend weißem Haar, das Gesicht der etwa Sechzigjährigen fast ohne Falten, die Züge ebenmäßig. Ein energisches Kinn ragte über die bis zum letzten Knopf geschlossene weiße Bluse. Zwei hellgrüne Augen fixierten die beiden Männer.

»Wer sind Sie, was wollen Sie? Hier ist niemand!«

»*Sie* sind hier!«, berichtigte Andrea.

»Aber nicht mehr lange. Ich erwarte ein Taxi, und in den nächsten Minuten bin ich fort. Für immer. – Nach vierzig Jahren!«

Einen Moment stockte die Frau, und ein weicher Blick verschwand über dem gemähten Rasen, dem dichten Buschwerk, irgendwo zwischen den dunklen Baumstämmen. Ihre Augen wurden feucht.

»Also sagen Sie schon! Was wollen Sie?«

Matteo nützte den Moment, in dem die alte Frau um ihre Fassung rang, zu einer ersten Frage.

»Doktor Ulrich Schulte wohnte hier, nicht wahr? Er ist verstorben, nicht wahr, und Sie haben ihn gut gekannt.«

»Wie gut kennt man jemanden, mit dem man vierzig Jahre unter einem Dach gewohnt hat? – Nicht wie Sie glauben. Doktor Schulte war ein Herr! Da gab es nichts. Er bewahrte Haltung bis zu seinem Tod, und der hat es nicht gut mit ihm gemeint. Wie kann man einen so stattlichen Mann so verfallen lassen. Hilflos, wenn er mich nicht gehabt hätte! Wie eine Karikatur seiner selbst ist er in seinem

Bett gelegen, und kein Ende kam. Es kam und kam das Ende nicht! Der Herrgott hat in dieser bettlägerigen Erbärmlichkeit seine eigene Schöpfung lächerlich gemacht. Ich frage Sie – ist das notwendig?«

»Nein«, antwortete Andrea, ohne zu merken, dass die Frage nicht an ihn gerichtet war, an niemanden gerichtet war.

»Sie sind nicht Doktor Schultes Witwe?«, setzte Matteo seine vorsichtige Erkundung fort.

»Ha, wo denken Sie hin! Vielleicht aber doch viel mehr. Ich habe zwei Ehen des Herrn Doktor mitgemacht. Mit beiden Frauen habe ich mich verstanden. Beide Frauen haben wir überlebt. Der Doktor und ich! Sie waren beide jünger als der Herr, aber sie mussten früher gehen. Am Ende war nur ich mehr da. Wie am Anfang. – Sind Sie von der Presse? Hier gibt es nichts zu berichten.«

»Nein, im Gegenteil. Wir sind an dem Haus interessiert. Es ist doch zu verkaufen, nicht wahr? Es würde mir sehr gefallen. Könnte ich es von innen sehen?« Matteo war einer spontanen Eingebung gefolgt. Hinter dem Interesse für das Haus baute er seine Fragen zur Person des Doktor Schulte auf.

»Ach ja, das Haus! Verstehen Sie Menschen, die vierzig Jahre hindurch in dieser engen Gegend wohnen? Es kommt mir vor wie gestern. Als siebzehnjähriges Mädchen bin ich hier eingezogen, wollte nur ein paar Monate bleiben. Und dann sind vierzig Jahre daraus geworden. Damals in Krumpendorf … Also kommen Sie herein, wenn Sie schon da sind. Aber wenn das Taxi kommt, müssen Sie gehen!«

Sie betraten das Haus. Es roch nach Obst und frischen Kräutern, Minze und Arnika.

»Ich heiße Elfriede Bust.« Zögerlich streckte die alte Haushälterin den Männern ihre Hand entgegen. Matteo nahm sie mit einer kleinen Verbeugung, ohne seinen Namen zu nennen. Es genügte Frau Bust. Das kleine höfliche Nicken mit dem Kopf reichte ihr, um zu erkennen, dass sie es hier mit kultivierten Leuten zu tun hatte, obwohl sie gerne den Namen gehört hätte. Den wollte Matteo in diesem Moment noch nicht preisgeben.

»Damals in Krumpendorf haben wir uns eingebildet, Haushälterinnen werden zu müssen, meine Freundin Inge und ich. Aber in Wien! Hier wollte ich nur so zur Probe einmal sehen, ob mir das auch gefällt, einen Haushalt zu führen für fremde Menschen. Es gefiel mir, und ich blieb. Inge ist nach Wien zu einem jüdischen Rechtsanwalt gegangen und vor zehn Jahren in der Großstadt verstorben. Ich lebe noch!«

»Taxi! Haben Se a Taxi …?« Unbemerkt war ein kleinwüchsiger Mann, der gerade nicht mehr als Liliputaner bezeichnet werden konnte, in den Raum getreten. Er nahm seine grüne Zipfelmütze vom Kopf und wartete auf eine Reaktion.

»Wie lange brauchen Sie eigentlich von Eisenkappel bis hierher?«, fragte Elfriede Bust unwirsch.

»Is lei weit von Völkamörkt eina. Åndere Auto håt ka Zeit nit ghåbt von Eisenkåppl.«

Während sich Frau Bust darauf einstellte, einen längeren Disput über Geschwindigkeit und Entfernung führen zu müssen, winkte Matteo seinen Freund zu sich und flüsterte ihm ins Ohr: »Bezahl ihn und schick ihn weg. Wir übernehmen die Sache und fahren die Frau ... wohin auch immer.«

Unter Protest gab sich der Kleinwüchsige mit einer pauschalierten Entlohnung zufrieden und verließ murrend das Haus.

»Wenn Sie erlauben, bringen wir Sie von hier weg. Mein Freund Andrea wird den Wagen holen. In der Zwischenzeit können wir uns etwas über das Haus unterhalten. Bitte, Sie würden mir einen großen Gefallen tun.«

Elfriede Bust fühlte sich geschmeichelt und holte aus einem Nebenraum ein Tischchen und zwei Stühle. Kurz darauf waren sie allein. Die alte Haushälterin fischte aus einer Einkaufstasche zwei Schnapsgläser und eine Flasche »Luschenen«.

»Sie trinken doch einen Lusche?«

Nur in Kärnten verwendet man ein und dasselbe Gewürzkraut, genannt Liebstöckl, zum Abschmecken von Rindsuppen und zum Ansetzen eines äußerst schmackhaften Magenbitters.

»Das Haus ist in einem guten Zustand. Über den Preis kann ich nichts sagen. Aber es wird nicht teuer sein. Wer will schon in solch einer Einöde wohnen?«

Matteo schreckte aus seinen Gedanken und fand es an der Zeit, das Thema zu wechseln, um endlich zur Sache zu kommen. Behutsam legte er seine Hand auf die der alten Frau.

»Liebe Frau Bust, ich muss Ihnen reinen Wein einschenken. Mein Name ist Matteo Berg…haus! Dieser Name sagt Ihnen sicher etwas.«

Elfriede Bust lehnte sich zurück und kniff die Augen leicht zusammen. Man konnte sehen, wie es in ihr arbeitete. Was wollte der junge Mann von ihr?

»Volker oder Valdemaro?«, kam es trocken, nachdem sie einen ordentlichen Schluck Lusche genommen hatte.

Matteo war überrascht. Mit so genauen Kenntnissen seiner Familienverhältnisse hatte er nicht gerechnet.

»Mein Großvater hieß Volker Berg.«

»…haus, ich weiß. Eine Zeit lang nannte er sich Berg, um von seiner Vergangenheit abzulenken. Wussten Sie, dass er diese seine Vergangenheit regelmäßig hier im Kreis seiner einstigen Freunde pflegte? Am Ende waren es nur noch wenige: Valdemaro, Volker, der Herr Doktor und Gero von Zechlan, ein seltsamer Mann, der Priester geworden ist. Manchmal saßen sie auch unten im Kurhaus. Die vier Helden und der Lusche – das war schon so eine Sache!«

»Wann waren sie das letzte Mal hier? Können Sie sich erinnern?«, unterbrach sie Matteo.

»Natürlich kann ich mich erinnern. Ich bin ja nicht alt und verkalkt! Es muss Mai gewesen sein. Doktor Schulte war nach langer Zeit wieder einmal gut beieinander. Er hatte keine Schmerzen, und ich glaubte schon, dass seine Kräfte zurückgekommen waren. Nur ein letztes Aufbäumen war es. Aber es war heftig. Die drei Kameraden holten ihn mit dem Wagen ab und brachten ihn ins Kurhaus. Er wollte es unbedingt noch einmal sehen. Viele Jahre vor dem Krieg hatte er hier gearbeitet. Es war seine Praxis. Er war ein guter Arzt. Nach dem Krieg war es dann vorbei. Sie wissen schon – Berufsverbot. Er war ja bei der SS. Dann, als er wieder praktizieren durfte, wollte er nicht mehr. Er war anders geworden. Man hatte ihn gebrochen. Zum Glück war immer noch genügend Wald da, und draußen in Eisenkappel gehörten ihm auch einige große Grundstücke. Davon konnten wir immer ganz gut leben. Jeden Monat kam ein Scheck aus Deutschland mit einer großen Summe. Wir konnten gar nicht alles verbrauchen. – Warten Sie, ich werde Ihnen etwas zeigen.«

Alles Leben war in ihre hellen grünen Augen zurückgekehrt. Die Erinnerung tat ihr gut, sie flackerte in ihr. Mit einem Griff zog sie aus einer ledernen Reisetasche eine Flügelmappe. Während sie die Schleife öffnete, sagte sie, ohne den Blick von der Mappe zu heben:

»Es geht Ihnen nicht um das Haus. Sie sind wegen Ihrer Familie hier, nicht wahr?«

»Sie haben recht«, gestand Matteo.

»Ich glaube, Sie können mir helfen. Es gibt vieles, was ich nicht verstehe. Es gab eine Zeit, in der für mich alles richtig war. Ich fühlte mich wohl in meiner

Familie. Ich konnte es mir nicht vorstellen, dass sich hier etwas ändern sollte. Noch vor ein paar Wochen war alles in Ordnung, und dann ... zuerst Tante Dora und dann ...«

Als wäre ein Damm gebrochen, lösten sich von Matteo alle Ängste. Immer schneller drängten sich Satz für Satz aus ihm und stießen auf eine fremde Frau, die ihn mit ihren hellen Augen nicht mehr losließ. Diesmal hielt er dem Blick stand und empfand fast so etwas wie Dankbarkeit, dass er in ihrer bereitwilligen Aufmerksamkeit eine Ahnung von Geborgenheit finden durfte.

»Ich weiß, ich habe es in der Zeitung gelesen.« Elfriede Bust leerte die Mappe, indem sie sorgsam Blatt für Blatt auf den kleinen Tisch legte. Dann hielt sie ihren Blick lange auf Matteos Gesicht. Mit den Augen tastete sie sich über die Wangen, Lippen, den langen Nasenbogen, über die Stirn und kehrte schließlich zu seinen Augen zurück.

»Ich hatte nie Kinder. Ich war nie verheiratet. Das hat mir nichts gemacht. Nur manchmal – ich fühlte mich allein gelassen im engsten Winkel der Welt. Dann stellte ich mir die Kinder Valdemaros oder Volkers vor, stramme Buben, stolz, gut erzogen. Sie sind anders geworden. Nicht missglückt, nein, das kann man nicht sagen. Ich kenne sie nicht, aber ich habe sie anders in Erinnerung.«

Matteo hielt ihrem forschenden Blick nicht länger stand und senkte seinen zu Boden. Elfriede Bust erhob sich und öffnete die Fensterläden. Kühle, würzige Luft aus feuchten Moospölstern und harzigen Tannennadeln bewegte die Papiere auf dem Tischchen zwischen ihnen.

»Was wollen Sie wissen?« Matteo versuchte zu antworten, kam aber nicht dazu.

»Sind Sie sicher, dass Sie das alles wissen möchten?«

»Das alles möchte ich wissen!« Nach ein paar Atemzügen: »Wer war mein Großvater?« Elfriede Bust begann zu erzählen:

»Ich war vierzig Jahre bei Doktor Schulte. Ich kenne keinen liebenswerteren und gerechteren Mann als ihn. Es gab niemals ein lautes Wort. Es gab keine Auseinandersetzungen. Alles wurde in Ruhe und Einvernehmen geregelt. Schließlich, im Alter, als die Zeit begann, in der ihm sein Verfall immer bewusster wurde und er bei wachem Geist zusehen musste, wie ihm die einfachsten Körperfunktionen versagten, da wurde er stiller und grübelte. Oh ja, Gehorsam war ein wichtiger Begriff, wie auch Anstand, Benehmen und Haltung. All das gelang ihm nicht mehr so wie früher. Sein Körper spielte ihm Streiche, und er hatte Angst, sich lächerlich zu machen. Es fing damit an, dass sein Schließmuskel nicht mehr funktionierte. Daher zog er sich noch mehr in sich zurück und wurde immer einsilbiger. Ein alter Mann ist noch kein Greis, sagte er. Gleichzeitig spürte er aber, dass er schon lange kein alter Mann mehr war.

Dann überraschte ich ihn mit der Pistole an der Schläfe. Seine Hand zitterte, und er sagte: Keine Angst, Elli Bust – er sagte immer Elli Bust zu mir. Ich kann keinen Menschen umbringen. Nicht einmal mich selbst. Früher schon nicht, und jetzt kann ich nicht einmal mehr den Abzug spannen.

In Russland hat ihn ein Schwerverletzter, der die Schmerzen nicht mehr aushielt, gebeten, er solle ihn doch erlösen. Er konnte es nicht! Doktor Schulte gehörte dem Panzerregiment der 16. SS-Division Reichsführer Heinrich Himmler an. Er kämpfte in Italien und in Russland und hat sich niemals etwas zuschulden kommen lassen. Kriegsbefehle waren einfach auszuführen, sagte er. Er war Arzt und half überall dort, wo die SS stationiert war, das Leiden zu verringern.

In Russland kamen sie in ein Tal, in das sich Wehrmachtstruppen zurückgezogen hatten und das von den Russen mit MG-Feuer belegt wurde. Ein deutsches MG-Nest lag unter schwerem Beschuss, hatte aber keine Feindeinsicht. Doktor Schulte hatte aber Einsicht und beschoss die Russen. Damit verriet er seine eigene sichere Position. Das deutsche MG-Nest konnte gerettet werden. Einige Wochen später bekamen er, Valdemaro Berghaus sowie Gero von Zechlan, die in derselben Truppe kämpften, den Befehl, sich sofort in Berlin zu melden. Als Belohnung für die tapfere Tat sind sie ins Führerhauptquartier nach Berlin versetzt worden. Zur Abteilung

Großdeutschland. Das war die engste Bewachungstruppe des Führers. Sie alle waren in unmittelbarer Nähe des Führers. Doktor Schulte hat manchmal erzählt, wie *er* in einem Innenhof mit seinem Schäferhund spazieren gegangen ist und den polnischen Zwangsarbeitern beim Schuften zugesehen hat. Immer hat er seine braune Uniform angehabt. Von hinten hat er ausgeschaut, als hätte er einen Kärntner Anzug an. Da hat der Doktor gelacht.

Dann ist das Ende gekommen. Alle drei sind aus dem Führerbunker geflohen, haben sich die Uniformen vom Leib gerissen und in Berlin die Kluft von einfachen toten Soldaten angezogen. Ihr Großonkel Valdemaro war damals schwer an der Hand verwundet, eine Verletzung, die noch aus Russland stammte. Dann wurden sie von den Russen gefangen genommen. Als Valdemaro Berghaus vor der russischen Kommission stand, sagten die Offiziere, sie könnten ihn mit der verletzten Hand nicht gebrauchen. Er wäre eine Belastung, darum wollten sie ihn nicht mit nach Russland schleppen. Er wäre zu nichts nütze. Die einen sagten – Erschießen!, die anderen wollten ihn laufen lassen und gaben ihm schließlich den Stempel auf seine Papiere. Damit konnte er nach Kärnten zurück. Und ich?, sagte Doktor Schulte. Du kannst mich doch nicht hier zurücklassen. Die verschleppen mich nach Sibirien. Ich komme nie mehr zurück.

Gero von Zechlan sagte nichts. Dann nahm Valdemaro die Papiere von Doktor Schulte und stellte sich noch einmal in die lange Warteschlange. Das Unglaubliche geschah: Er bekam wieder den Stempel. Die beiden Freunde freuten sich. Das Schicksal hatte er herausgefordert und besiegt. Von Zechlan schaute ihnen traurig zu. Dann lächelte Valdemaro, und kurz darauf stellte er sich noch einmal an. Russisches Roulette, sagte er, es war wie russisches Roulette. Einmal geht es noch. Eine Kammer im Revolver ist noch leer. Er forderte das Schicksal heraus. Er hätte erschossen werden können. Die Russen benötigten keine Gerichtsverhandlungen. Er kam noch einmal durch. Zum Glück war es beim dritten Mal eine andere Kommission. B wie Berghaus war ganz am Anfang, und Z wie Zechlan gehörte zur letzten Kommission. Dann fuhren die drei Freunde nach Kärnten zurück. Hier sehen Sie, die Entlassungsscheine mit den russischen Stempeln. Später einmal sagte Ihr Großonkel, diese Stempelsache sei aufregender gewesen als der ganze Krieg. Dann lachte er.«

»Was war mit meinem Großvater?«, unterbrach Matteo.

»Ihr Großvater war viel früher aus dem Krieg zurückgekehrt. Es muss schon 1940 gewesen sein. Seit damals war er im Klagenfurter Gaukrankenhaus in der Verwaltung tätig. Als ich ihn kennenlernte, war er bereits sehr in sich verschlossen. Er traute der neuen Zeit nicht mehr. Vielleicht musste er zu oft neu beginnen. Vielleicht war es aber auch nicht gut, dass er nach dem Krieg in derselben Verwaltungsabteilung des Klagenfurter Krankenhauses arbeitete wie während des Krieges. Zuerst hatte er ja Arbeitsverbot, wegen dieser Aktion, Sie wissen …?«

Matteo wusste nicht und schüttelte den Kopf.

»1941 …« Elfriede Bust hob die Arme und steckte sich eine Spange fester in ihr dichtes weißes Haar.

»1941 … Am 24. März und am 7. Juli wurden die Transporte durchgeführt. Alte Menschen und Behinderte, geistig Behinderte. Die Überstellung wurde überraschend in der Nacht angeordnet. Unbemerkt sollte sie bleiben. Die oberösterreichische Landespsychiatrie in Linz war nur eine Zwischenstation, Endziel der Reise war Hartheim. Zuvor wurden schon drei Transporte mit etwa sechshundert Patienten durchgeführt – von Klagenfurt aus nach Niedernhart.«

Die alte Frau hielt inne und richtete noch einmal die tadellos sitzende Spange. Dann fuhr sie fort:

»Für beide Tage, für den 24. März und für den 7. Juli, gibt es einen Urlaubsschein Ihres Großvaters. Sehen Sie hier. Ausgestellt vom Gaukrankenhaus Klagenfurt. Sein gewährter Urlaub dauerte vom Feber des Jahres bis in den Juli. Dazwischen waren immer wieder Fortbildungskurse und Parteischulungen. Ihr Großvater kannte einflussreiche Leute, nicht nur in Klagenfurt. Aber an den beiden Tagen war er sicher nicht in Kärnten. Ich glaube, man wollte ihn für eine gehobene Position nach dem Krieg aufbauen und zog ihn daher aus der Schusslinie ab.«

Matteo erkannte auf gelblichen Blättern die Unterschrift seines Großvaters.

»Sprechen wir nicht von Schuld. Sprechen wir nicht von Leid. Sprechen wir nicht ...«

Die feste Stimme der alten Frau war heiser geworden. Im Zimmer war es kalt. Matteo stand auf und rieb sich die Oberarme. Durch die offene Tür sah er seinen Wagen stehen. Andrea saß hinter dem Steuer und war eingeschlafen.

»Ich wusste, dass ich diese Geschichte einmal erzählen würde. Ich habe darauf gewartet. Diese Geschichte hat darauf gewartet, bis der richtige Zuhörer gekommen ist. Sie sind der, für den sie bestimmt ist. Aber sie hat kein Ende. Sie hat auch keinen Sinn. Keinen, den ich erkennen kann. Manchmal erzählt man, und der Sinn liegt darin, dass man redet. Je länger die Geschichte dauert, umso mehr wartet man auf den Sinn, warum man erzählt. – Ich weiß es nicht. Es sind Ihre Augen, Herr Berghaus. Sie sind voller Neugierde. Es sind die Augen eines Kindes, das Sie geblieben sind, nicht wahr?«

»Wenn er unschuldig war, warum bekam er dann Berufsverbot?«, fragte Matteo.

»Er trug die Urlaubsscheine lange Zeit bei sich. Aber er zeigte sie niemandem. Die Entlastungsbeweise wurden nie vorgelegt. Er hat sehr wenig geredet in diesen Nachkriegsjahren. Er wollte nicht entlastet werden. Er hat alles verschwiegen.«

Matteo wäre gerne Kind geblieben. Unbeschwert und fröhlich. Manches Mal fühlte er sich in die Jahre zurückversetzt, als im Berg-Haus noch heiteres Leben herrschte. Alles war dann Gegenwart, keine Angst vor dem Morgen, keine Angst vor den Gespenstern der Vergangenheit. Jetzt war so ein Moment, in dem er mit niemandem hadern wollte und mit sich zufrieden war. All das zog diese fremde alte Frau ins Leben. Mit alldem verführte sie ihn und las wie in einem offenen Buch in seinen Wünschen.

Zwei fremde Menschen, die so vieles im anderen bewegten, standen sich im engsten Teil des Tales gegenüber und warteten darauf, dass der andere den Bann des Gesprächs löse und beide wieder an die Oberfläche gelangen konnten. Sie forschten in den Schattengesichtern nach einer Möglichkeit der Rückkehr zu einer unbelasteten Beiläufigkeit. Matteo berührte die Schulter der Frau, die eine Mutter hätte sein können, nie eine geworden war und nur in diesem Augenblick die liebende Wärme in ihr Lächeln legte, das nunmehr einzig die Dunkelheit des Raumes ein wenig erhellte.

»Es ist spät«, sagte Matteo.

»Gerade rechtzeitig«, antwortete eine leise Frauenstimme, die ihre Sicherheit wiedergewonnen hatte.

»Ich danke Ihnen, dass Sie gekommen sind. Nun kann auch ich gehen.«

Sie nahm die Papiere, legte sie wieder in den Ordner und trat vor die Tür. Matteo stellte die Koffer in den Wagen. Wenig später beendete Andrea sein Schläfchen und hätte noch gern beim Verstauen des

Gepäcks geholfen. Etwas abseits vom Wagen war ein kleiner Haufen Altpapier aufgetürmt. Elfriede Bust schüttete den Inhalt eines Kanisters darüber und entzündete den Stapel. Eine Stichflamme schlug in den Himmel, gefolgt von einem dumpfen Fauchen.

»Ich übergebe den Flammen das Wehrdienstbuch von Volker Berg. Ich übergebe den Flammen die Passierscheine von Volker Berg, Ulrich Schulte und Gero von Zechlan. Ich übergebe den Flammen die Urlaubsscheine von Volker Berg. Ich übergebe den Flammen Fotografien von der russischen und italienischen Front. Ich übergebe den Flammen meinen Ahnenpass.«

In weitem Bogen warf sie die Papiere ins Feuer. Ein ganzer Karton landete auf dem Scheiterhaufen. Ein Funkenregen mit wirbelnden Aschenteilchen stob über die Köpfe der drei Gestalten.

Doktor Schulte hatte gut für seine Haushälterin gesorgt. Eine beträchtliche Abfertigung und viel Erspartes ermöglichten Elfriede Bust einen bescheidenen Wohlstand in einer kleinen Eigentumswohnung in Krumpendorf. Dorthin brachte sie Matteo, half noch einmal mit den Koffern und verabschiedete sich. Ein Nicken mit dem Kopf, die Andeutung einer Verbeugung war als stummer Dank gedacht. Elli Bust verstand es auch so. Sie mochte diese angedeuteten Höflichkeiten, die längst aus der Mode gekommen waren. Ein wenig erinnerten sie an den schönen Umgangston bei Doktor Schulte.

Keiner der beiden wünschte ein weiteres Treffen. Es war alles gesagt. In den wenigen Minuten, eingehüllt in die kalte Dämmerung der Parkvilla, hatten sie miteinander gesprochen, wie nur beste Freunde miteinander sprechen. Der sehnliche Wunsch zu erzählen traf auf ein Bedürfnis zu hören. Nun war gesagt, was gesagt werden konnte. Der Bann hatte sich gelöst. Man konnte wieder auseinandergehen.

Viktoria

Dann folgte das zweite Begräbnis. Diesmal ohne Tante Dora. Was hätte sie auch auf dem Begräbnis von Armin Berg, Matteos ungekanntem Vater, verloren gehabt? Feierlichkeiten mit klassischer Musikbegleitung führten bekanntlich zu Wallungen ihres kranken Verstandes, die in lautstarken Eruptionen ihrer verwirrten Gefühle endeten.

Matteo stand allein auf dem Friedhof und beobachtete die Vorbereitungen. Die Totengräber hatten leichtes Spiel. Das Familiengrab war ja erst kürzlich über dem Sarg von Großvater Berg zugeschüttet worden. Das Erdreich war noch locker. Die Arbeit der zwei Bestattungsbeamten ging zügig voran. Matteo suchte die Nähe des Grabes – vielleicht suchte er auch die Nähe zu seinem Vater. Also stand er vor einem schwarzen Aushub und blickte hinein. Aber es kam nichts. Nichts regte sich in Matteos Seele. Keine Empfindung zu Vater und Tod wollte sich einstellen.

Die beiden Totengräber entfernten sich ein wenig von dem geöffneten Grab. Matteo starrte in das finstere Loch.

»Ein schwerer Verlust?«

Es war nur eine vorsichtig gestellte Frage, keine Feststellung, die im Rücken Matteos laut geworden war. Die zwei Männer hatten sich wieder dem Grab genähert und hielten sich, auf die Schaufeln gestützt, zur Weiterarbeit bereit. Es war schon vier Uhr, und die beiden fürchteten, mit ihrem Tagwerk nicht fertig zu werden.

»Wir kennen das!«

Diesmal hatte sich der andere Arbeiter zu Wort gemeldet. Matteo drehte sich um und sah ein sehr ungleiches Paar vor sich. Ein ziemlich großer junger Mann, offensichtlich Bodybuilder, Mitte zwanzig, mit enormen Muskeln, die aus den Löchern eines weißen Unterhemdes hervorquollen, und ein grau melierter kleiner Mann mit scharfem Kinn und dünner Nase, nicht älter als fünfzig, setzten sofort ihre Trauermiene auf, als sie merkten, dass man ihnen Beachtung schenkte.

»Ein naher Verwandter?«

Die Frage des kleinen Mannes hielt sich ein paar Momente zwischen den drei Gestalten, ehe Matteo mit einem leichten Seufzen antwortete:

»Das kann man so nicht sagen.«

Auf diesen Satz schienen die beiden Männer gewartet zu haben. Er war ihnen ausreichende Legitimation für einen gelockerten Umgangston, den sie nun ohne Übergang anschlugen.

»Wir kennen das. Sie wissen gar nicht, was wir hier alles erleben. Oft kommen die Verwandten in den Tagen nach dem Begräbnis mehrmals, um sich mit dem Unausweichlichen abzufinden und sich an den Gedanken zu gewöhnen, dass nun der liebe Verwandte in die Ewigkeit vorausgegangen ist. Aber vor dem Begräbnis war noch keiner am offenen Grab. Sie sind der Erste, mein Herr!«

Matteo sagte nichts.

»Da war einmal diese Bäckerswitwe, die beim Hinabwerfen ihrer mitgebrachten roten Rosen um ein Haar ins Loch hinuntergefallen wäre. Ich hab sie am Kragen festgehalten und zurückgezogen. Bei der Einsegnung schüttelten sie dann so krampfartige Weinanfälle, wobei sie immer zu mir aufschaute. Dann bin ich draufgekommen, dass sie ständig lachen musste. Es muss komisch ausgesehen haben, wie ich sie so am Krawattl gehalten hab. Nachher bin ich dann noch mit zum Leichenschmaus. Und später hat sie mich dann mit nachhaus genommen. Aber da waren die anderen schon weg.«

Die beiden Arbeiter hatten sich auf den Erdhügel neben dem Familiengrab gesetzt und jeder eine Zigarette aus der Schachtel genommen. Matteo gab ihnen Feuer. Nun fühlte sich auch der ältere Totengräber in der Stimmung, eine Geschichte zum Besten zu geben:

»Sie können sich nicht vorstellen, was wir in unserem Beruf erleben. Dieses Grab ist ja ein leichtes. Ein schweres Grab ist, wenn es regnet. Die Erde wird dann schwer und patzig. Da bin ich einmal in einen alten Sarg, so in zwei Meter Tiefe, eingebrochen. Der hätte gar nicht da sein dürfen. Er war erst ein paar Monate dort. Bis zum Knie bin ich da im Brustkorb des Toten gestanden und nicht mehr herausgekommen.« Der jüngere Totengräber lachte.

»Mit der Spitzhacke hab ich mich dann befreit, denn der Klachl«, er zeigte auf seinen Kollegen, »der war ja zu nichts zu gebrauchen vor lauter Lachen.«

Dann fuhr er in einem sehr gesättigten Ton, mit dem er sich um besondere Seriosität bemühte, fort:

»Das hier ist ja Gott sei Dank ein einfaches Grab. Hier kommt der Mann aus dem Eis hin. Haben Sie sicher gelesen. Irgendein Nazi-Ötzi. Der Gletscher gab ihn frei. Auf dem könnte ich höchstens ausrutschen, wenn Sie verstehen ...«

Matteo verstand und lächelte. Dann gab er den beiden Männern ein Trinkgeld und ging. Über seinen Vater hatte er nichts erfahren, auch hier auf dem Friedhof war seine Stimme nicht mehr vernehmbar. Aber einer humoristischen Einlage am Rande zur Ewigkeit durfte er teilhaftig werden. Matteo blickte sich nicht mehr um.

Das Begräbnis selbst verlief ohne Zwischenfälle. Pater Gero segnete, sprach und streute Erde. Die wenigen Trauergäste beteten, redeten und streuten Erde auf den Sarg. Dann war alles vorbei. Als einziges gemeinsames Erlebnis von Vater und Sohn sollte dieses Begräbnis Matteo in Erinnerung bleiben.

Andrea Bador reiste ab. Nicht freiwillig, er wurde abberufen. Eines Tages, es war in der ersten Septemberwoche, erreichte ihn eine SMS aus Udine. Sie enthielt nur ein Wort: »Ritorni!!!« Andrea wusste, dass die Geduld seines Vaters nicht länger strapaziert werden durfte. Er nahm seine wenigen Sachen und stellte sich mit einem Pappschild, auf dem *Udine* stand, an die Autobahnauffahrt.

Es verstand sich auch von selbst, dass Matteo sein Praktikum, seine Lehrzeit in Italien, als beendet zu betrachten hatte. Vincente Bador, unumstrittenes Oberhaupt der friulanischen Badors, war kein Mann vieler Worte. Hätte er Wert auf eine weitere Zusammenarbeit mit Matteo gelegt, wäre dieser Wunsch im Telegramm erwähnt worden. Dem war nicht so. Eine mittelmäßige Karriere im internationalen Holzhandel hatte ihr Ende gefunden, bevor sie ihre ersten Erfolge oder Misserfolge aufweisen konnte. Matteo war darüber nicht enttäuscht. Es war eben geschehen. Damit musste man umgehen können.

Es war nicht kühler geworden. Die Hitze legte eine Glocke über die Stadt, und die Kastanienblätter färbten sich an den Rändern braun. Im Bad Loretto war jetzt wieder Platz genug, um sich mit einer Decke auf dem hölzernen Steg auszubreiten. Die Schule zog die Jugend aus den Bädern ab, zumindest am Vormittag. Das Wasser erholte sich und wurde wieder klar. Auf dem Bauch liegend, unter sich die warmen Bretter spürend, konnte Matteo bis zum Grund des Sees sehen. Auch die Fische waren wieder da. Sie verdrehten ihre Augen nach oben, hofften auf Nahrung und schnappten nach allem, was man ihnen zuwarf. Hartnäckig zogen sie in gleichförmigen langsamen Bewegungen vor Matteo ihre Runden.

Matteo war über die Abreise seines Freundes nicht ungehalten, auch störte ihn seine Abwesenheit nicht. Er wusste, dass die Trennung nur von kurzer Dauer war. Ein paar Wochen, und der nächste Familienkrach im Haus Bador würde wieder eine niemals rückgängig zu machende Trennung von Vater und Sohn nach sich ziehen. Weinende Frauen aller Altersklassen, in ihrer Ruhe gestörte Notare, die zum wiederholten Male das Testament zu ändern hatten, ein für kurze Zeit einsilbiger Andrea, und alles wäre wieder wie in den letzten Wochen.

Schon Gropa Berg war nicht überzeugt gewesen von den menschlichen Qualitäten und der charakterlichen Integrität des jungen Bador, und auch Großonkel Valdemaro, der Italien und seine Menschen liebte, runzelte in letzter Zeit nur die Stirne, wenn Andrea auf ihn zugekommen war, um ihn mit großem rhetorischem Aufwand um irgendeine Kleinigkeit zu bitten.

Matteo nutzte die Gelegenheit für eine Zwischenbilanz. So entschloss er sich spontan, die nächste Zeit, bis die familiären Katastrophen ihr Ende gefunden hatten, die finanziellen Möglichkeiten seiner Sippschaft für sich zu nutzen. Als Gegenleistung brachte er ja seine Tätigkeit als Ermittler ein. Er führte schließlich wichtige Gespräche mit Hofrat Grasl, der in regelmäßigen Abständen im Berg-Haus anrief, um zu fragen, ob es etwas gebe, das die Ermittlungen weiterbrächte. Es wäre ihm sicherlich unangenehm gewesen, wenn die Familie des Opfers in ihren Erkenntnissen weiter gewesen wäre als die Polizei. Seine Ermittlungen waren arg ins Stocken geraten. Waren die Kriminalbeamten anfänglich der Auffassung gewesen, dieser außergewöhnlich brutale Mord an Volker Berg habe seine eigene Dynamik und werde selbst von Zeit zu Zeit Indizien liefern, die zur Aufklärung führten, so war man bald von der Kaltblütigkeit der Täter überzeugt, die ihren Triumph und ihre Genialität nicht ohne ausgeklügelte Strategie preisgeben würden. Es gab verschiedene durchaus logische Erklärungen, warum die Ermittlungen stockten. Keine befriedigte wirklich.

In einem Moment der Unvorsichtigkeit erzählte Matteo Hofrat Grasl von seinen Spekulationen über die Trommelsteine und die Formation des Hakenkreuzes auf der Bettdecke von Tante Dora. Er erntete lang anhaltendes Lachen. Endlich durfte Grasl ihm wieder seine Infantilität vorhalten und nahelegen, sich aus den Untersuchungen herauszuhalten, damit die Profis in Ruhe arbeiten konnten. Darauf hatte er gewartet.

Matteo ließ sich nicht bremsen. Dennoch waren die Ergebnisse seiner eigenen Forschungen nicht berauschend. Einige Wohlstandsverwahrloste in einem nächtlichen Park, eine alte Haushälterin in einer Parkvilla und ein Stück alte Tapete, in dem Andrea des Rätsels Lösung sah.

Matteo streckte seine Gliedmaßen auf den harten Brettern und rollte sich auf den Rücken. Nach all den unbefriedigenden Details, die ihm durch den Kopf gingen, blieb immer noch die Frage, wer einem Menschen den Kopf abschneiden konnte. Matteo erkannte, dass er das Problem immer nur umkreist hatte. Aber den Gipfel der Scheußlichkeiten schob er vor sich her.

Wer war zu einer Grässlichkeit dieser Größenordnung fähig? Doch niemand aus seinem Umfeld, das aus lieben Leuten, harmlosen Kleintierhaltern und eifrigen Bausparern bestand. Matteo lächelte. Es musste jemand gewesen sein, der Volker Berg bekannt war. Nichts deutete auf einen Einbruch oder auf Flucht oder Panik hin. Kein Kampf, außer dem Todeskampf, hatte stattgefunden. Volker Berg musste seinen Mörder oder seine Mörder gekannt haben. Es konnte eine Hinrichtung, eine Bestrafung mit tödlichem Ausgang gewesen sein. Gut vorbereitet und eiskalt ausgeführt.

Ein Mensch, dem man seine Empfindungen geraubt hatte? Was war da geschehen? Lange muss es in diesem Menschen immer kälter geworden sein. Ein Totgefühl – wenn es das überhaupt gibt –, ein Totgefühl muss der Mörder in sich verspürt haben. Und das kann nur aus einem schwindelerregenden Aussetzen aller Emotionen bestehen. Wie in einem Wasserwirbel, der sich einen Abfluss hinunterwindet, fließen alle Wünsche, Gefühle und Hoffnungen in rasendem Tempo ab. Die Leere am Ende ist nicht mehr spürbar, dachte Matteo. Das Totgefühl sättigt den Todbringer. Aber das Fortgehen, das Verschwinden muss noch geschmerzt haben. In ihm ist immer noch ein Teil des Lebendigen, und der Schmerz besteht darin, zusehen zu müssen, wie er kleiner wird.

Möglich, dass es so war, wie Pater Gero es einmal ausgedruckt hatte: »Ich weiß nicht mehr, wie diese Veränderung in mir vor sich gegangen ist. Als ich einmal die Tintenpatrone meiner Füllfeder wechseln wollte, bemerkte ich, dass ich keine Patrone mit blauer Tinte mehr hatte. Es war nur noch eine mit schwarzer da. Ich schob sie in meine Füllfeder und schrieb im Tagebuch weiter. Irgendeinmal war die Schrift schwarz. Ich konnte nicht mehr erkennen, wo sie noch blau oder schon schwarz war. Die Übergänge sind das Schwierigste. Man erkennt sie nicht. Und wenn … Auf einmal ist alles blau oder alles schwarz. Als wäre es nie anders gewesen.«

Daran erinnerte sich Matteo, als sich ein Schatten über seine geschlossenen Augen legte. Er öffnete sie und blinzelte in ein rotes Bikinidreieck, das ihm die Sonne verdeckte. – Cousine Viktoria.

»Erstens: Was machst du hier? Zweitens: Geh mir aus der Sonne!« Matteo wusste nicht recht, ob er sich über das überraschende Erscheinen freuen sollte.

»Dann rück etwas zur Seite. Es ist Platz genug auf der Decke.« Matteo gehorchte, rückte und schwieg.

»Wie fühlt man sich, wenn man auf einmal einen Vater hat?«

Matteos Schweigen hielt nicht lange.

»Ich habe nie einen gehabt, und ich habe auch jetzt keinen. Müssen wir immer über unsere Familie reden? Was machen Menschen, die keine haben? Sie müssen vor Langeweile sterben oder verstummen.«

»Menschen, die zu viel Familie haben, verstummen auch manchmal. Weil sie es nicht für möglich halten, was alles geschieht. Worüber sollten wir beide uns sonst unterhalten? Du, ein zum Holzhändler mutierter Freigeist, der Gott sei Dank nie zur Freiheit gelangt ist. Sie hätte Perlen der Angst auf die kleine Bürgerstirne gezaubert. Lebensangst, Todesangst.«

»Und du, eine für die Hippies leider viel zu spät Geborene, eine Aussteigerin, die nicht mehr weiß, wohin sie aussteigen wollte. Eine Amerikaflüchtige, weil man halt wo gewesen sein muss, damit man wieder zurückkehren kann, um die Zurückgebliebenen zu beeindrucken.«

Viktoria küsste ihren Cousin auf die Stirne und hielt ihm den Mund zu, sodass er die weiche Innenseite ihrer Hand spüren konnte. Immer wieder kam es zu diesen Giftspitzen, mit denen der eine dem anderen beweisen musste, wie weit er sich doch von alldem hier in Klagenfurt entfernt hatte, wie weit er schon hinausgewachsen war, Teil der großen, weiten Horizonte geworden ist.

Als sie noch Kinder waren, sahen sie sich nicht oft, denn Tante Dora kam in den Ferien meist allein und brachte nicht immer ihre Enkelin mit. Aber wenn Viktoria mitkam, fanden Cousin und Cousine immer schnell eine Vertrautheit und teilten ihre Geheimnisse. Dann gingen Jahre vorbei, in denen keine gemeinsamen Ferien stattfanden, was aber keine Entfremdung zwischen den beiden bewirkte. Es verband sie ein kleiner gemeinsamer Nenner: Es könnte schlimmer sein.

»Ich habe noch nicht darüber nachgedacht. Ein Gletscher in Osttirol spuckt einen Leichnam aus, und ich soll mir nun den Kopf zerbrechen? Es macht keinen Unterschied, ob er achtzig Zentimeter unter dem Eis liegt oder nun achtzig Zentimeter unter der Erde. Ich empfinde nichts. Kann man etwas für jemanden empfinden, den man nur aus Erzählungen kennt?«

Matteo dachte nach und löste ein paar Holzspäne aus dem Badesteg, dann fügte er etwas leiser hinzu:

»Hätte er ein Tagebuch geführt, würde mich interessieren, wie er über die Langeweile gedacht hat. Erst in diesem Vakuum, wenn die Welt einen nicht durch unzählige Überflüssigkeiten ablenkt, kommt der eigentliche Charakter ans Licht. Er kann nicht anders. Er muss sich zeigen. Keinerlei Requisiten sind vorhanden, die ihn verwirren. Der Leerraum füllt sich mit Wahrheit, ganz von selbst. Darin hätte ich vielleicht eine Ähnlichkeit entdeckt.«

Wieder stockte Matteo – und dann: »Warum nicht mehr Berghaus?«

Viktoria schwieg. So hatte sie ihren Cousin noch nie nachdenken hören. Ein neuer Aspekt seines putzigen Charakters. Die Langeweile hatte ihn ehrlich gemacht. Die Langeweile oder die Leere.

»Der Leerraum füllt sich mit Wahrheit, ganz von selbst. Erstaunlich, woher du deine Einsichten nimmst. So kenne ich dich nicht. Wenn du aber so bist, dann will ich mehr davon. Ich antworte dir mit meiner Ehrlichkeit: dein Vater gegen meine Mutter. Die Partie steht pari. Ich habe meine Mutter nie gesehen. Wir sind ohne Eltern aufgewachsen. Du, ich. Alte Menschen wie unsere Großeltern haben ihre Ideale und Überzeugungen in uns hineingestopft. Jetzt leben wir halt mit diesem Fremden in uns.«

Viktorias schlanke Arme umschlangen Matteo, der sich von ihr weggedreht und mit einem Blick ohne Ziel ihren Geschichtchen zugehört hatte. Er spürte ihre Wange auf seinem Schulterblatt und seufzte. Wie schön musste es sein, wenn daraus noch mehr körperliche Vertrautheit entstehen könnte. Es würde ihnen beiden guttun. Auch mit einer Cousine, die man seit der Sandkastenzeit kannte. Matteo setzte sich auf und seufzte.

Unter der Brücke schwammen zwei Karpfen in trauter Zweisamkeit hindurch, nahmen ein paar Mäuler voll Schlamm und spuckten ihn wieder aus. Viktoria ließ sich nicht beirren:

»Dabei fehlt mir diese Mutter-Tochter-Sache gar nicht. Wie kann einem Blinden die Farbe fehlen, wenn er von Geburt an keine Farbe gesehen hat. Und doch ist etwas nicht recht. Alles Unglück, das einem ohne die Erinnerung an die mütterliche Liebe begegnet, wird sofort auf dieses Fehlen zurückgeführt: Schließlich hat man keine Mutter. Alle anderen haben eine, darum haben sie auch weniger Unglück, darum ist das und das eben den anderen nicht passiert, sondern mir, nur mir.«

»Und du glaubst, das Schicksal hat Zeit und Lust, mit der kleinen Viktoria, Viktoria der Siegreichen, Katz und Maus zu spielen, ihr alle Möglichkeiten der Grausamkeit zuzuweisen, um sich so vor dir interessant zu machen? Willkommen also im Privatissimum Schicksal kontra Manki!«

Matteo merkte plötzlich, dass er die gleichen Vorwürfe, mit denen Andrea ihn attackiert hatte, nun auf seine Cousine projizierte.

Viktoria gab mit ihrer Sonnenmilch einen Schuss auf Matteo ab.

»Verdammt, ich bin getroffen! Ah!«

Matteo verdrehte die Augen, krümmte sich und zuckte mit den Beinen wie ein verendendes Insekt. Dann verteilte er die Schmiere sorgfältig über seinen Körper. Wenig später lagen sie duftend und glänzend nebeneinander und blinzelten in die Sonne.

Es war noch Sommer, es war heiß an diesem Tag, und die ausgetrockneten Bretter der Brücke waren warm. Ein Schwan landete, einen langen Wasserkeil hinter sich herziehend, bei einer Boje. Die Drahtseile schlugen im leichten Wellengang auf die Blechmaste der Segelboote. Ein Rettungsmotorboot mit besonders schlanken jungen Menschen darauf glitt fast lautlos vorbei. Niemand musste gerettet werden.

Nirgends war Gefahr. Kein Krampf im Bein bedrohte einen Schwimmer mit dem Ertrinken. Eine kleine Gruppe Enten überquerte die Liegewiese. Der Lautsprecher des Badewärters blieb stumm. Nur vereinzelte Wolken drohten sich vor die Sonne zu schieben. Keine schrillen Kinderstimmen zerrissen das wohlige Dämmern vor aufgeschlagenen Zeitschriften. Wunschlose Zufriedenheit, wohin man blickte. Eine zum Stillstand neigende Betriebsamkeit übertrug sich auf alles, was sich noch bewegte.

Hin und wieder wehte eine kühle Brise Staub vor den Fahrradständern auf und legte ihn auf die Biertische im Eingangsbereich des Bades. Die Bootsanleger kannten die kleinen Wirbel und bedeckten ihre Gläser mit Bierdeckeln. Gleichzeitig drehten sich einige nackte Rücken um, als ein Fahrrad scheppernd zu Boden fiel. Niemand stellte es wieder auf. Niemanden störte es, denn die Rettungszufahrt blieb unbehindert. Ein Handtuch fiel vom Zaun. Die Frau an der Kasse hob es auf und wickelte ein fröstelndes Kind darin ein. Dann fiel eine hölzerne Klotür ins Schloss. Ein alter Mann entschuldigte sich. Leises Rauschen von biegsamen Ästen der alten Bäume gesellte sich zum Flattern einer Reklamefahne. Alle Fliegen waren verschwunden. Dann fiel ein Müllsack langsam in sich zusammen und streute seinen Inhalt vor die Füße der Biertischsitzer. Zwei Frauen standen auf, zogen sich T-Shirts über und gingen zurück zu ihren Badetüchern. Auf dem Parkplatz bildeten sich mehrere kleine Luftwirbel aus Staub und trockenen Blättern. Sie fegten zielstrebig über den hellbraunen Weg vor den parkenden Autos und legten einen grauen Schleier auf die Scheiben. Eine Badedecke wurde auf der Brücke wie von unsichtbarer Hand gehoben und landete im Wasser. Zwei Blesshühner flüchteten entsetzt.

Wie aus dem Nichts schoben sich aus allen Himmelsrichtungen kleine Wolkenfelder aufeinander zu und bildeten eine zähe graue Masse, durch welche die Sonne nur noch mit Mühe etwas an goldgelber Wärme zu schicken vermochte. Ein Blitz zerriss sie wieder für Sekundenteile.

Hektische Bewegung kam in das kleine Bad. Sonnenschirme, die nicht umgefallen waren, wurden abgespannt, restlicher Proviant provisorisch verstaut. Bunte Schwimmflügel tanzten über den Rasen, hinter ihnen helles Kinderlachen. Geschäftiges Treiben entstand vor den Umkleidekabinen. Auf der grauen Wasserfläche zeichnete ein ausgelassener Wind seine Ornamente, und die Segelmaste schlugen dazu ihren wilden Takt.

Matteo und Viktoria schlugen zugleich die Augen auf. Zwei dicke Tropfen klatschten ihnen ins Gesicht. Rasch rappelten sie sich hoch, verstauten die Badesachen in der Segeltuchtasche und liefen auf die Kabinen zu, hinter denen eine schwarze Wolkenwand schweres Unwetter ankündigte. Donner, einmal weiter weg, einmal ganz nahe, wechselte sich mit Blitzen ab, die den ganzen Himmel zur Projektion ihrer bizarren Gebilde benutzten. Der Wind hatte an Stärke beträchtlich zugenommen, und was nicht festgehalten wurde, fiel in seinen Besitz. Fette Regentropfen landeten auf dem Boden.

»Dritte Reihe, 219«, rief Matteo.

»Ich weiß! Warum sollte sich das geändert haben«, antwortete Viktoria.

Als sie bei der Familienkabine ankamen, waren sie klitschnass, als wären sie gerade aus dem See gestiegen. Matteo öffnete die Kabine. Sie war nicht größer als die WC-Anlage einer kleineren Einfamilienwohnung. Viktoria schob ihn hinein und schloss hinter sich die Tür. Draußen konnten sie klappernde Badeschuhe hören und aufgeregtes Hantieren. Aluminiumgestänge von Liegestühlen schlugen an die Holzwände der Kabinenzeile. Gereizte Eltern kommandierten verzweifelt und versuchten, ihre Kinder den Ernst der Lage erkennen zu lassen. Als Einzige hatten die ihren Spaß an dem Treiben.

Matteo blickte seine Cousine fragend an. Sie aber legte ihre Hand auf seinen Mund. Es war dunkel. Rechts und links von 219 rumorte es. Liegebetten wurden zusammengeklappt und Spielzeug verstaut. Überall suchte irgendwer irgendetwas. Viktoria nahm ihre Hand von Matteos Mund und verschloss ihn nun mit ihrem Mund. Ihre Zunge schob sich weit in seinen Rachen. Matteo atmete schwer und entfernte sich zaghaft wenige Zentimeter vom nassen Körper seiner Cousine.

»Was ...« – »Still!«

Donner beendete ihr Gespräch. Die Kabinennachbarn hatten sich auf den Boden ihrer Holzhütte gesetzt und warteten auf das Ende des Regenschauers. Ein undurchsichtiger Vorhang, mit dem der Wind sein Spiel trieb, zog sich endgültig wenige Meter vor ihnen zu. Aus offenen Schleusen stürzte Wasser vom Himmel.

Viktoria legte den Oberteil ihres Bikinis beiseite und drückte ihre großen, festen Brüste an den schlanken Körper Matteos, und dieser umarmte sie, hielt sie fest und legte ihren kleinen roten Kopf an seine Schulter. Mit einem Mal spürten sie die Wärme des anderen in sich. Ihre Blicke trafen scheu aufeinander, dankbar, kein Wort verlieren zu müssen. Ein kleines Geheimnis entstand wie von selbst, ohne ihr Zutun, und sie wehrten sich nicht dagegen.

Matteo nahm ein Handtuch und trocknete ihren Körper. Aber bald waren es nur noch seine Hände, die zärtlich über ihre Brüste und die festen dunklen Knospen strichen. Er küsste sie. Viktoria drückte Matteo sanft an seinen Schultern nach unten. Er ließ es zu und küsste ihren Bauch, der sich unter seiner Berührung hob und senkte, während er mit beiden Händen ihre Schenkel umfangen hielt. Viktoria streifte ihr Höschen ab und schob ihr himmlisches Dreieck seinem Gesicht entgegen. Der niederprasselnde Regen verbarg ihren schnellen Atem. Die Beine gegen den Türrahmen gestemmt, ihren Rücken auf den kühlen Holzboden gestreckt, nahm sie Matteo in ihre Mitte.

Dann prasselten die Tropfen nicht mehr auf das Blechdach. Vereinzelt nur klopfte ein Nachzügler an. Einen Atemzug lang hörte man nichts, und danach verkündete heiteres Singen einer Amsel das Ende des Gewitters. Matteo öffnete die Kabinentür und sah sich um. Das Bad war menschenleer. Aus der Liegewiese hoben sich dünne Nebelstreifen. Enten entfernten sich mit ihren Familien mutig weit vom Ufer. Frisch gewaschen stand das Bad da, und niemand außer den beiden Liebenden sah es, sah, wie die Bäume sich streckten, wieder ihren Glanz präsentierten, den ihnen ein langer trockener Sommer genommen hatte. Ein Schwanenpaar eroberte sich die Liegebrücke zurück, verscheuchte ein paar Blesshühner und schlug mit den Schwingen gegen die letzten kleinen Windböen.

Matteo nahm Viktorias Hand und küsste sie. »Noch schöner wäre es, wenn es unser Geheimnis bliebe!«

Viktoria fuhr ihm durch die Haare. »Ich weiß es. Es wird so bleiben. Niemand anders braucht es zu wissen.« Dann nahmen sie ihre Räder und fuhren zurück in die Stadt.

Vermutungen

Bertram Grasl streckte die Beine unter dem Schreibtisch und faltete die Hände hinter seinem Kopf. Es war sein privater Schreibtisch, in seiner Privatsphäre, die ihm viel bedeutete und die er mit drei Sicherheitsschlössern von der Außenwelt fernhielt. Hierher, in die Klause des passionierten Junggesellen, hatte kaum jemand Zugang. Diese Welt existierte außerhalb der normalen Welt, und selbst engen Mitarbeitern war der Zutritt zu ihr verwehrt. Auch sein Vorname Bertram war niemandem bekannt. Er gehörte ebenso zu diesem hermetischen Bereich, der ihm Kraft und Durchhaltevermögen gab. *Hofrat B. Grasl* stand auf seiner Amtstür, und auch an seiner Privattür hielt die Bezeichnung Hofrat allzu Vertrauensbedürftige auf Distanz.

Grasl benötigte keine Nähe, keine Unberechenbarkeiten, wie sie Menschen für ihn nun einmal darstellten. Wenigstens in seinem Privatleben nicht. Davon waren auch Frauen nicht ausgenommen. Früher, in Jugendtagen, schmückte er sich ganz gern mit Töchtern aus gutem Haus, ließ sich beneiden und wechselte regelmäßig. Dann wurden ihm seine Zinnsoldaten wichtiger. Diese kühle, gegossene Haltung faszinierte ihn besonders. Aus einem Guss waren Uniform, Gesicht und Ausrüstung. Individualität ordnete sich einem Willen zur Einheitlichkeit unter, getragen von einem romantischen Ehrenkodex. Hauptsache Befehl, über alles andere konnte man reden. Heute konnte man über alles reden, Hauptsache kein Befehl. So änderte sich die Zeit, und so war ihm langsam, aber sicher seine eigene abhandengekommen. Wann immer es ging, aktivierte er die drei Sicherheitsschlösser zu seinem Appartement, schloss nach außen ab und öffnete sich nach innen dem Universum der Donaumonarchie.

Bertram Grasl ergriff den Weltkriegsrevolver der Firma Rast & Gasser und drehte das gut geölte Stück in seiner Hand, rollte die Trommel und lauschte dem schnurrenden Geräusch. Die Patronenkammern waren leer, aber er war jederzeit imstande, sie mit scharfer Munition zu füllen und sich seiner Haut zu wehren. Allein dieses Bewusstsein gab ihm ein mächtiges Gefühl von Glück und Freiheit.

Nur hinter verschlossenen Türen ließ Hofrat Grasl von Zeit zu Zeit seiner Fantasie allzu freien Lauf. Einmal ertappte er sich dabei, wie er leicht beschwipst zu einer k. u. k. Majorsuniform griff und in voller Adjustierung die Schlacht bei Tannenberg, August 1914, nachstellte. Er, mit Hilfe seiner Zinnsoldaten. Bertram Grasl lächelte in das kleine Bild des Thronfolgers Rudolf, das seit Jahren auf seinem Schreibtisch stand, und sah im spiegelnden Glas seine eigenen verschmitzten Gesichtszüge. Auch Rudolf hatte eine Rast & Gasser. Rudolf fand durch eine Rast & Gasser sein frühes Ende. »Schönes, mächtiges, grausames Metall!«, murmelte Grasl und hielt fast zärtlich den kühlen Stahl vor sein Gesicht. Er roch das Maschinenöl. Kein anderes Eau de Toilette ziert einen Mann mehr als dieses Maschinenöl, durch das Härtestes Glanz bekommt und geschmeidig wird.

Rehlederhandschuhe dürfen dieses Objekt der Macht anfassen, stahlgraue Augen eines Offiziers seine Funktionen überwachen, ein fester Griff, entschlossen, den Befehl zum Schuss auszuführen, eine aufrechte Haltung, für die Folgen des Abdrückens einzustehen. Aber zahnlos ist dein Glanz ohne die gefüllte Messinghülse, in der eine mechanisch-chemische Reaktion das blanke Geschoss in die einzig mögliche, die von mir bestimmte Richtung treibt.

Grasl legte den Revolver beiseite. Wozu diese Kultivierung von Reminiszenzen und Devotionsbezeugungen gegenüber einer Zeit, aus der wir uns selbst vertrieben haben, während wir längst einer anderen Zeit angehören und jene gute heute nur noch als Parodie in alten Hans-Moser-Filmen verkitscht auf einer matten Scheibe flimmert.

Es tat weh, daran zu denken, wie es sein könnte, und es tat weh, erkennen zu müssen, dass diese Zeit ein für alle Mal verloren gegangen war. Ja, es gab einige, die an der Restitution der Monarchie bastelten, Gleichgesinnte um sich scharrten, Schönbrunner Deutsch kultivierten und altem Adel hofierten. Er gehörte nicht dazu. Er trauerte lieber, als einem Wiedergänger zu neuem Leben zu verhelfen. Man konnte ja Daniel Spitzers *Sonntagsspaziergänge* lesen und in Stefan Zweigs *Die Welt von Gestern* schmökern. Eine überschaubare eigene, selbst gebastelte Welt war immer noch besser als ein Traum, der mit anderen gemeinsam geträumt wurde und von Kompromissen nur so strotzen musste. In dieser Welt war auch Platz für einen Tropfen selbst gekelterter Melancholie, die auch wieder guttat und in der Spekulationen aller Art ungehindert wuchern durften.

Diese beste aller möglichen Zeiten wurde von den Menschen selbst verraten. Leichtfertig weggeworfen wurde sie, als wären sich alle hundertprozentig sicher gewesen, dass danach ja eine viel bessere Zeit kommen werde. Sie kam nicht! Sie kam nicht! Und wir sitzen nun vor ihren unverdaulichen Resten, einem Grenadiermarsch der Kulturen.

Ramtatata, der Grenadiermarsch der Kulturen – und wir stopfen uns diesen Mist an degenerierten Kalorien auch noch in den Rachen! Welch eine müde Hure doch diese Europabewegung ist. Wer am meisten zahlt, darf sie vögeln. Und Otto spielt ein wenig mit. – Zeiten! Zeiten! Zeiten sind das. – Zita hat nie auf den Thron verzichtet. Hat sie nicht! Ihre Rache an den Sozialisten, diesen Gleichmachern, für die der schmierigste Gleiche besser ist als der Besondere.

Bertram Grasl zielte auf die schwarze Scheibe seines Fernsehers und drückte mehrmals ab. Das wiederholte harte Klicken der Revolvermechanik drang durch seine Gehörgänge tief in seine Gedanken, wie die Stoßgebete, die um eine imperiale Ordnung flehten.

Stoßgebete eines tapferen Offiziers, für den das Gelübde der Treue zu Gott, Kaiser und Vaterland zum Lebenselixier geworden war.

Gero von Zechlan, dieser eigentümliche hagere Mönch mit einer ganz besonderen Vergangenheit, dachte Grasl. Eine nicht unwichtige Rolle spielte er in der Berghaus-Angelegenheit, aber welche? Alter österreichischer Adel, dann bei der SS und schließlich Kapuziner. Eine unglückliche Erscheinung mit viel Traurigkeit in sich.

Aber er hatte einen Weg für sich gefunden. Eine kompromissbeladene Fortsetzung ... wovon? Aussteiger in jedem Fall, aber warum? Hofrat Grasl stellte eine Zinnfigur auf die lederne Schreibunterlage.

Kein Fall hat mir so lange das Motiv vorenthalten. Irgendwann kam es immer wie von selbst, als logische Konsequenz aus den vorhandenen Fakten. Dieser Fall hat kein Motiv. Weder hat sich einer der Verdächtigen bereichert, noch sind irgendwelche pathologischen Gefühle ausgebrochen, die, lange unterdrückt, endlich den Weg in die Welt gefunden haben. Motiv des Hasses! Durchaus denkbar. Eifersucht aber ist der beste Freund des Kriminalisten. Eifersucht ist geschwätzig. Eifersüchtige Menschen können den Mund nicht halten. Sie müssen anderen schaden und schaden damit sich selbst.

Lange Furchen bildeten sich auf der Stirn des Denkers. Augenbrauen hoben und senkten sich wieder. Lider schlossen sich für Momente.

Wozu haben wir denn unsere Helferlein, die sieben Hauptsünden. Meistens genügte es schon, eine davon nachzuweisen, und ich kam auf die richtige Spur. Die gute alte Kirche hat uns das psychologische Handwerkszeug der Kriminologie über Jahrhunderte aufgebaut und auch gewartet. Mit den sieben Hauptsünden hat jeder Mensch genügend Fundus zur Verfehlung. Es gibt keine anderen Motive als Stolz, Geiz, Unkeuschheit, Neid, Unmäßigkeit, Zorn und Trägheit. – Ich könnte vielleicht einen Artikel in *Der neue Polizist* zu diesem Thema veröffentlichen. Andererseits, warum sollte ich meine Rezepte verraten? Niemand würde es mir lohnen!

Stolz nötigt den Mörder, ein Motiv zu entwickeln. Er kann sich das und das doch nicht bieten lassen. Geiz ist der Beweggrund, sein bisschen Leben abzusichern. Der Unkeuschheit ist er ausgeliefert. Sie kann er nicht kontrollieren. Die Unkeuschheit ist der Treibstoff zum Mord. Zorn ist der Zündstoff. Trägheit des Täters nach vollbrachter Tat hilft uns, ihn zu finden. Er tarnt sich nicht mehr. Er ist träge geworden. Er will gefunden werden. Wie herrlich! Manchmal hat man das Glück, dass gleich mehrere dieser apostolischen Faktoren zusammenfallen. Dem Herrn sei Dank!

Hofrat Grasl nahm aus einer kleinen Holzkiste den Oberbefehlshaber aller österreichischen Soldaten und stellte den backenbärtigen alten Mann in der weißen Uniform mit dem Goldenen Vlies auf die

Löschwiege seiner Schreibgarnitur. Hier konnte die zu Zinn erstarrte Befehlsgewalt seine Schreibtischwelt spielend überblicken.

Je hintergründiger das Motiv, desto näher muss der Täter der Familie stehen oder ihr selbst angehören. Kompliziert wird es immer, wenn es um die Familie geht. Kleinste Kleinigkeiten werden zu einer Zündkapsel mit fataler Wirkung. Dann darf sich niemand von den Folgen ablenken lassen, das wusste Grasl. Die Zündkapsel musste man finden. Darauf kam es an. Aber das kleinste Ding geht am leichtesten verloren. Den kleinsten Dingen galt es die überragende Bedeutung zurückzugeben. Hinschauen! Finden! Hofrat Grasl nahm sich vor, mehr denn je auf die Details zu achten.

Neid und Unmäßigkeit müssen wohl die niedrigsten Motive sein. Jemand, der den Hals nicht vollkriegen kann, beschließt, einen anderen umzubringen. Er neidet dem anderen seinen Reichtum, seinen Erfolg bei Frauen, sein Glück, das ihm zufliegt, ihm und dem anderen eben nicht, nicht um die Burg!

Diese Menschen sind geizig und unmäßig zugleich. Sie füttern sich ständig, ohne satt zu werden. Sie gönnen niemandem etwas, nur sich selbst. Sie lieben sich selbst, neiden allen anderen ihr Wohlbefinden und beschließen, ihnen dieses zu rauben. Hauptsache, einem selbst geht es dann besser. Eine nähere Beziehung zum Opfer ist gar nicht nötig. Wichtig ist: Es ist reich, es hat etwas, das man ihm nehmen kann!

Grasl kratzte sich mit der blitzenden Klinge des Brieföffners hinter dem Ohr, ließ den schönen Elfenbeingriff, der in Form eines nacktes Mädchen mit festen Brüsten gestaltet war, durch die Hand gleiten und klopfte dann im Takt eines Marschliedes damit auf den Tisch, sodass die Zinnsoldaten in Bewegung gerieten.

Der Täter ist hoch aktiv und beobachtet mich. Er bemüht sich, keine Fehler zu machen. Er macht keine Fehler, weil er immer weiß, wie der Stand meiner Ermittlungen ist. Trägheit fällt also aus. Was schließen wir daraus? Der Täter ist in meiner Nähe. Er ist kein Fremder der Familie, der es auf das Geld abgesehen hat. Er hat höhere Motive. Welche? Oder sagen wir einmal so: Welche Laster haben wir denn noch zur Verfügung? Da wären Stolz, Zorn und Unkeuschheit. – Unkeuschheit ist die Folge eines Verfalls. Das Gerüst, ein Moralsystem, ist in sich zusammengestürzt. Bumsti! Da liegt es. Die Schleusen haben sich geöffnet, die bloßgelegten Instinkte regieren den Menschen. Er wird unkeusch, geil, lasziv, triebhaft, süchtig nach Genuss, Sexualität! Aha, da haben wir es.

Bevor das Kartenhaus in sich zusammengerumpelt ist, regierten den Täter Stolz und Zorn. Letzteres macht blind, er verliert die Kontrolle über sich und beginnt zu morden. Er ist außer Kontrolle. Da haben wir also unser Profil: Ein stolzer Mensch zerbricht an den Folgen eines Systems, an das er geglaubt hat, einer Erkenntnis, mit der er nicht gerechnet hat, die nicht in sein Wertesystem hineinpasst. Verflixt! Es passt und passt nicht. Ja da soll doch der Kuckuck! Also da muss doch etwas geschehen. Dem Missstand muss Paroli geboten werden. – Mord! Gerechtigkeit. Ein Richter. Da niemand sonst Recht spricht, muss man selbst eingreifen. Überheblichkeit ist die Folge von Stolz. Ein Mensch erhebt sich über die anderen. Daher muss er Recht sprechen. – Ich sollte mehr unter Menschen gehen. Ich beschäftige mich zu oft mit mir selbst. Etwas Ablenkung täte gut.

Bertram Grasl stand auf und stellte sich ans Fenster seiner Altbauwohnung in der Tarviser Straße, direkt am Lendkanal. Er schaute auf den Gehsteig, auf dem der Lichtstrahl einer Straßenlaterne einen Kreis zeichnete. In ihm stand ein Paar und küsste sich. Ein Lied aus dem *Verschwender* summend, setzte er sich wieder: »Die Jugend will halt stets mit G'walt in allem glücklich sein ... doch wird man erst ein bisserl alt ...«

Alle Berghauser waren stolz und zornig. Die meisten wahrscheinlich auch unkeusch. Alle konnten es gewesen sein. Zumindest war einmal klar, dass es ein Familienmitglied sein musste. Anders konnte es nicht sein. Valdemaro war noch rüstig genug. Matteo tarnte sich sehr auffällig durch seine Bereitschaft, bei der Aufklärung mitzuhelfen. Er noch dazu aufmüpfig. Nicht nur stolz und zornig, auch aufmüpfig. Und unkeusch ist er auf den ersten Blick. Die schrägen Augen, verschlagen! Tarnung! Hinter Verschlagenheit verbirgt sich Geilheit, die nicht für die Öffentlichkeit bestimmt ist. So ist er.

Viktoria, noch Terra incognita, unbekanntes Land, aber nicht uninteressant zu erforschen, charmant, temperamentvoll, voller Ideale. Ein flammender Blick und rote Haare. Signale, die eindeutig ... die eindeutig ablenken sollen. Hinweis auf eine teuflische Ablenkung. Es war ihr durchaus einiges zuzutrauen.

Andrea Bador, dieser kleine italienische Bastard. Mit den Italienern haben wir nie große Freude gehabt. Erster Weltkrieg – nichts! Zweiter Weltkrieg – nichts!

Eine wegwerfend verächtliche Geste brachte den obersten Feldherrn auf der Schreibtischunterlage aus dem Gleichgewicht. Eine ganze Nation hat sich als nicht paktfähig erwiesen, hat immer ihren eigenen Überlebensdrang zum Nationalstolz stilisiert. So waren sie, die Italiener! Wir müssen aus der Geschichte lernen. Badorchen, dich werde ich im Auge behalten!

Der Familie nahe steht auch der Mönch. Gero von Zechlan. Hat er es nötig? Aber er ist stolz, zornig und ... nein, das möchte ich nicht behaupten. Ich scheue mich, einen Mann wie von Zechlan in diese Reihe zu stellen. Ich scheue mich ... ich ... Ein Priester ist er geworden. Unter einem Kittel versteckt er seine Verantwortung, seine Lebenslust, seinen Wunsch nach Genuss und Wahrheit. Er hat das karge Leben und die Enthaltsamkeit zu seiner geliebten Geisel gemacht. Ich würde das nicht aushalten, ich ... also ...

Bertram Grasl hatte sich überanstrengt. Seine Augen schlossen sich. Der Brieföffner fiel ihm aus der Hand, und die schneeweiße Elfenbeinfigur wälzte sich über den alten Parkettboden.

Herr Hofrat beliebte in den nächsten Minuten von einem Feldherrnhügel zu träumen. Auf dem stand er, in respektvollem Abstand zum General von Hötzendorf, aber im allernächsten Einflussbereich, stets bereit, mit größtmöglicher Bestimmtheit einen Rat zu erteilen und somit den Ausgang der anstehenden Schlacht entscheidend mitzubestimmen. In der erträumten Abendsonne glänzten die Messingknöpfe der Grasl'schen Majorsuniform.

Einvernahmen

Grasl hatte seine Momente der Abwesenheit. Daran war kein Zweifel. Ausstieg aus den Gegebenheiten nannte er sie, denn er bekannte sich dazu. Wenn er sie kommen sah, zog er sich zurück, vertraute seinen drei Sicherheitsschlössern, ließ Marschmusik aus dem Lautsprecher ertönen, blätterte in der *Muskete*, lachte über die Karikaturen von Schönpflug und vertiefte sich in die Schriften Schönerers. Viel konnte man daraus lernen. Wenig konnte man davon im Alltag verwenden. Da zählten andere Fakten. Fakten, denen sich Bertram Grasl durchaus gewachsen fühlte. Aber die Möglichkeit des Entweichens, der Beurlaubung seiner Pflichtgedanken, das war ein Stück Freiheit des Geistes. Der Geist konnte wählen, und manchmal wählte er das Schweifen.

Darauf folgte wieder die Phase der geistigen Präsenz. Da duldete er keine Ablenkung, bis das Problem gelöst und der Täter zur Strecke gebracht war. Von Feinfühligkeit bis zu rücksichtsloser Offenheit reichte die Bandbreite seines Instrumentariums.

Manchmal genügte es schon, durch ein bestimmtes Ritual der Einvernahme Druck auszuüben, die Verdächtigen in eine besondere Bedrängnis zu bringen und aus dem Ausnahmezustand Erkenntnisse zu ziehen. Das begann bereits mit der Vorladung. Nicht zu lang durfte sie ausfallen. Genügend Raum für Vermutungen über ihren eigentlichen Grund musste sie geben. Dem Verdächtigen soll ein Schreiben vorliegen, welches sich auf den ersten Blick als harmlos erweist. Auf den zweiten Blick hingegen soll der Vorzuladende das Gefühl bekommen, die Behörde halte ihn im Unklaren über den Zweck des Verhörs.

Vier amtliche Schreiben lagen vor ihm, wie noch am vergangenen Abend die vier Zinnsoldaten: Valdemaro Berg, Matteo Berg, Viktoria Berg-Muschhausen und Gero von Zechlan. Nachdem die Ermittlungen bis dato in ganz andere Richtungen gelaufen waren, galt es nun, eine Kehrtwendung zu machen und die Familienmitglieder Stück für Stück unter die Lupe zu nehmen. Mit einer eleganten Drehung aus dem Handgelenk warf er die Vorladungen in den Postkorb.

Dann kamen sie. Einer nach dem anderen. Bestellt, pünktlich und nervös. Zwischen den Verhören hatte Hofrat Grasl kleine Pausen einberechnet, zeitliche Pufferzonen, damit sich die Herrschaften nicht auf dem Gang absprechen konnten.

Vor sich hatte Grasl eine Kopie der Fotografie aus dem Eis gelegt. Vier Männer in SS-Uniform und einer in Wehrmachtskluft. Vielleicht war hier anzusetzen. Ein unbestimmtes Gefühl riet ihm, sich an dieser Spur festzukrallen.

»Leutnant der SS also!«

»Oberleutnant, wenn es schon sein muss! Wo haben Sie gedient, Grasl?« Valdemaro Berg war nicht gewillt, sich ins Bockshorn jagen zu lassen. Er wirkte gefasst und hatte sich schon vor vielen Jahren

Argumente zurechtgelegt, wie er auf diese Fragen reagieren werde. Einmal mussten sie kommen. Lange genug hatte es gedauert. Mehr als sechzig Jahre waren vergangen, und immer noch gab es Menschen, die mit großer Leidenschaft in den alten Akten wühlten. Die Frage nach Schuld und Einsicht. Als könnten Beamte die Gerechtigkeit beschwören, an der so viele vor ihnen gescheitert waren.

Die zweifelhafte Lust der Nachgeborenen bestand für Valdemaro darin, aus ihrer scheinbaren Unschuld heraus zu behaupten, sie hätten es besser machen können, ihnen wäre das nicht passiert. Junge Absolventen der Rechtswissenschaften sahen dann geringschätzig auf alte Männer herab.

»Die Vergangenheit werden wir beide nicht bewältigen. Das überlassen wir den jüdisch-amerikanischen Filmregisseuren, die ihre Weinerlichkeit auf Zelluloid fixieren, weil ihnen sonst keine Monster mehr einfallen. Also muss die Wirklichkeit herhalten. Sie ist grausamer und erschreckender als alle Horrorszenarien und lässt die Kassen lauter klingeln. Sie werden mir keinen Geschichtsunterricht erteilen, wir kokettieren hier nicht mit der Frage der Schuld. Ich befinde mich noch tief in jener Zeit, in die Sie nur Ihre Nase hineinstecken. Lassen Sie das. Stellen Sie Ihre Fragen, oder lassen Sie mich gehen.«

Grasl war über die Heftigkeit der Äußerungen bestürzt. Hier hatte er also den verbliebenen Hauptstamm vor sich, dessen Apfel Matteo nicht weit von ihm weggefallen war. Aufmüpfiges Volk der Berghauser, dachte er bei sich, und laut meinte er:

»Die Art, wie ich meine Ermittlungen führe, die überlassen Sie nur mir. Keine Angst, ich komme früh genug zur Sache. Als Sie 1946 nach Kärnten zurückkehrten, war es für Sie und Ihren Bruder nicht leicht, Arbeit zu finden. Mit Ihrer SS-Vergangenheit wollte Sie keiner aufnehmen.«

»Was reden Sie? Sie irren sich. Im Gegenteil. Wir konnten uns unsere Arbeitsplätze und unsere Zukunft aussuchen. Wir waren gefragt, mussten nur Geduld haben. Ein paar Jahre untertauchen, und dann waren für uns die schönsten Posten und Ämter zu haben. Auch in der Besatzungszeit hielten wir zusammen, hielt man zu uns. Man ließ es nicht zu, dass uns ausländische Militärs zu Menschen zweiter Klasse degradierten. Mein Bruder Volker kam übrigens schon 1940 zurück.«

Immer wieder dieses »man«, hinter dem sich einfach gemeine Feigheit verbarg. Gleichgesinntes Gesindel!, dachte Grasl, der einmal mehr über die Gnade seiner späten Geburt dankbar war. Für die geliebte Monarchie viel zu spät und für das Dritte Reich gerade noch zu spät geboren, ein Kind, das zwischen den großen Zeiten übersehen worden war und in seinen Träumen ungestört aufwachsen durfte, während eine ganze Nation nicht aufhörte, kommentierend an ihrem Verfall zu arbeiten.

»Volker suchte sich schon weit vor Kriegsende, ich glaube, es war 1940, das Landeskrankenhaus in

Klagenfurt aus und blieb auch nach Kriegsende dort. Niemand behinderte ihn. Er war geachtet. Hier in Kärnten bewundert man Menschen mit Stehvermögen. Menschen, die durchhalten und mit sich im Reinen bleiben. Keine Wendehälse, Geradlinigkeit. Ich machte mein Glück als Holzhändler. Mehr durch Zufall kam ich dazu, aber es gefiel mir, und ich blieb. Handschlagqualität, das ist es! Niemand behinderte mich. – Sind Sie Kärntner?«

Die Frage blieb unbeantwortet. Angedeutetes Misstrauen flog zwischen den beiden Männern hin und her. Eskalation und Hangreiflichkeiten lagen im Raum. In der Familie Berg waren Ohrfeigen oft Ausdruck und Resultat einer entsetzt zur Kenntnis genommenen Erfahrung. Grasl verfügte in derartig gelagerten Angelegenheiten über magnetische Kräfte – er zog quasi Auseinandersetzungen an und fokussierte sie auf seine Person.

Oftmals hatte sich Valdemaro Berg vorgestellt, wie er vor einem Tribunal auszusagen hätte. Niemals war es dazu gekommen. Die Tadellosigkeit seiner Lebensführung in den Nachkriegsjahren, vor allem aber die bürgerliche Unauffälligkeit, in die er sein Leben kleidete, hatten ihn vor diesen peinlichen Verfahren bewahrt. Später dann, als man, ausgehend von diversen erforderlich gewordenen Schuldzuweisungen, versuchte *aufzuarbeiten*, standen die Menschen reihenweise auf und verließen den Abrechnungssaal aus Verachtung gegenüber Menschen, die sich anmaßten, aus dieser zeitlichen Distanz heraus und ohne Kenntnis der jeweiligen Umstände Urteile zu fällen, zu vollstrecken, Menschenschicksale zu bestimmen und Seelen zur Warnung aller und als abschreckendes Beispiel in den Abgrund der kollektiven Verdammnis zu werfen. Schuld wurde nicht mehr zugewiesen.

Manchmal sei Valdemaro geradezu erstaunt gewesen, warum ihn bis heute niemand zur Rede gestellt hatte. Er hätte ganz gerne gesprochen. Nach all den Jahren wäre er dazu bereit gewesen. Er wollte erzählen. Von Russland und Italien. Wie er, Täter und Opfer zugleich, seinen Beitrag leistete, um dieses System aufrechtzuerhalten, und es immer wieder schaffte, nicht seinen Verstand zu verlieren. Wie dann aus dem Staunen allmählich und wie von selbst Verstummen wurde. Allein das Leben zu erhalten war mühsam genug. Aber es fragte niemand. Warum fragt mich niemand, dachte er damals, sah den Menschen auf der Straße ins Gesicht und wunderte sich über ihre fehlende Neugierde und über ihre Interesselosigkeit. Dabei müsste man ihm ja seine Vergangenheit ansehen. Sie hatte doch ihre Spuren hinterlassen. Aber wie Ameisen rackerten diese Bausparer stumm für ihr kleines Wirtschaftswunder. – Was wussten sie schon? Was wollten sie wissen? – Nichts!

Dann, in den letzten Jahren, als er über eine Reihe von Fernsehkanälen verfolgen konnte, wie man in den deutschen Programmen spät am Abend diese alten Dokumentarfilme zeigte, wurde er stutzig. Alle waren natürlich tendenziös kommentiert. Aber sie wurden gesendet. In Österreich schwieg man und sendete nicht. Das österreichische Fernsehen schwieg darüber hinweg. In den Schulen schwieg man – lange! Wieder fragte niemand hier in diesem Land.

Valdemaro bemerkte, dass er viel und zu laut geredet hatte. Ungefragt hatte er ausgesagt über seine Traurigkeit, über eine vergeudete Zeit gesprochen, über vergebene Möglichkeiten, glücklich zu werden, und darüber, stumm geblieben zu sein, als alle stumm geblieben und alle fleißig geworden waren und aufgebaut hatten. Wie war doch gleich die Frage?

Mit einem Schlag war alles falsch, was kurz davor noch richtig gewesen war. Da musste man ja verstummen. Aber jetzt? Der Tod seines Bruders hatte sein Herz vollgefüllt, und der Mund war ihm übergegangen. Endlich stellte ein Beamter Fragen.

Auf den Tod Volkers war Erleichterung gefolgt. Volker war ein alter Mann. Ab einem gewissen Alter lebt man ganz natürlich mit dem Tod, geht mit ihm ganz persönlich um. Aber hier stand er selbst nun im Mittelpunkt, und obwohl die Fragen des Hofrats nicht ihn direkt betrafen, vielmehr familiäre Lebensräume auszuleuchten versuchten, verfing er sich mehr und mehr in seinen eigenen Erinnerungen. Sie stürmten nach vorne, wie Volksschüler, die Angst haben, nicht auf das Klassenfoto zu kommen, übersehen zu werden, zu spät dran zu sein.

Das Vernehmungszimmer war nach wie vor von abstoßender Schlichtheit. Tisch, Stühle, gekippte Stahlfenster. Kein Grün großblättriger Pflanzen durfte das Auge eines Verdächtigen beruhigen. Hier hatte Kargheit zu herrschen.

»In diesen Jahren schaute jeder auf sich selbst.«

Valdemaro suchte den Anschluss an seine Erzählung. Zu vieles strömte gleichzeitig auf ihn ein. Er hielt die Augen auf einen fernen Punkt fixiert. Dann nahm er die einmalige Gelegenheit wahr und gab ungefragt von sich, was aus ihm herauswollte:

»Ungehindert konnte Doktor Mengele, der Auschwitzarzt, durch Deutschland in die Schweiz reisen. Mit einem Koffer, in dem sich zweihundert Kinderaugen in kleinen Glasgefäßen befanden. Die sogenannte Zwillingsforschung des Doktor Mengele. Es ist ihm gelungen, vor den Augen der Alliierten seine wissenschaftlichen Präparate quer durch ganz Europa zu transportieren. Das war viele Jahre nach dem Krieg. Später, nachdem man dann den Haftbefehl gegen ihn erlassen und er längst seine neue Heimat zuerst in Argentinien und dann in Paraguay gefunden hatte, kam er noch einige Male nach Deutschland, besuchte Frau und Kind in Bayern. Ein hochkarätiger SS-Offizier. Niemand interessierte sich für ihn.

Stellen Sie sich vor, erst 1956 wurde in Deutschland der Haftbefehl erlassen. Was war in dieser Zeit nach dem Krieg? Natürlich, er hatte auch etwas Glück. Das Schicksal meinte es gut mit ihm. Wissen

Sie, warum? – Nein, Sie wissen es nicht. Und wenn Sie es auch nicht wissen wollen: Alle SS-Leute haben ja ihre Blutgruppe unter der Achsel tätowiert. – Wollen Sie sehen?«

Valdemaro Berg hob seinen Arm kerzengerade in die Höhe und senkte ihn wieder.

»Daran erkannten die amerikanischen Soldaten ihre bevorzugten Kandidaten. Die Russen waren Tölpel. Mengele hatte keine. Er war sehr schmerzempfindlich und konnte verhindern, dass man ihn mit einer Tätowierung versah. Er war im US-Lager Weiden und in Schauenstein. Er trat in diesen Lagern unter seinem eigenen Namen auf. Er entkam. Bis 1956 gab es in Deutschland keinen Haftbefehl gegen ihn. Niemand interessierte sich damals und niemand interessiert sich heute dafür. Glauben Sie mir! Es war einmal und aus.

Wer kennt heute noch den Doktor Niedermoser, Primararzt der Männerabteilung der Irrenanstalt des Landeskrankenhauses Klagenfurt? Bei seiner Verurteilung sprach man von tausendfünfhundert Kärntner Euthanasieopfern. Etwa neunhundert waren direkte Tötungen in Klagenfurt, der Rest Beförderungen in die Tötungsanstalten. Wer redet heute noch von ihm? Wer hat ihn damals wirklich verurteilt? Was wollen Sie jetzt noch? Der Schwamm der Geschichte ... Jetzt werde ich Ihnen einmal etwas sagen ...!«

Valdemaro Berg erhob sich und ging im Zimmer auf und ab. Grasl hielt seinen Blick auf ein Blatt Papier gesenkt. Nur nicht seinen Redefluss unterbrechen, dachte er. Er will es loswerden. Irgendeinmal möchte sich jeder Täter verraten.

»Ich hasse diesen gekünstelten Moralschauer, der immer dann beschworen wird, wenn es um Hitler und seine Kameraden geht. Glauben Sie, dass man damit irgendetwas bewältigt? Im Gegenteil, Sie bedienen sein Charisma damit. Sie mystifizieren ihn damit. Ihn und seine Helfer. Das ist die eigentliche Nahrung für den Führer. Er lebt! Er lebt ausgezeichnet, je besser es euch allen geht. Ihr braucht ihn. Denn ohne ein bisschen Schauer kann man den Wohlstand nicht genießen. Der Führer ist das moralische Adrenalin unserer Zivilisation. Er lebt, solange es diesen euren Hunger nach Geborgenheit und Harmonie gibt. Und ihr alle gebt ihm mit euren moralischen Dünkeln und grundlegenden Aufarbeitungen Nahrung, um zu überleben. – Mir soll es recht sein. Aus Geschichte werden Geschichten von schaurig-schöner Hässlichkeit. Das braucht die Zeit. Da kann sie sich behaupten, in ihrer ganzen sauberen Beschaulichkeit, die kein Gerüst, die keinen Halt mehr hat. Und ob man es will oder nicht, die kleine Glut der Beharrlichen schwelt noch. Ihr fächelt der Legende Sauerstoff zu.«

Berg schlug mit voller Wucht auf die Tischplatte und beendete so lautstark seinen Monolog. Grasl zerbrach ohne Absicht seinen Bleistift. Er bewahrte Ruhe und ließ den alten Berg weitermachen.

»Als Mengele Auschwitz verließ, stand die Rote Armee bereits vor Berlin. Immer und immer wieder hatte sie Auschwitz überflogen, unberührt liegen gelassen. Mengele stieg in einen gepflegten Mercedes und fuhr einfach fort. Aber vorher küsste er noch die Stirn eines kleinen jüdischen Buben!«

»Woher wollen Sie …«

»Ich habe es gesehen. – Überall sind die Geschichtenerzähler dieser Spaßgesellschaft und warten nur auf so einen echten Horror. Die Monster aus dem All ziehen nicht mehr. An alle diese Schreckgespenster hat man sich gewöhnt. Dieser Schrecken ist real. Dieser Schrecken ist nahe. Er lebt noch in der Erinnerung meiner Generation. Wir leben ihn noch. Ihr borgt euch die moralische Entrüstung von uns. So schlecht kann es nicht gewesen sein. Es war stark und klar. Wir beobachten eure gemeinschaftlich zur Schau gestellte Trauer. Ein schwacher Ersatz für jene, die diese Zeit gelebt haben. Das sage ich Ihnen. – Ist es das, was Sie wissen wollten?«

»Nein!«

Grasl lehnte sich zurück und ließ den Blick im Zimmer kreisen. Wie schön wäre es, wenn hier ein paar Pflanzen stünden! Sie würden dem Raum nicht schaden. Ein wenig Grün.

»Ich bin nicht hier, um Ihnen die Beichte abzunehmen und Sie zu entlasten, sondern um einen Mord aufzuklären. Verschonen Sie mich mit Ihrem Schmutz. Ich will ihn nicht. Werden Sie selbst damit fertig.«

Eine der schlimmsten Strafen ist die Gleichgültigkeit. Ein ganzes Leben einfach nicht zur Kenntnis nehmen, einfach zur Tagesordnung übergehen, kalt und eindeutig über all die Ängste und diesen Zwang zur Beichte hinweggehen. – Der Nächste bitte! – Das hatte schon etwas. Das nicht geliebte Kind wird mit Einsamkeit bestraft. Niemand ist mehr da. – Wie glücklich Menschen sein müssen, die einen Schmerz miteinander teilen dürfen. Wie unglücklich hingegen … Man ließ den Angeklagten einfach mit seinen Gedanken allein. Man teilte nicht. Man nahm ihm nichts ab, sondern isolierte ihn. Das war schon eleganter, das gefiel Grasl. Er schmunzelte in sich hinein und wechselte das Thema.

»Wie stehen Sie zu Ihrer Schwester Dora?«

»Was für eine Frage! Gut stehen wir zueinander.«

Berg setzte sich wieder.

»Wir sind miteinander alt geworden. Sie ist meine Schwester, und Verwandte kann man sich, wie allgemein bekannt ist, nicht aussuchen. Sie werden einem zugewiesen. Aber ich bin zufrieden. Wir haben uns immer gut verstanden. Es war schön. Wir haben uns gut verstanden. Also, als ob sie tot wäre! Wir verstehen uns gut. Was ist nur mit ihr geschehen?«

»Ein Trauma. Ein großer Schock. Etwas sehr Schwerwiegendes hat ihren Verstand verwirrt. Können Sie mir sagen, was es war?«

Valdemaro zögerte.

»Es muss in der Vergangenheit liegen – wie alles Wichtige in unserer Familie. Die Erinnerung ist ein Tiefkühlfach der schönen Tage. Damals war alles gut.«

Grasl nahm den Faden auf und folgte ihm in die Geschichte der Familie.

»Was war damals? Was mussten Sie gemeinsam korrigieren?«

»Ach …« Valdemaro Berg seufzte nicht, er warf dieses »Ach« weit von sich weg.

»Ihre Ehe war nicht glücklich. Muschhausen, ein kleiner deutscher Industrieller mit schwachem Samen. Das Kind schwächelte ständig. Es hatte immer Angst. Mit dieser Angst ist es erwachsen geworden und auch schwanger. Doras debiles Kind bekam unsere kleine Viktoria. Aber wir hielten zusammen. Zuerst war Matteo das Sonnenkind und dann natürlich Viktoria, unser Sternchen. In sie steckte Dora ihre ganze Liebe, immer auf der Suche nach einem kindlichen Lächeln, das sie an ihre eigenen Mädchentage erinnerte. Viktorias Mutter, das Nannerl, strichen wir aus dem Familienalbum. Wir mussten es tun.«

Eine Familie ohne Eltern, dafür aber jede Menge Großeltern, dachte Grasl. Matteo hat keinen Vater, bis er plötzlich aus dem Eis auftaucht, und Viktoria hat keine Mutter. Es würde mich nicht wundern, wenn jetzt auch die Mutter auftaucht.

»Wo ist dieses Nannerl?«

»Wie gesagt, sie war behindert. Wir mussten uns von ihr trennen und haben sie schließlich weggegeben. Sie lebte in einem Heim, wo sie von einem Pfleger geschwängert wurde. Daraus entstand unsere Manki. Sie weiß natürlich nichts davon. Wir haben da den Mantel des …«

»Ja, ist schon gut!« Grasl bemerkte, dass der alte Mann auszuschweifen begann.

»Kann es sein, dass der Zustand Ihrer Schwester Dora etwas mit ihrer behinderten Tochter zu tun hat?«

»Mein Gott, alles kann sein. Woher soll ich das wissen?«

»Dann erzählen Sie einmal, wo Sie denn waren damals, als Ihre Schwester verschwand.«

»Da müsste ich nachdenken!«

»Ich bitte darum. Es war der siebente Juli! Es war sehr heiß an diesem Tag.«

»Es war an jedem Tag heiß! – Volker rief mich an. Ich war in Oberdrauburg und wollte gerade nach Klagenfurt fahren. Zeugen habe ich keine. Warum sollte ich auch? Man geht nicht durchs Leben auf der Suche nach einem Alibi, das man irgendeinmal benötigen könnte. Ich habe auch kein Motiv. Warum sollte ich meine Schwester entführen? Wir wollten den Sommer miteinander verbringen, wie jedes Jahr. Ich freute mich auf sie.«

»Zorn und Stolz«, sagte Grasl mehr zu sich als zu seinem Gegenüber.

»Wie meinen ...?«

»Vergessen Sie es! – Jedenfalls haben Sie kein Alibi, außer diesem Telefonat mit Ihrem Bruder, der leider verstorben ist und nichts mehr bezeugen kann. Gut, ich nehme es zur Kenntnis. Versuchen wir das Pferd anders aufzuzäumen, denn ich bin überzeugt davon, dass die beiden Fälle zusammengehören. – Wo waren Sie am vierten August dieses Jahres?«

»Ah, Sie meinen den Todestag meines Bruders. Ich habe mich schon gefragt, wann endlich auch diese Frage kommen wird. In allen Fernsehkrimis wird sie immer zu Beginn der Ermittlungen gestellt. Schließlich war es Mord. Sie halten sich wohl nicht an die Drehbücher?«

»Geben Sie mir eine Antwort auf die Frage!«

»In Oberdrauburg. Wieder einmal in Oberdrauburg. Ich arbeite dort. Immer noch. Ich habe keine Nachkommen. Matteo ist noch nicht so weit. Er wird vielleicht einmal übernehmen. Aber er ist ein Träumer. Ich habe zwei Lkw-Züge Rundholz für Treviso abgefertigt. Die beiden Fahrer können das bezeugen. Darum geht es Ihnen doch. Warum sollte ich meinen Bruder ermorden? Warum erwarten Sie von mir, dass ich Trauer empfinde? – Sie verstehen nichts, überhaupt nichts! Menschen in unserem Alter haben ein anderes Verhältnis zum Tod. Wir leben in einer Art steten Verständigung mit ihm. Was glauben Sie, wie nahe wir ihm sind? Ein täglicher Gefährte. Er sitzt hier auf meinem Schoß. Sehen Sie ihn nicht, nicht in meinem Gesicht? – Ich bin fast neunzig. Wenn er jetzt mit mir geht, ist es in Ordnung.«

»Er war auch schon in früheren Jahren Ihr Weggefährte!«

»Lassen Sie das! Sie überheben sich. Das werden Sie nicht schaffen! Bis Sie einen Prozess ins Rollen gebracht haben, bin ich ein toter Mann. Seit 1975 wird in Österreich kein Prozess mehr geführt wegen der sogenannten Naziverbrechen. Das sagt doch etwas, oder? Und vorher gab es fast nur Freisprüche. Jetzt ist es zu spät. Es sind nicht mehr viele …

Nein, ich biete Ihnen meine Hilfe an, denn ich möchte selber wissen, wer meinen Bruder getötet hat.«

Wieder jemand, der seine Hilfe anbot. Zuerst Matteo und nun Valdemaro. Grasl traute Valdemaro Berg nicht. Sein Angebot konnte ein geschicktes Täuschungsmanöver sein. Er schaffte es dadurch, im Spiel zu bleiben, zu sehen, wie sich die Ermittlungen weiterentwickelten, und konnte seine Täuschungsstrategien weiterspinnen. Welche Interessen hatte er sonst? Sein Verhältnis zum Tod war – Gleichgültigkeit. Zu den Menschen – Gleichgültigkeit. Ein Mensch saß ihm gegenüber, der genug vom Leben hatte. Bloß das Gewesene, seine Vergangenheit, vielmehr das, woran er sich erinnerte, die Verklärungsarbeit, das war noch Lebensinhalt, davon konnte er zehren und nicht genug bekommen. Hier lagen seine restlichen Lebensenergien.

Bevor sein Körper nicht mehr mitmachen wollte, würde er sich umbringen. Hofrat Grasl konnte sich einen Valdemaro Berghaus, der seinen Krankheiten ausgeliefert ist, nicht vorstellen. Vielmehr den in SS-Uniform, die Pistole an den Kopf gesetzt, ihre kalte Mündung wie einen Kuss auf seiner Schläfe fühlend und keine Sekunde zögernd. Oder aus einem Ring eine Zyankalikapsel nehmend, zwischen die Backenzähne gesteckt und mit einem wütenden Biss in den Tod verkrampft.

»Wir werden Ihre Angaben überprüfen. Sie können gehen! Ich bin mit Ihnen fertig.«

Valdemaro Berg konnte nicht glauben, dass es zu Ende war. Da war noch die Geschichte von Adolf Hitler, wie er in Klagenfurt ankam, im Hotel Sandwirth abstieg und siebzehn Mal auf den Balkon hinaustreten musste, weil die Klagenfurter nicht genug von ihm kriegen konnten. »Lieber Führer, Österreichs Sohn, zeig dich uns auf dem Balkon! – Lieber Führer, komm heraus, sonst stürmen wir das ganze Haus!« Oder wie man den Gast unter den Zimmern sechs und sieben um Verständnis bat, dass des Führers Badewasser direkt durch ein Loch in der Decke in ein Fass pritschelte, das im Erdgeschoß stand. Das Hotel hatte damals noch keine Badezimmer. Innerhalb von einer Woche baute man eines. Aber für den Abfluss war keine Zeit mehr. Also genügte ein Loch.

Hess bestand auf ein Zimmer mit schwarzen Tapeten. Göring war auch da. Göring war in Klagenfurt. Als die kleine Resi, Tochter der Hotelbesitzer, den kolossalen Reichsmarschall begrüßte, schämte sie sich und scheute den Blick in die Augen des hohen Gastes. Am Tag darauf sollte dann der Führer kommen. Ihm musste die kleine Resi fest in die Augen schauen. »Pass auf, wenn du dem Herrn Hitler in die

Augen schaust! – In den Augen sind kleine Lichter!« Am nächsten Tag schaute die kleine Resi dem Führer fest in die Augen, überreichte ihm den Blumenstrauß, sagte ihr Gedicht auf und fragte dann: »Und wo sind jetzt die Lichtlein?« Geschichte setzt sich aus Geschichten zusammen. Er kannte viele davon. Er hatte sie miterlebt. Sie lauerten in ihm, um gehört zu werden.

Berg stand auf, und viele Fragen gingen ihm durch den Kopf. Mehr und mehr Erinnerungen waren aufgetaucht, die nun darauf warteten, endlich losgelassen zu werden, auf einen Zuhörer losstürmen zu dürfen, ihn für sich einzunehmen, zumindest an amtlicher Stelle Gehör zu finden.

Da war der Schulte-Kreis. Davon wollte er erzählen. Die regelmäßigen Treffen in Eisenkappel, wie man sich gegenseitig Schutz zusicherte. Denn Schulte, er und Gero, aber auch sein Bruder hatten sich nichts zuschulden kommen lassen in dieser schweren Zeit. Schulte rettete Menschen vor dem Selbstmord in Russland, stärkte sie wieder für die Front. Er selbst bemühte sich um die beste Versorgung der Gefangenen, wenn welche gemacht wurden. Und Gero von Zechlan drückte den Sterbenden schon damals die Augen zu und hielt ihnen die Hand. Auf jeden abgefeuerten Schuss folgte eine gute Tat. Das war ihre geheime Absprache. Flucht gab es nicht.

Als sie nach Berlin zurückversetzt wurden, weil sie diesem MG-Nest Schützenhilfe geleistet und damit ihre sichere Deckung preisgegeben hatten, da wurde ihre Kompanie aufgerieben und vernichtet. Niemand blieb übrig. Alle tot. Aber was sollten sie tun? Der Befehl sagte klar: Zurück ins Führerhauptquartier. Schulte widmete sich nach dem Krieg ganz dem Kameradenwerk. Hunderte Offiziere fanden mit finanzieller und organisatorischer Hilfe deutscher Industrieller durch das Kameradenwerk in Argentinien eine neue Heimat. Aber der Beamte schien auf seine Erzählungen keinen Wert zu legen.

»Wissen Sie eigentlich, dass wir in den ersten Nachkriegsjahren die Schwäne vom Wörthersee am Spieß brieten, damit wir nicht verhungerten? Noch in den späten Fünfzigerjahren gab es kaum Schwäne am See. Wir haben sie gegessen! Verstehen Sie! So groß war die Not.« Grasl antwortete nicht.

Berg verließ zögernd das Zimmer. Je näher er dem Ausgang kam, desto sicherer wurde er, dass hier nichts mehr war. Die Tür, die er hinter sich zu schließen hatte, schloss auch eine Möglichkeit zu, sein Leben vor einem Zuhörer Revue passieren zu lassen.

Kannte er also doch den Mengele, dachte Grasl und kratzte sich mit dem längeren Teil des zerbrochenen Bleistifts am Hals. Für den Verdächtigen hatte er nur noch eine Rückenansicht übrig. Mit seinen Gedanken war er woanders – dieses Zimmer könnte etwas Grün vertragen.

Matteo freute sich über seine momentane Bedürfnislosigkeit. So wie es war, konnte es sein. Ein wenig wohlige Mattigkeit wurde von einem kitzelnden Störfaktor erotisierter Spannung in Bewegung gehalten. Eine seltsame Liebe war da passiert. Sie war mit ihm geschehen, ohne dass er dazu etwas beitragen musste. Auf einmal war sie da, mitten im Bad Loretto, begleitet von einem erlösenden Regenschauer, der die Hitzewelle kurz unterbrochen hatte. Jetzt war jeder Gegenstand, jeder Baum ein Teil dieser heilenden Liebesverschwörung. Dass ihm das passieren konnte. Matteo sah es als Geschenk des Schicksals. Festzuhalten galt es dieses Geschenk, es mit jedem Gedanken zu vermehren – nur sich ja nicht daran gewöhnen. Etwas Kostbares war ihm anvertraut worden.

Es war nicht dieses große Glück, wenn man in den Armen der Geliebten die Besinnung verliert und in eine zeitlose Ekstase fällt, aus der man nicht mehr erwachen möchte. Es war vielmehr der Weg der kleinen Schritte dorthin. Wie sich etwas ankündigt, dann wieder versteckt, in nächster Sekunde einen zu überschwemmen droht, dann wieder unerträgliche Ferne. Ein paar blonde Haare auf ihrem Unterarm, die Berührung ihrer Finger, wie sie kaum spürbar über die geschlossenen Augenlider fahren, der warme Atem an seinem Ohr, der Duft ihrer Achselhöhlen. Matteo löste sich aus seinen Träumen.

Während des Tages lebten sie wie gute Verwandte nebeneinander, besorgt um das Wohl der Familie. Sie verbargen ihr Geheimnis vor den anderen. Nachts kam Viktoria in Matteos Zimmer, schlüpfte unter seine Decke und wollte nur in den Arm genommen werden, nichts weiter. Matteo war glücklich darüber. Viktoria füllte sein Bett mit Wärme und mit dem Duft ihres Körpers. Rücken an Bauch lagen sie aneinandergeschmiegt, sanft flüsternd, im gleichen Rhythmus ihres Atems. Jenseits des Nachtkästchens war das Fremde, die Welt der anderen. Die konnte ihnen aber gerade jetzt, im Augenblick der Seligkeit, nichts anhaben, solange sie vorsichtig waren, solange sie sich ruhig verhielten in ihrem Nest. Lächelnd reisten sie in ihre Vergangenheit, trafen ihre alten Schulfreunde, kämpften gegen ihre eingebildeten Ängste und tauchten gleichzeitig ein in einen gemeinsamen Schlaf, von dem sie nur wünschten, er möge niemals aufhören.

Dass sie blutsverwandt waren, störte sie nicht. Viktoria, die lange schon aufgehört hatte, die kleine Manki zu sein, wollte keine Beziehung der herkömmlichen Art. Sie fühlte sich für das Außergewöhnliche bereit.

Matteo unternahm lange Spaziergänge über das Kreuzbergl, den Bachmannweg entlang zum See, zum Schweizerhaus mit seiner alten Terrasse und dem Ansichtskartenblick auf Klagenfurt. Dort saß er und trank seine großen Biere und belauschte zufrieden die harmlosen Gespräche der anderen Gäste.

Auch Viktoria war zufrieden. Durch Matteos Nähe war sie auch wieder ihrer Familie nähergekommen.

Zu schnell und unbedacht hatte sie sich einst von den Bergs entfernt. Heute erkannte sie, dass sie vieles nur aus dem einen Grund, ihre Familie zu entsetzen, getan hatte, womit sie in erster Linie aber sich selbst beweisen wollte, wie stark und unabhängig sie sei. Auch in Viktoria war etwas aufgebrochen. Es schmerzte, und doch fühlte sie sich gut dabei. Sie freute sich, dass etwas geschehen, dass etwas in Gang gebracht worden war, das sein Recht auf Beachtung schon lange gefordert hatte, jedoch immer wieder zugeschüttet worden war.

Viktoria umkreiste ein Übersetzungsbüro in der Bahnhofstraße. Übersetzungen lagen ihr. Es bereitete ihr stets Freude, Menschen kraft ihres klaren Verstandes in einer anderen Sprache sagen zu lassen, was sie eigentlich wollten. Warum sollte sie nicht hier leben, ihren Unterhalt verdienen und mit Matteo glücklich sein. Kurze Zeit vielleicht nur, aber wer kann schon voraussehen, wie lange etwas hält. Sie war lange genug fort von Österreich gewesen, um Klagenfurt wiederfinden zu können. Die Stadt war ihr lange fremd gewesen und begann nun wieder vertrauter zu werden. Grüne alte Steinlöwen an den Stadttoren. Als Kind steckte sie ihre kleinen Finger in die Nasenlöcher und bohrte zwischen den Zähnen.

Viktoria ging in das Büro und bekam eine Zusage. Man benötigte gerade für einen großen Konzern eine Reihe von Übersetzungen. Viktoria akzeptierte den Werkvertrag und musste nur auf die erste Zusendung warten. Arbeiten konnte sie zuhause. Ein sehr schöner Sommer zeichnete sich ab, schöner als alle anderen Sommer zuvor.

Klagenfurt, die Ferienstadt. Sobald es Mai geworden war, packte Oma Dora die Koffer und zog mit ihr nach Kärnten, zum See, zu Matteo, »den du ja so gern hast«, wie sich Oma Dora ausdrückte, um jeglichen Protest gegen die Abfahrt aus Salzburg im Keim zu ersticken. Jedes Mal gelang es ihr, und immer verliefen die Ferien nach dem gleichen Muster, sodass Viktoria bald glaubte, die Sommer ihrer Kindheit seien ein einziger langer Sommer gewesen. Auch das Bad Loretto hatte in ihrer Erinnerung nur einen Steg, den, auf dem sie jedes Jahr ihr Badetuch ausbreitete, jedes Jahr dieselben Nachbarn begrüßte, die nur ein wenig älter geworden waren, mit denselben Schirmchen, deren Farben nur ein wenig bleicher geworden waren.

Viktoria ging die Theatergasse zurück zum Berg-Haus. Wind kam auf und blies gelben Sand über die Straße. Durch den Himmel drückte sich ockerfarbenes Licht. Hinter dem Kreuzbergl baute sich eine Wolkendüne auf, und aus ihr blies ein warmer Wind den gelben Staub auf die Stadt herunter. Wie mit Curry gewürzte Wurststückchen standen die Autos da und vor ihnen ihre erstaunten Besitzer.

Früher einmal hätten die Menschen an ein Zeichen des Himmels geglaubt, eine Warnung von oben darin gesehen, eine Warnung, auf den rechten Weg zurückzufinden. Viktoria lächelte. Wer sollte warnen? Als sie klein war, hatte sie schon einmal diesen Sand aus der Sahara erlebt und ihn vom kalten Eisengeländer des Balkons geleckt. Zwischen den Zähnen geknirscht hatte es. Das war alles gewesen. Die Menschen können nicht umgehen mit Dingen, die nicht üblich sind, dachte Viktoria. Heimlich in ihrem Herzen war sie froh, so etwas erleben zu dürfen. Wüstensand in Klagenfurt! So etwas sah man nicht alle Tage.

Wie sich wohl der Sand draußen auf den Feldern macht? Rübenfelder mit Saharastaub, das musste doch ein reizvolles Bild ergeben. Zwei Tränen schwemmten ihr etwas Staub aus den Augenwinkeln. Viktoria wischte sie mit dem Handrücken fort. Wenn es nicht der Sand gewesen wäre, hätte es auch das bisschen Glücksgefühl sein können, das sie gerade empfand und wofür sie sich nicht schämte, aber trotzdem froh darüber war, dass niemand es bemerkte.

Zur selben Zeit betrat Matteo die kleine Kapuzinerkirche am Anfang der Bahnhofstraße. Eigentlich hätte er Viktoria sehen müssen, die gerade seinen Weg kreuzte. Sie sahen sich nicht, denn beide hingen ihren eigenen Gedanken nach, und das Rundherum hatte keine Bedeutung.

Pater Gero war wie immer beschäftigt. Eine heikle Mission beanspruchte seine ganze Aufmerksamkeit. Ein Christus musste erneuert und aufgefrischt werden. Damit war er von seinen Brüdern betraut worden. Aus der Sakristei hatte er mühselig das mehr als sechs Meter hohe Kruzifix geschleppt und in der Kirche aufgestellt. Hier war der einzige Raum, der genügend Höhe besaß. Der Jesuskörper musste abgenommen und hergerichtet werden. Er sah tatsächlich schon etwas mitgenommen aus. Feuchtigkeit am Rücken hatte zu einer bösartigen Schimmelbildung geführt.

Niemand zuvor hatte es gewagt, ihn auseinanderzunehmen, um ihn zu restaurieren. Die Befürchtung, Christus könnte ihnen in den Händen zerbröseln, war zu groß. Nur Pater Gero durfte es versuchen und näherte sich dem Schmerzensmann mit allem ihm gebührenden Ernst und aller gebührenden Achtung. Dennoch hätte er gerne geflucht, denn der Körper ließ sich nicht so leicht vom Kreuz trennen. Erste Schweißperlen zeigten sich auf Pater Geros Stirn, als Matteo die Kirche betrat.

»Wenn du schon einmal hier bist, dann kannst du gleich mithelfen. Ich werde mit ihm alleine nicht fertig.«

Pater Gero stand auf einer kleinen Leiter, die wie das riesige Kruzifix an die Wand gelehnt war. Mit einer Hand hielt er sich an der Leiter fest, mit der anderen den Jesuskörper umfangen.

»Vielleicht greifst du einmal zu. Er rutscht mir weg. Ich kann ihn nicht mehr halten!«

»Was soll ich tun?«

»Glauben, mein Sohn, glauben!« Der Priester lächelte. »Nein, nein! Hab dich nicht so. Nimm seine Füße. Ich halte ihn unter den Armen. – Herr, vergib mir, aber es muss sein.« Mit einem Ruck riss er seinen

Jesus zu sich, sodass das Kreuz wieder gerade stand und nicht wegrutschen konnte.

»Hier an den Füßen hat sich ein Nagel gelöst. Ich wusste gar nicht, dass die Bildhauer mit den drei Nägeln den Corpus tatsächlich ans Kreuz nageln.«

»Womit sonst? Zeig mir den Nagel!« Matteo hielt einen schmiedeeisernen Nagel weithin sichtbar hoch.

»Steck ihn wieder hinein. Sonst verkeilt sich mir der Christus hier oben noch, und die Handgelenke brechen ab.«

»Wenn du ihn abnehmen willst, dann zieh doch oben die beiden anderen Nägel heraus. Ich halte ihn bei den Füßen!«

»Wir sollten ihn umlegen! – Herr, vergib mir, das Kreuz auf den Boden legen sollten wir!«

»Das geht jetzt nicht mehr. Das Kreuz ist zu schwer, es hat sein Gleichgewicht verloren. Ich halte ihn bei den Beinen und hebe ihn leicht an. Dann kannst du die beiden oberen Nägel herausziehen.«

Pater Gero zog die beiden Nägel heraus. Der Körper löste sich vom Kreuz. Matteo hielt die Beine umklammert und trug die Statue mit den erhobenen Händen in den Mittelgang der Kirche.

»Hilf mir. Er ist schwer!«

»Ich weiß«, schmunzelte Pater Gero. Einen Augenblick betrachtete er das Bild vor sich, zögerte etwas und beobachtete Matteo von seiner Leiter aus, wie er dastand und achtgab, dass der Christus keinen

Schaden erleide. In seiner Erinnerung tauchten Jesusworte auf, die er in seinen kurzen Bart murmelte: »Es ist Licht im Inneren des Menschen des Lichts, und er erleuchtet die ganze Welt. Wenn er nicht scheint, das ist die Finsternis. – So einfach ist es. Wie lange habe ich daran nicht mehr gedacht? Einen Moment hat er nur für mich geleuchtet.«

Kreuz und Jesus lagen endlich unbeschadet im Mittelgang. Pater Gero drehte die Figur um und betrachtete sie genauer: »Der Holzwurmbefall hält sich in Grenzen. Aber der Schimmel! Aufgefrischt gehört er. Gut reinigen und neuer Firnis, das ist es. Damit hat es sich.« Dabei schleuderte er seine langen Arme von sich, als wäre die Arbeit bereits getan und abgelegt.

»Nun aber zu dir! – Nun?«

Matteo holte aus der Tasche die alte Fotografie mit seinen uniformierten Verwandten. »Was ist das?«

Pater Gero dachte einen Moment nach. »Du weißt, was es ist. Warum fragst du? Wann hat deine Fragerei einmal ein Ende?«

»Wenn die richtigen Antworten gefallen sind!«, antwortete Matteo.

»Schulte, dein Großvater Volker, dein Großonkel Valdemaro, dein Vater, mein Gott, dein Vater, wie jung er ist!«

»Was ist damit? Sag es mir! Wen soll ich fragen außer dir? Ich habe Vertrauen zu dir, und du hast mich nie enttäuscht. Es hat ein Ende dann, wenn alles gesagt ist. Ich habe nun einmal angefangen zu fragen, ich kann nicht mehr aufhören. Alles bewegt sich wie von selbst.«

»Wir waren jung und hielten zusammen, um nicht verrückt zu werden bei all dem Wahnsinn. Wir drückten unsere Hände so fest, bis der Schmerz unerträglich wurde und sich die Nägel ins Fleisch bohrten. Wir konnten nicht mehr atmen, wir bekamen keine Luft. Das, was wir sahen, schnürte uns die Kehle zu. Schlimmer noch waren die Vorstellungen, die uns heimsuchten. Was alles sein könnte. Dann kamen wir auf eine Idee, um unsere Schreckensbilder zu verscheuchen. Wir malten schöne Bilder. Wir taten irgendetwas Gutes, eine gute Tat für einen erlebten Schrecken. Das half. Schlechtes Gewissen kann zu guten Taten führen. Wir hatten ein schlechtes Gewissen. Wir waren ein Teil der Maschinerie und streuten Gutetatensand ins Getriebe und liefen davon. Wir entkamen unseren Gespenstern. Dann war der Krieg aus. Aber die Schreckensbilder waren stärker als unsere Ablasswerke. Sie begannen zu wuchern. Schulte war der Erste, der nicht mit ihnen fertig wurde. Er rief uns.

Er bat uns, nach Eisenkappel zu kommen, und wir kamen, hielten uns wieder bei den Händen, bis der kleinere Schmerz den größeren vertrieben hatte. Jahrelang, regelmäßig, einmal im Monat. Wir drückten uns zusammen und redeten von damals.

Aber Schulte brauchte immer mehr Zuspruch, immer mehr Versicherung seiner Untadeligkeit. Er wurde geradezu süchtig. Bald wurden unsere Treffen in Eisenkappel zu Huldigungsveranstaltungen. Zuerst huldigten wir uns, dann der Zeit und dann auch wieder dem System.

Damals im Krieg hatte es uns Kraft im Kampf ums Überleben gegeben. Aber nach dem Krieg musste sich doch jeder selbst zurechtfinden. Ich habe meine Ruhe bei den Kapuzinern gefunden. Sie haben mich angenommen, und sie haben mir geholfen. Ich verdanke ihnen alles. Ich habe ihnen auch gestanden, dass ich Mitglied der SS war. Sie haben mir verziehen. Schulte hatte niemanden, der ihm verzeihen konnte, daher brauchte er unseren Trost.«

Matteo wollte den alten Mann neben sich in den Arm nehmen, aber er vermochte es nicht. Er empfand kein Mitleid, und für eine falsche Geste war ihm Pater Gero zu schade.

»Und Großvater?«

»Dein Großvater war immer dabei, aber er schwieg ständig. Er brauchte niemanden und konnte mit allem allein fertig werden. So schien es zumindest. Da er schon 1940 nach Klagenfurt zurückkam, dachten wir, er habe seine Gespenster im Krankenhaus verscheucht, durch aufopfernde Pflege der Kranken etwa. Später erfuhr ich, dass er weggeschaut hatte bei all diesen Teufeleien und im rechten Augenblick in Urlaub gegangen war. Aber er hat die Vernichtung dieser alten Menschen und ihren Abtransport vorbereitet. Er hat ihn nicht verhindert. Er war nicht da.

Mehr noch, er hatte sich auch von uns gelöst, er spürte unsere Hände nicht mehr, wenn wir uns hielten. Er hatte den Kreis verlassen.«

Pater Gero sprach langsam, hielt seine Hände im Schoß und drückte sie fest aneinander, bis die Knöchel weiß wurden.

»Ich habe das auch schon dem Polizeibeamten erzählt. Ich habe eine Vorladung bekommen und bin natürlich hingegangen. Es ist alles so lange her. In der Erinnerung verändert sich alles. Ich weiß nicht mehr, ob meine Schilderungen mit dem Erlebten übereinstimmten ... Jeder Tag verändert das Erlebte ... Ich zahle jeden Tag dafür. Ich muss für jeden Tag bezahlen ... Es wird nie enden ... Niemand will den Frieden wirklich. Wollte man ihn, wäre er da. Der Krieg ist immer in dir, nie der Frieden. Wenn er stark genug geworden ist, kommt er hervor und lebt sich aus. Dann verschwindet er wieder in dir. Alle Menschen brauchen den Krieg, um zu erkennen, wie stark das Leben ist. – Vielleicht denken die Menschen, dass ich gekommen bin, um Frieden auf die Welt zu bringen. Und sie wissen nicht, dass ich gekommen bin, Uneinigkeit auf die Erde zu bringen, Feuer, Schwert und Krieg. – Das alles ist ihm gelungen. Was will er noch? Will er sehen, wie wir leiden? Sollen wir leiden wie er? Täglich ist unsere Schuld, und täglich sind wir ein Teil des himmlischen Opfers.«

Die beiden Männer saßen Schulter an Schulter in der letzten Kirchenbank. Vor ihnen im Mittelgang lag Jesus, das Gesicht zum kalten Steinboden gewendet, und weiter vorne, nahe dem Altar, das Kreuz, von seiner Last befreit. Pater Gero erhob sich mit einem Ruck, nahm den Körper des Gottessohns unter den Arm und sagte: »Komm, lass mich nicht allein.«

Matteo stand auf. Er nahm das Kreuz und folgte dem Kapuziner. Vor der Sakristei hielten beide an. Matteo nahm aus der Rocktasche das Stück Tapete mit der Zeichnung, die Andrea in Eisenkappel gefunden hatte.

»Kennst du diese Zeichnung?«

Matteo hatte Mühe, das Kreuz nicht fallen zu lassen. Pater Gero war es bewusst, dass er sich noch nicht zurückziehen durfte. Hier konnte er nicht entkommen. Er nahm die Befragung als Prüfung hin und antwortete langsam:

»Aber natürlich. Es ist der alte Luftschutzbunker am Kreuzbergl. Volker hat ihn im Kurhaus in Eisenkappel an die Wand gezeichnet. Hunderte Menschen fanden bei den Luftangriffen der Alliierten dort Unterschlupf. Ein weitverzweigtes System – ausgehöhltes Klagenfurt. Die Luftschächte findet man heute noch mitten im Wald. Volker war für die Platzzuteilung in den Bunkern verantwortlich. Er war immer für etwas verantwortlich. Er bevorzugte junge Menschen. Wenn zu viele Unterschlupf suchten, sortierte er aus, und die Alten mussten wieder gehen. Die Verbliebenen fühlten sich auserwählt. Er war ein Zeichen des Schicksals. Die Jugend bedeutet die Zukunft, sagte er. Aber sie muss nützlich sein. – Sag mir, worin besteht der Nutzen eines Lebens? – Ich weiß es nicht.

Volker verlor niemals eine Träne. Valdemaro sah ich weinen, nur einmal sah ich ihn weinen, als wir den Abtransport der toten Kinder und dieser vielen alten Menschen überwachten, danach war er wie ausgetrocknet. Nach Auschwitz hat er nicht mehr geweint.«

Matteo merkte, dass er Angst vor seinen Fragen bekam. Wieder rissen ihn die Geschehnisse fort, und er verlor den Halt. Er ahnte, was alles noch darauf wartete, gehört zu werden. Er würde dem Erzählten nicht gewachsen sein, und niemand war da, der ihn schützte.

»Was ist mit Großvater? Was weißt du über ihn?«

»Nichts, ich weiß nichts«, sagte Pater Gero und klammerte sich an der Christusfigur fest.

»Schulte starb kurz nach unserem letzten Treffen Anfang Mai. Dein Vater ist tot. Er war ein sanfter Soldat, mit seinen rehbraunen Augen. Valdemaro verstand sich zum Schluss mit deinem Großvater nicht mehr. Die beiden waren sich fremd geworden. Sie sprachen kaum miteinander. Vielleicht hatte es mit dem Transport damals zu tun. Dora war die Fröhlichste. Sie sang immer und hatte es doch auch schwer mit ihrem behinderten Kind. Ich bin Geistlicher und stehe dabei und sehe und sehe, dass es nicht gut ist, und kann nichts tun. Was hätte ich tun sollen? –

Jedes Mal wenn du kommst, endet dein Besuch in einer Katastrophe, Matteo, was bist du doch für ein …«

Matteo unterbrach ihn: »Das Einzige, was ich tun kann, ist, eure Erinnerung in Schwung zu bringen und euch dann allein zu lassen mit euren Gedanken. Ich störe euren ruhigen Schlaf. Das werde ich auch jetzt tun. – Kommst du zurecht mit deinem Jesus, der sein Kreuz verlassen hat, weil er genug von euch allen hat?«

Pater Gero sah Matteo erstaunt an. Matteo stand auf und ging. Seine Fingerspitzen streiften das Weihwasserbecken und bemerkten, wie angenehm kühl das Wasser war. Matteo führte es nicht zur Stirne, ließ es aber auch nicht zu Boden tropfen. Er drehte die Hände nach oben, und zwei schmale Rinnsale liefen in die Mitte seiner Handflächen.

Leibesübung

Auf sorgfältig montierten Schienen bewegte sich der Kran lautlos an der Tribüne vorbei. Die kleine Plattform mit der riesigen Kamera hob sich über die Köpfe der Wartenden hinweg. Lautlos, schwerelos, von unsichtbarer Hand gehalten. Neben den Filmrollen, die wie übergroße Mäuseohren unbelichtetes Zelluloid ab- und belichtetes Zelluloid aufspulten, erschien der Kopf von Leni Riefenstahl, klein und unscheinbar blond. Unbewegt hielt sie ihren Blick in die Richtung, welche die Kamera vorgab.

In ihrer Vorstellung war das Fest der Völker auf dem Reichssportfeldgelände bereits gelaufen. Einziger Held – die Menge. Zur Einzahl verschmolzen, ein pulsierender Körper – das Volk, wie es wartet, bis endlich die Fanfaren Haltung gebieten, dann die Standarten, dann die Athleten ... Das Schauspiel aber waren die Zuschauer selbst. Die Masse spielte die Hauptrolle in ihrem neuen Film. Eine knappe Anweisung, kaum hatte sie ihren Kopf bewegt, nahm der Kran seine Reise auf, weiter durch die Menge, über ihre Köpfe hinweg zur Tribüne des Führers. Hat er seinen Platz eingenommen? In der Geschichte schon lange, aber jetzt ...? Nein. Die Menschen hätten es bemerkt. Lautlos formten ihre Lippen Worte des begeisterten Staunens: »Schönes großes Tier!«

Aus vielen kleinen Atemzügen wuchs ein eisiger Lebenswind zum Orkan. Es hatte begonnen. Mit einem Schlag hatten sich alle Erwartungen und Vorbereitungen erfüllt. Nur einen Menschen mehr hatte das Stadion aufgenommen. Niemand sah ihn. Jeder bemerkte ihn. Alle spürten. Es war geschehen. Die Loge des Führers war nicht mehr leer. Auf sprangen die Menschen. Einer riss den anderen mit. Bewegung kam in die Menge. Die Hände hoben sich, und aus einem Munde ertönte das »Heil« des deutschen Volkes und füllte den Himmel über dem Stadion. Berlin – ein Meer von Fahnen. Hitlers Jugend zeigte Disziplin der Bewegung. Ein Lichtdom erstrahlte, wie ihn die Welt noch nie gesehen hatte. Jubel in gezieltem Rhythmus. Ein Ruf aus tausend Kehlen. Eine Kehle, ein Schrei der Befreiung. Eine Flamme strebt der Schale zu, getragen von einem Athleten, nackt fast, nur mit einem Lendenschurz bekleidet und geleitet vom Stolz und von Dankbarkeit, Teil eines großen Ganzen sein zu dürfen. Die Kamera hat ihn längst entdeckt, sie folgt dem Licht, hebt sich mit ihm höher und höher, hinein in den Jubel. Dann, ganz nah und groß, das strahlende Gesicht eines jungen Mannes, der bereit ist, für sein Vaterland in den edlen Wettstreit zu treten. Schon ist die Zeit gekommen, der Welt zu beweisen, was es heißt, deutsch zu sein. Der Welt zeigt die deutsche Jugend ihr gesundes Wesen, ihr strahlendes Antlitz, gesund, offen, aufrichtig, kühn und friedliebend. – Schnitt.

Lauf der Herren. Erhobenen Blickes, höher als die Sportler anderer Länder, tragen die deutschen

Athleten ihr Haupt. Es gibt nur ein Siegen. Der Führer wollte es, die Welt sollte es sehen.

In den Geraden berühren sich fast die Schultern der Läufer. In den Kurven fügen sie sich zu einer Reihe. Wieder vorbei an der Tribüne. Erneut spüren sie den Atem der Verfolger im Nacken. Die Sohlen der Turnschuhe schaben auf der roten Erde. Fast im Gleichklang tun es auch jene der deutschen Läufer. Den Atem ausgestoßen, dem Verfolger zur Warnung, den Verfolgten als Ankündigung. Aus gehärteten Lungen schießt der verbrauchte Sauerstoff an den Backenzähnen vorbei in die Freiheit und formt mit jedem Schritt den unerschütterlichen Willen zum »Sieg – Sieg – Sieg«.

Dann schlagen Stiefel auf harten Sand. Glänzend gefettetes Leder biegt sich am Rist. Das Schaben leichter Turnschuhe hört niemand mehr. Fester Tritt fordert Gleichklang. Schritt – Schritt – Schritt!

Der Kreisbogen der Laufbahn krümmt sich, und die Geraden schrumpfen in sich zusammen. Immer öfter lenken die Kämpfenden ihren Tritt in die enge Kurve. Ein taumelnder Sog zur Mitte, ein schwindelerregendes Karussell der Erschöpfung reißt die Athleten mit sich. Enger und enger zieht die Strecke ihre Läufer in eine Spirale, in deren Mittelpunkt ein graues Hinterhaus erscheint.

Hell erleuchtet steht es da. Die Türen geöffnet. Weiß gekleidetes Pflegepersonal mit vor der Brust verschränkten Armen taucht aus dem Rahmen des

Eingangs und der Fenster auf. Die Marschierenden werden erwartet. Lastwagen parken vor dem Gebäude. Nun kann das Geplante ausgeführt werden.

»Hat jemand mein Medaillon gesehen? – Ohne mein Medaillon werde ich nicht gehen. Ich brauche es. Es hat keinen besonderen Materialwert, es ist nur Messing. Eine Locke meiner Tochter ist in dem Medaillon. Ich brauche nur die Locke. Wer sie mir gibt, bekommt das Medaillon und meine Kaffeezuteilung.«

Niemand hört die alte Frau. Das Gemurmel der vielen Wartenden übertönt die leise Stimme der Alten in ihrem Morgenmantel. Die Hände in den Schoß gelegt, den Blick auf ihre dünnen Finger, murmelt sie ihren Wunsch nach der verlorenen Locke immer wieder vor sich hin. Im Gang stapeln sich Kleiderbündel, sorgfältig in Papier gewickelt, mit Spagat verknotet und der Aufschrift *Niedernhart* versehen, in Klammer dazugefügt *Landespsychiatrie Linz.* Auf anderen Bündeln steht der Ort *Hartheim.*

Es ist der Morgen zum 7. Juli 1941. Die Uniformierten helfen fürsorglich die Insassen des Siechenhauses Klagenfurt zu verbringen. Es ist der letzte Transport von insgesamt sechshundert Patienten des Gaukrankenhauses Klagenfurt. Einhundert Menschen davon sind Bewohner des Siechenhauses.

Eine Pflegerin knöpft einem alten Mann den Kragenknopf zu. »Schwester! Wenn ich bleiben kann, werde ich den Gang sauber halten und dafür sorgen, dass sich kein Müll in den Zimmern ansammelt.« – »Die

Zimmer werden vielleicht nicht mehr gebraucht.« – »Aber …«

Dann hält der Transport vor dem Bahnhof. Die Polizei beaufsichtigt. Die Nacht ist vorbei. Unruhe kommt auf. Für die alten Menschen wird es zur traurigen Gewissheit: Sie werden abtransportiert. In die Fremde. An einen Ort, vor dem sie sich fürchten müssen.

»Bitte nicht weg von hier, nicht … bitte, Schwester. Wir wollen hier sterben … nicht nach Deutschland, nicht Deutschland.« Mit ihren dünnen Armen stemmen sich zwei alte Männer gegen den Türrahmen des Waggons. Ein anderer lässt seinen Rollstuhl nicht los. Mit Gewalt werden seine Finger gelöst. Eine Frau hält sich an der weißen Schürze ihrer Pflegerin fest. Die Schwester nimmt schweigend die Schürze ab, und die Frau verschwindet mit dem Kleidungsstück in der Hand im Waggon. Ein Polizist wendet sich ab. Sein Atem geht flach und schnell. Im Halbdunkel eines Zugabteils öffnet ein Mann seinen kleinen Koffer, entnimmt ein kleines Buch und liest: »Jesus sprach: Ich werde euch geben, was kein Auge gesehen und was kein Ohr gehört und was keine Hand berührt hat und was noch nie aus dem menschlichen Geist hervorgegangen ist.«

Die Türen werden geschlossen. Der Zug fährt ab.

Matteo setzte sich in seinem Bett auf. Er öffnete die Augen. Das Zufallen einer Tür war das Letzte, woran er sich erinnern konnte. Es war fast Morgen.

Die Nacht brach, und erstes Licht schob sich in den Tag. Der Geschmack frischen Blutes legte sich auf seinen Gaumen und erfasste die Mundhöhle. Als Kind hatte er sich manchmal im Schlaf die Innenseite der Wangen aufgebissen und im Erwachen sein frisches Blut geschmeckt. Als wenn man rostiges Eisen leckte, ein kühler bittersüßer Geschmack. Matteo stand auf und ging zum Fenster, um es zu schließen. Die erste Nacht, die wieder kühl ist, dachte er und nahm sich vor, fortan die festere Steppdecke zu verwenden.

Im Gartenhaus brannte Licht, oder war es die langsam einsetzende Morgendämmerung, die sich im Fensterglas spiegelte? Ein Vorhang bewegte sich, obwohl das Fenster geschlossen war.

Matteos Blick wanderte zur Tür des Schuppens. Sie stand einen Spaltbreit offen, gerade weit genug, um den leichten Morgenwind in die Vorhänge fahren zu lassen. Nein, da ist niemand. Matteo rieb sich die Augen. Zwischen den roten und blauen Sternen, die sich auf seiner Iris bildeten, erschien ein Rücken im Fenster. Also doch. Andrea war wieder da. Aber warum hatte er sich nicht bei ihm gemeldet, gesagt, dass er nun wieder zur Verfügung stehe. Zur Verfügung stehen, das war Andreas oberste Tugend. Das schätzte er an seinem Freund. Als hätte er außer den Interessen Matteos keine eigenen. Manchmal schien es so.

Matteo hielt den Blick auf das Häuschen gerichtet. Der Rücken im Fenster war nackt. Er bewegte sich in die Tiefe des Zimmers.

Matteo zog sich Hemd und Hose an, schlüpfte in die Sandalen und ging die Treppe hinunter. Da er wusste, dass sich die Hoftüre nur sehr geräuschvoll öffnen ließ – sie hatte sich über die Jahre hin immer mehr verzogen –, nahm er die Vordertür und bewegte sich leise um das Haus herum, in den kleinen Park an der Rückseite. Vorsicht kennt keinen rationalen Grund. Man ist einfach vorsichtig, weil man etwas ahnt. Vorsicht ist die Überlegenheit der Intuition.

Matteo wusste nicht, wovor er sich in Acht nehmen sollte. Er tat es einfach und pirschte sich näher an das Häuschen. Es war nicht die Dämmerung. Es war tatsächlich Licht – Kerzenlicht. – Die erste Bestätigung. Welche sollten noch folgen? Einen Schritt vor den anderen gesetzt, und jeder fiel leiser aus. Schließlich stand Matteo, das Gesicht an die Holzwand gelegt und das Rauschen seines Blutes in den Ohren.

Die wettergrauen Bretter des Häuschens erinnerten ihn an die Kabine im Bad Loretto. Sonne und Regen hatten es rissig gemacht. Ein feuchtes Stück Holz, das an seiner Wange kratzte, setzte wieder Erinnerungen frei. Matteo hörte Stimmen. Im Inneren wurde geflüstert. Er blickte durchs Fenster und sah, wie sich ein nackter Frauenrücken auf dem schmalen Bett langsam nach vor und zurück bewegte. Die Kerze auf dem Boden flackerte. Zwei dünne Männerbeine, die unter dem makellos bleichen Frauenrücken herausschauten, begannen leicht zu zucken, die Füße drehten sich nach außen, gleichzeitig spreizten sich die Zehen voneinander weg. Seufzen mischte sich mit Ächzen. Der Rücken bewegte sich schneller auf und nieder. Zwei Frauenarme hoben sich empor, und schlanke Finger fuhren durch einen kurzen, modisch roten Haarschopf. Dann war alles vorbei. Die Frau stand wortlos auf und zog sich an. Der Mann legte eine Decke über seinen dünnen kleinen Körper, beugte sich zur Kerze und entzündete sich eine Zigarette. Nun konnte Matteo sein Gesicht erkennen. Es war Andrea. Die Frau hatte sich eine Bluse übergestreift, trat an das Bett und tätschelte ihm die Stirn.

Es wird Viktoria sein, dachte Matteo. Warum soll nicht das Unvorstellbare geschehen, das Ungeheuerlichste wahr werden?

Viktoria drehte sich um und fuhr mit den Fingern über ihre Lippen, als überlege sie, als wollte sie noch etwas sagen, als suchte sie in ihren Gedanken, ob sie etwas vergessen habe. Ihr Blick traf die Scheibe, hinter der Matteo stand. Das Grau der Morgendämmerung genügte ihr als Spiegelgrund. Matteos Gesicht lag längst wieder an das feuchte Holz gepresst. Ihre Blicke hatten sich nicht getroffen.

Dann trat sie leise aus dem Schuppen, überquerte mit schnellen Schritten die Wiese und schlüpfte durch die knarrende Tür ins Haus. Hätte sie sich umgedreht, sie hätte Matteo gesehen, wie er regungslos an die Hütte gelehnt ausharrte. Vielleicht hätte er gerne ihren fragenden Blick gesehen, ihr Erstaunen und diesen kurzen Moment der Unsicherheit, bevor sie eine blitzschnell konstruierte Strategie umzusetzen begann. Viktoria drehte sich nicht um, auch beim Zuziehen der verzogenen Hintertür nicht.

Eigentlich müsste ich trauern, dachte Matteo. Was heißt trauern, Zorn müsste in mir aufsteigen, unbändiger Zorn. In ihr Zimmer müsste ich rennen und sie bei den Haaren aus dem Bett ziehen, auf sie eintreten und sie beschimpfen: Drecksluder, geiles, verkommenes Arschloch, Nutte – was noch? Matteo fiel nichts mehr ein.

Als Kind wurde er einmal von einem Mitschüler beschimpft. »Schwein!«, hatte dieser gesagt, und er selbst war so überrascht, dass ihm nichts darauf einfiel. Damals antwortete er mit: »Schwein-Schwein!« Die Verdoppelung sollte als Verstärkung dienen. Zwei Schweine, das war zumindest doppelt so schlimm, als nur Schwein zu sagen.

Nutte-Nutte! – nein, das kann man nicht sagen. Das ist lächerlich. Mir fällt zu der ganzen Sache nichts mehr ein. Matteo wischte sich mit Daumen und Zeigefinger ein Schmunzeln aus den Mundwinkeln. Doppelbelichtung: über Schmerz die Lächerlichkeit.

Wie wohl wird das Erlebte in mir nachwirken? Diese bittere Erfahrung. Werde ich vergrämt und enttäuscht sein? Wird mich meine gekränkte Männlichkeit zum rasenden Triebtäter werden lassen? Sollte es möglich sein, dass ich mit einem Schlag die Kontrolle über mich verliere und alle beide, ohne dass ich es bemerke, töte? Wird etwas in mir handeln, über das ich keine Macht habe? Es wäre interessant, es zu beobachten, zu untersuchen, wie es aussieht. Aber das wird in diesem Ausrasten, mitten in dieser Entgleisung der inneren Kontrolle nicht möglich sein. Etwas wird in mir wach werden und ohne mich handeln. Es wird handeln, ohne dass ich es bemerke. –

In den Tagebüchern Musils steht: Der Gedanke ist nicht etwas, das ein innerlich Geschehenes betrachtet, sondern er ist dieses innerlich Geschehene selbst. Wir denken nicht über etwas nach, sondern etwas denkt sich in uns herauf. – Wie stark muss dieses Heraufarbeiten erst in dieser Extremsituation sein, in der ich mich befinde. Betrogen von Freund und Freundin. Sollte ich nicht Angst vor diesem Abgrund haben, vor allem vor dem, was sich da unten befindet und heraufwill? – Dann dürfte ich aber in diesem Augenblick nicht müde sein.

Matteo ging auf die Hintertür der Villa zu und wunderte sich darüber, dass gerade in diesen entscheidenden Minuten eine Stelle aus Musils Tagebüchern auftauchte, hervorkam aus seinem Erinnerungsspeicher, die vor vielen Monaten zuletzt gelesen und dann auf einem Zettel festgehalten worden war. Den Zettel gab es auch nicht mehr. Er war verloren gegangen. Aber die Worte waren noch da und wirkten nun wie kühles Wasser auf verbrannter Haut. Wie stark doch das Leben war, und wie geschickt Literatur mit echtem Leben zu versöhnen vermag. Das Teilhaftigsein an der Realität des Gartenhäuschens dauert nicht lange, man sollte nicht am Teil haften! – Interessantes Wortspiel!

Matteo nahm die Hand wieder von der Türschnalle, drehte sich um und ging, die Hände am Rücken verschränkt, zur Vorderseite des Hauses, warf noch einen Blick auf das Stadttheater und begegnete dem Zeitungsausträger, der gerade die *Kleine* in ihrem Fach verstaute.

»Guten Morgen!«, sagte der junge Mann.

»Es ist ein guter Morgen, tatsächlich! Es wird nicht mehr so heiß. Wir haben einen schönen Herbst vor uns«, antwortete Matteo.

»Es wird regnen. Der Wetterbericht prophezeit ein paar sehr nasse Tage.«

»Soll er prophezeien. Solange er nichts Schlechteres prophezeit.«

Und bei sich dachte Matteo, dass er eigentlich in einer seltsamen Zeit lebte, in der Propheten für die Wettervorhersage bemüht werden.

»Kennen Sie Robert Musil?«

»Meinen Sie den von der Bahnhofstraße?«, antwortete der junge Mann, und sein Gesicht verzog sich zu einem breiten Grinsen.

»Ja, den. Alle kennen ihn. Keiner hat ihn gelesen. Ich werde mich wieder um ihn kümmern. Ein großer Dichter. Er erfüllt alle Erwartungen und hat mich noch nie enttäuscht.«

Dann legte sich Matteo ins Bett und schlief tief und ruhig bis in den späten Vormittag hinein.

Erinnerungen

Es war noch nicht Mittag, als sich die parkenden Autos vor der Ursulinenschule bereits zu einer zweiten Reihe formierten. Zumeist waren es Mütter, die ihre Einkäufe erledigt hatten und nun ihre Kinder vom Unterricht abholten. Es wurde mit großer, routinierter Geschäftigkeit und ernsten Mienen agiert. Matteo stand im Garten und blickte durch die dunkelgrünen Büsche zur Schule hinüber. In der Hand hielt er eine Tasse Kaffee, an der er von Zeit zu Zeit nippte. Dann drehte er sich um und näherte sich dem Gartenhäuschen.

Viktoria musste früh das Haus verlassen haben. Als er die Treppe hinunterstieg, konnte er noch ihr Parfum riechen. Er atmete tief ein. Er spürte nichts. Es war einfach nur ein gutes Parfum mit einer erfrischenden Zitruskopfnote und einem Schuss schwerem Amber, der die Leichtigkeit und Flüchtigkeit des Südens etwas bremste.

Andrea war offiziell noch gar nicht in Klagenfurt. Wäre er es gewesen, hätte er sich bei ihm gemeldet, sich zur Verfügung gestellt. Davon ging Matteo aus. Also konnte er unbemerkt das Gartenhäuschen betreten.

Ein beißender Gestank hatte sich in dem kleinen Raum breitgemacht. Auf dem Fensterbrett, der direkten Sonnenbestrahlung ausgesetzt, stand eine schwarze Hutschachtel, eine der Art, die man vor langer Zeit zum Transport von Herrenzylindern verwendete. Zahllose Fliegen umschwärmten die stinkende Schachtel, an deren Unterseite ein Stück Papier klebte. Immer wieder entfernten sie sich und kehrten zurück, mit ihrem Saugrüssel über die schwarze Oberfläche tastend, irgendwo einen Zugang suchend, alles in jener hektischen Geschäftigkeit hungernder Tiere, die fette Beute witterten. Matteo stellte seine Kaffeetasse hin, näherte sich der Schachtel und hob sie kurz an, um ihr Gewicht zu prüfen. Sie war schwer. Ganz sicher befand sich in ihr kein Hut. Er stellte sie wieder an ihren Platz.

Wenn es denn sein musste, war er auch bereit, diesen Schrecken zu ertragen. Warum sollte er die Schachtel nicht öffnen und in die toten Augen seines Großvaters blicken? Matteo öffnete die Schachtel und schob seinen Kopf über den Rand. Der saure Gestank verdorbenen Fleisches reizte seine Schleimhäute. Am Boden des Behälters erkannte er das Endstück einer Stange Mortadella und ein fast ebenso großes Stück Dolce-Latte-Käse, beides von einer klebrig glänzenden Schicht belegt, beides grau und mit Rissen überzogen, bereit, in das nächste Stadium der Verwesung überzugehen. Matteo ließ die Hutschachtel fallen. Es ekelte ihn. Ohneweiters hätte dieser Kerl den Kühlschrank des Hauses verwenden können, um seine italienische Verpflegung aufzubewahren. Aber dafür war Andrea zu bequem. In seiner Gleichgültigkeit war der Italiener nicht zu schlagen.

Wie lange wohl die Lebensmittel hier gelegen sein mochten? Matteo dachte nach. In den letzten vier, fünf Tagen war er sicher nicht im Garten gewesen. Auch hatte er nicht darauf geachtet, ob jemand dieses Notquartier benutzte. Matteo nahm die Schachtel und stellte sie zurück aufs Fensterbrett. Dabei löste sich das Papier vom Boden, und Matteo erkannte das Stück Tapete aus dem verlassenen Kurhaus wieder. Nachdem er Pater Gero zu dieser Sache befragt hatte, war das Stück Papier verschwunden. Andrea musste es wieder an sich genommen haben.

Andrea hatte sich weiter damit beschäftigt und darauf seine Notizen hinterlassen. In Blockbuchstaben stand über die ganze Breite *Kreuzbergl*, und etwas darunter an einer Schmalstelle dieses gebogenen Linienverlaufes stand *Stollenweg*. Andrea musste etwas entdeckt haben. Am Ende des Stollenweges war der Eingang zu dem alten Luftschutzbunker. Die Stadt hatte Ende des Krieges etwa fünfunddreißigtausend Einwohner. Für maximal zwölftausend war Platz in den Schutzräumen. Es gab nicht für alle Platz. In der Bahnhofstraße baute man daher überdachte Deckungsgräben. Hier war die Überlebenschance geringer. Auch hier war zu wenig Platz. Die Langsamen blieben ungeschützt. Wer nicht schneller konnte, blieb auf der Strecke.

Matteo ärgerte sich, nicht schon früher daran gedacht zu haben. Großvater Volker hatte oftmals von der schweren Zeit in den letzten Kriegsmonaten erzählt und dass die Alliierten kaum auf Zivilisten Rücksicht nahmen. Die amerikanischen Bomber hatten auf ihren Rückflügen von Italien meist noch Ladung an Bord. War ihnen der Ballast zu schwer, warfen sie ihn ab.

Klagenfurt hatte einen wichtigen Bahnhof. Mit einer Bombardierung musste die Bevölkerung so oder so rechnen. Mehr als vierhundert Bomben schlummern heute noch im Untergrund der Stadt. Besonders betroffen sind der Bahnhofsbereich und die Grundstücke nahe dem Flughafen Annabichl. Zwei bis fünf Meter unter der Erde liegen sie und sind noch scharf. Man muss gar nicht tief graben, um die tödlichen Altlasten zu entdecken.

Über dreitausendfünfhundert Häuser überstanden den Krieg nicht. Fünfhundertzwölf Zivilisten fanden bei den Luftangriffen zu Kriegsende den Tod. Die Überlebenden und ihre Nachkommen denken heute nicht daran, wie nahe sie ihrem Tod noch immer sind. Man redet nicht. Im Magistrat bewacht ein Beamter den Bombenkataster. Man kann dort Einsicht nehmen und erfahren, wo die Bomben liegen. Wenige wollen das.

1940 war Volker Berg schon wieder in Klagenfurt, arbeitete im Krankenhaus und war dem Luftschutz zugeteilt. Eintritt in den Bunker bedeutete Überleben. Draußenbleiben bedeutete den Tod. Matteo erinnerte sich an Bilder, die ihm der Großvater gezeigt hatte. Deutlich standen sie vor ihm. Deutlich stand sein Großvater vor ihm, die Beine etwas gespreizt, einen Eingang bewachend. An ihm konnte keiner unlegitimiert vorbei. Matteo beschloss, den Stollenweg mit dem Bunkereingang aufzusuchen.

Viktoria machte sich keine Gedanken. Die Vorladung zur Einvernahme in Sachen Volker Berg beunruhigte sie nicht. Sie absolvierte die Befragung mit einem Lächeln, lobte die schöne Grünpflanze im Vernehmungsraum, fragte schelmisch, ob sie die Mörder beruhige, und gab kurze, aber klare Antworten. Nein, sie sei nicht in Klagenfurt gewesen, als Volker Berg ermordet wurde. Ja, sie sei in Wien gewesen und zuvor in Amerika. Nein, sie könne sich nicht vorstellen, wer es getan habe, zumal Volker Berg ein geschätzter Bürger und ein von allen geliebtes Familienoberhaupt gewesen sei. Sie bedauere auch die tragischen Umstände, die zur geistigen Verwirrung ihrer Großmutter beigetragen hätten. Ob sie mehr darüber wisse? Nein, sie habe damals nur ein Telegramm von Valdemaro Berg bekommen, sie solle zurückkehren, da es Dora Berg sehr schlecht gehe.

Hofrat Grasl konnte mit den Angaben nichts anfangen. Eine Überprüfung der spärlichen Aussagen erforderte penible Kleinarbeit. Das war seiner langen Erfahrung nach aber die letzte aller möglichen Methoden, einen Fall zu lösen. Vorerst wollte Grasl einmal mehr seinem Spürsinn für Ungereimtheiten vertrauen. Auf die Frage nach ihrer Mutter hatte Viktoria ausweichend geantwortet und die Zusammenhänge mit dem vorliegenden Fall nicht erfasst. Gab es Zusammenhänge? Grasl kratzte sich mit seinem Brieföffner hinter dem Ohr. Matteo hatte keinen Vater und Viktoria keine Mutter. Eine seltsame Übereinstimmung war das. Matteos Vater war überraschend wieder ins Spiel gekommen. Der Gletscher hatte ihn freigegeben.

»Wollen Sie mir nicht ein wenig über Ihre Mutter erzählen?«

»Nein, das möchte ich nicht. Außer Sie meinen, meine Mutter, an die ich mich überhaupt nicht erinnern kann, habe etwas mit dem Fall zu tun. Dann würde ich zuerst gerne wissen, welche Verbindungen Ihnen da so in den Sinn kommen.«

Die gleiche ungute Art!, dachte Grasl. Das muss wohl in der Familie liegen. Eine Frage mit einer Gegenfrage zu beantworten weist allerdings immer auf eine gewisse Vorsicht hin. Will sie etwas abschirmen? Habe ich durch Zufall ...?

Ein gelbes Blatt löste sich von der Grünpflanze und segelte zu Boden.

»Jeder hat Erinnerungen an seine Eltern.«

»Ich nicht. Meine Mutter war eines Tages nicht mehr da. Damit hatte ich mich abzufinden. Sie sind nicht mein Psychologe. Kann ich jetzt gehen?«

»Wer ist Ihr Psychologe?«

Grasl war dabei, sich festzubeißen, und verspürte gleichzeitig eine lähmende, ganz signifikante Langeweile in sich, die immer dann ihr Recht auf die ganze Person in Anspruch nahm, wenn die Anzahl der Vermutungen jene der belegbaren Tatsachen überstieg.

»Gehen Sie, gehen Sie!«, sagte er, ohne seinen Überdruss zu verbergen und ohne sich bewusst zu werden, dass damit das Verhör beendet war.

»Sie sollten Ihr Pflänzchen gießen. Schenken Sie ihm mehr Beachtung. Pflanzen vertrocknen, wenn ihnen nicht ein wenig Aufmerksamkeit geschenkt wird. Aufmerksamkeit, was für ein Geschenk! Kostet nichts und bringt viel. Die wenigsten kommen auf diese schöne Idee.«

Hofrat Grasl hatte nicht zugehört. Sein Blick ruhte, begleitet von einem Lächeln, auf der kleinen Schachtel mit der Wiener Adresse eines Spielwarengeschäfts darauf. Zinnsoldaten. Die neue Lieferung war endlich eingetroffen. Bevor er jedoch das Päckchen öffnete, nahm er den Holzrahmen in die Hand und las mit Bedacht jenes Lebensmotto, das auch den Schreibtisch Kaiser Franz Josephs geziert hatte:

»In jedem Ding der Welt, ob es tot ist oder atmet, lebt der große weise Wille des allmächtigen und allwissenden Schöpfers. Wie alles ist, so muss es sein in der Welt. Und wie es auch sein mag, immer ist es gut im Sinne des Schöpfers.«

Welch ein Gleichmut! Mit einem entschlossenen Schnitt löste Grasl den Spagat vom Paket.

Ein paar Tage danach standen Reisetaschen im Stiegenhaus der Villa. Andrea war offiziell zurückgekommen. Er sah schlecht aus. Es habe wieder Streit mit dem Vater gegeben. Eine Enterbung stehe abermals im Raum, und man könne dem alten Herrn nichts recht machen. Alle anderen seien geschickter, er sei der Hofnarr der Familie. Mit seinen Blicken flehte Andrea um Verständnis. Aufgenommen wollte er wieder werden in einen Familienverband, in dem es ihm immer gut gegangen war.

Es muss ihm eine besonders ausgeprägte Fähigkeit innewohnen, dass es ihm anstandslos gelingt, Menschen zu enttäuschen, die ihm nahestehen. Er stößt Menschen fort, die er gleichzeitig an sich zieht, dachte Matteo. Andrea antwortete er mit einem Lächeln. Andrea war glücklich. Nichts hatte sich verändert. Matteo war der Alte geblieben.

Valdemaro Berg war zurück nach Oberdrauburg gefahren, widmete sich seinen Geschäften, die er nicht alleine lassen konnte, denn sonst würde alles drunter und drüber gehen. Manchmal hatte er in letzter Zeit mit besonderer Sorgfalt darüber nachgedacht, Matteo wieder stärker in die Entscheidungen einzubinden. Er ließ es aber vorerst bleiben. Diese Geschicklichkeit, die sein Großneffe an den Tag legte, mit großem Aufwand und energischem Getriebe den ganzen Tag beschäftigt zu wirken und dabei nichts zu tun, verwirrte den alten Herrn.

Hier war eine Jugend am Werke, die nichts weiterbringen wollte, die keine Tatmenschen mehr hervorbrachte, die sich mit ihrem engagierten Nichtstun begnügte. Wie sollte so ein Mensch eine Firma führen. Einem Menschen, der sich mit dem Erkennen einer Möglichkeit begnügt, ohne sie auszuführen, ohne sie in die Welt stellen zu wollen, dem war nicht zu trauen, dem war keine Firma anzuvertrauen.

Die Wolken kippten in einer breiten Welle über die Karawanken, als Valdemaro, ohne die anderen zu verständigen, heim nach Oberkärnten fuhr. Er liebte den Herbst, die klare, kalte Luft und die scharfen Bergspitzen, die durch die Wolkenbänke stießen und näher als sonst dastanden, als einziger Garant für Beständigkeit. Unverrückbar blieben sie auf ihrem Standpunkt und präsentierten ihre stille Größe. Wenn sich alles veränderte, hier blieb alles, wie es seit Anbeginn war. Menschenwerk ist vergänglich. Das erkennt man erst angesichts des Unvergänglichen. Föhn zeigten die Wolken an. Warme und kalte Luft mischten sich. Valdemaro war nicht wetterempfindlich, aber die Menschen um ihn waren es. Sie sahen die Föhnwolken und wurden unansprechbar, kultivierten ihre Empfindlichkeit, trafen Fehlentscheidungen und fühlten sich wohl im Schulterschluss mit ihren Kränkeleien und fremdverschuldeten Aussetzern.

Mit dem Vollmond war es ebenso. Manche Menschen brauchten nur zu lesen, dass es wieder Vollmond gebe, schon wurden sie blass, und ihre Blicke verbanden sich mit dem Leid des Universums, an dem sie schlagartig teilhatten. Die Menschen brauchen Leid, in das sie sich fallen lassen können und das sie zu ertragen haben. Sie wären nicht glücklich ohne Leid.

Die junge Generation seiner Familie war so. Immer irgendwelchen Strömungen ausgesetzt, die er nicht kannte, die er nicht verstand, agierte sie mit blanken Nerven, gleichzeitig aber wissend, wie krank ihr ganzes Tun doch eigentlich war. Natürlich wusste sie von ihrer Dekadenz.

Handschlag, Vertrauen und Verlässlichkeit, das zählte, und das entsprach durchaus den österreichischen Holzhandelsusancen. Anderswo war es verpönt, mit diesen Begriffen zu hantieren. Sie entsprachen nicht dem zeitgenössischen Vokabular, sie stießen den, der sie verwendete, in die Ecke des Abgeschmackten und Abgelebten. Für Valdemaro aber war hier Beständigkeit in hohem Maße.

Die Moral der Jungen hat ihre Moden, und die Moden gehen mit den Zeiten. Kinder sind da zeitlos. Sie benehmen sich einfach und handeln richtig aus ihrem Gefühl heraus. Wie Kinderzeichnungen, die ursprünglich und unverfälscht sind. Gezeichnete Kindergesichter sind immer voll Leben. Wenn die kleinen Künstler dann älter werden, verlieren die Bilder ihren Ausdruck. Die Konvention wird angenommen. Vielfach Erprobtes tritt an die Stelle des Eigenständigen. Das Übliche gewinnt an Bedeutung. Das Signal des Individuellen wird durch das Signal der Gleichform ersetzt. Nicht ich bin, vielmehr ich möchte dazugehören, heißt es dann.

»Nur wenn sie Kind bleiben, kann man sie lieben«, murmelte der alte Mann vor sich hin. Viktoria, seine Manki, war Kind geblieben. Ihr konnte er alles verzeihen, wenn es etwas zu verzeihen gab. Wie gerne verzieh er ihr. Wie gerne ließ er sich einst durch ihre jugendliche Unbedachtheit kränken, um ihr dann verzeihen zu können. Ihr glaubte er. An ihre Aufrichtigkeit glaubte er, auch wenn er sie unentwegt bei ihren kleinen Lügen ertappte.

Als sie noch ein Kind war und noch nicht in die Schule musste, saß sie neben ihm auf der Bank und er las ihr vor. Sie hielt seinen Arm fest, und er roch den frischen Duft ihres Haares. Wenn es besonders spannend wurde, drückte sie seinen Arm besonders fest. Immer waren es spannende Geschichten.

Fichtennadeln verfingen sich in den langen blonden Strähnen, der ganze Wald nistete auf ihrem Köpfchen. Dann entfernte er mit strenger Miene eine Nadel nach der anderen, und auf die Frage, ob sich das denn gehöre für eine junge Dame, antwortete sie trotzig: »Ja! Und außerdem gibt es keine Damen mehr. Die sind ausgestorben.« Dann lachten sie beide, und er las weiter vor, von dem stolzen Adelsfräulein, das es jetzt nicht mehr gab. Das war in den Sommerferien in Oberdrauburg, selten genug, immer dann, wenn sein Bruder Volker keine Zeit für die Familie hatte.

Valdemaro Berg hütete diese Erinnerungen wie einen Schatz und gab sie niemandem preis. Sie gehörten ihm und verließen ihn nur selten. Versuchten sie es, dann brauchte er nur über den Holzplatz zu gehen, wo die frisch geschlägerten Stämme lagerten und aus den Schnittstellen bernsteinfarbenes Harz tropfte, und sie kamen von selbst zu ihm zurück.

Man kann schlechte Erinnerungen mit guten ausgleichen. Zuerst überdecken sie die alten, dann werden sie ersetzt. So einfach ist das, dachte Berg und lenkte den Wagen in die Hofeinfahrt seines Betriebes. So einfach wollte er es haben. Manchmal ersetzt der Wunsch die Wirklichkeit. Wie man es möchte, so ist es dann.

Antigone

In der Küche des großen Hauses saßen sie zusammen, kochten und aßen miteinander. Schwarze italienische Muscheln lagen auf der heißen Herdplatte, sprangen mit einem lauten Knacken auf, wurden mit Zitronensaft beträufelt und gleich aus der Schale in den Mund gesaugt.

Andrea war froh, wieder bei *seiner* Familie zu sein, neben seinem Freund sitzen zu können, mit dessen Freundin er geschlafen hatte. Viktoria lächelte mit ehrlicher Freude, als Matteo ihren Blick, der ohne Argwohn war, mit seinen Augen festhielt, und strich mit der Hand über seinen Hinterkopf. Matteo selbst fühlte sich weder wohl, noch konnte er Abscheu, Ekel oder Traurigkeit empfinden, wenn Andrea und Viktoria zum vierten Mal Lorbeer in das Sugo für die Spaghetti rührten, dabei herzhaft lachten und einer den anderen bei der Hand nahm, um mit den Fingern des anderen die Blätter wieder aus dem Topf zu holen.

Matteo freute sich über den Rotwein. Er hatte einen hervorragenden Abgang, der Pecorino war würzig, und der Latteria rundete das gemeinsame Essen köstlich ab.

Dann holten die drei Freunde Korbstühle aus dem Keller, stellten sie in den Garten, nahmen noch ein paar Flaschen Rotwein mit, zogen sich Westen an und setzten sich nahe zusammen. Ganz nahe rückten sie die Stühle, damit sie mit halber Lautstärke, zueinander gerichtet, ihre Geschichten erzählen konnten. Kein anderer Teil der Welt hatte hier Zugang zu finden. Die beschwingte Weinlaune verführte sie zu waghalsigen Zukunftsvisionen und abenteuerlichen Reiseplänen. Ferien in Italien, Wanderungen in Oberdrauburg, ein gemeinsamer Theaterbesuch. Viktoria war sofort begeistert und wollte die Karten bestellen. *Antigone* stand auf dem Programm des Stadttheaters. Viktoria malte sich den Abend in den leuchtendsten Farben aus. Ihre Augen glänzten.

»Wir schauen uns die alte Antigone an. Wie lange waren wir schon nicht mehr im Theater?«

»Wir waren noch nie zu dritt im Theater«, antwortete Matteo.

»Ihr habt ja gar keine Ahnung, wie viele schöne Dinge man zu dritt machen könnte!«

Viktoria tanzte mit nackten Füßen im hohen Gras, schwenkte ihr Glas und verspritzte Wein aus der Flasche. Matteo und Andrea gingen lachend in Deckung. Ausgelassen!, dachte Matteo. Sie ist unwiderstehlich, wenn sie ausgelassen ist. Was hat hier in ihr ausgelassen, damit sie so werden konnte? Wer hat ausgelassen? – Welch ein Wortspiel!

Ein roter Fleck bildete sich auf seinem weißen Hemd. Wein sickerte durch den Stoff und kühlte seine Haut. Matteos Handfläche ruhte einen Moment auf seiner Brust. Kühler, schöner Rotwein, dachte er.

»Ich verabscheue Menschen, die sich Opern anhören. Ich mag keine Opern!« Andrea war entschlossen, nicht ins Theater zu gehen.

»Großer Gott! – *Antigone* ist ein Schauspiel, du Leuchte humanistischer Bildung.«

Viktoria warf Andrea einen wütenden Blick zu und strafte ihn mit einem Guss Rotwein, der in seinem Gesicht landete.

»Sophokles, du Ignorant. Nichtwisser sollten den Mund halten, wenn sie sich nicht blamieren wollen. Aber manche lechzen nach Bestrafung. Sie wollen die Peitsche. Zur Strafe wirst du nicht mitgenommen. Matteo und ich gehen ins Theater, dich überlassen wir der dumpfen Welt deiner mediterranen Oberflächlichkeit, die ohne derlei Firlefanz wie Kultur und Theater auskommt.«

Viktoria liebte die griechische Antike. Hier herrschte Ordnung, das Leben und die Philosophie erschienen klar und übersichtlich, und selbst die Götter wirkten menschlich. Ihre Göttlichkeit steckte auf sympathische Weise noch in den Kinderschuhen. Das gefiel ihr.

»Die alten Griechen schufen sich menschliche Götter, die selbst ihre kleinen Sorgen hatten. Sie waren eifersüchtig, zänkisch, benahmen sich wie Kinder und fühlten sich den Menschen ebenbürtig, mischten sich unter sie und trugen ihre Kämpfe mit ihnen aus. Die Kunst vermittelte Gültigkeit. Schönheit und Ästhetik dienten dem Zweck, das Endgültige bestmöglich auszudrücken, in steter Korrespondenz mit dem Menschen. Aus, basta! So einfach ist es. Es muss leicht gewesen sein, sich in dieser Welt zurechtzufinden.«

Viktoria trank einen Schluck Rotwein.

Andrea wandte sich ab. Eine Mischung aus Gleichgültigkeit und gekränkter Eitelkeit hatte zu einem jähen Bruch dieser unbeschwerten Dreisamkeit geführt. Schön wäre es gewesen, wenn sie fortgedauert hätte. Andrea wollte nicht, dass es noch schlimmer komme. Aufstehen und gehen war nur eine logische Reaktion auf das Geschehene. Aufstehen und gehen, möglichst ohne größeres Aufsehen.

Ene mene mu und draus bist du!, dachte Matteo, nahm Viktorias Hand und küsste sie. Sah er richtig? Etwas wie Traurigkeit lag in ihrem Blick, der ihn bloß streifte, eine Sekunde nur, jedoch gerade lang genug, um bemerkt zu werden.

»Müssen wir ins Theater?« Matteo konnte es sich nicht vorstellen, stundenlang neben Viktoria zu sitzen, ohne mit ihr zu reden. Es war vieles unausgesprochen geblieben. Die Konvention verlangte klare Aussprachen. Nicht nach einer Aussprache selbst sehnte sich Matteo, vielmehr fühlte er sich besser, wenn er die vorgegebenen Regeln erfüllte.

Was täte ich ohne das Übliche?, dachte Matteo, während sein Blick dem tanzenden Körper seiner treulosen Verwandten folgte.

Andrea hatte es zur Kenntnis genommen, dass man ihn in kulturellen Belangen nicht ernst nahm, ihn, den Vertreter einer großen europäischen Kulturnation, zum Banausen degradierte. Er meisterte die Situation mit Grandezza, stand auf und verabschiedete sich. Er habe noch etwas vor und wolle das junge Glück nicht stören. Andrea bemerkte nicht, dass die Blicke der beiden anderen längst in die Schatten des Gartens und des Abends geflüchtet waren, sich längst von ihm entfernt hatten. Im Moment seines Abgangs existierte er für sie nicht mehr.

»Theater ist schön. Kaum jemand hat das wirklich erkannt, ich meine, worauf es wirklich ankommt! Wie schwer ist es auch, diese vielen Welten in den Griff zu kriegen, zu erfassen, meine ich. Aber will das wirklich jemand? Nur eintauchen in diese Welt der Masken und Verkleidungen, nur fort aus der einzigen eigenen. Das ist doch schön!«

Wie schön sie vom Theater spricht, dachte Matteo, dann wandte er sich Viktoria zu, die sich vor ihm am Boden zusammengekauert hatte und ganz klein aussah: »Du weichst mir aus?«

»Kann man jemandem ausweichen, den man noch nie getroffen hat? Haben wir uns je wirklich getroffen?«

»Wie tiefsinnig. Zumindest haben wir uns einmal versprochen, dass wir eine Frage nie mit einer Gegenfrage beantworten.«

»Versprochen ist versprochen und wird auch nicht gebrochen! – Wir wussten, dass wir nicht ewig so weitermachen können. Von Anfang an.«

»Wer spricht von ewig! Ein paar Wochen mehr hätten es auch getan. Ich wache in der Nacht auf, und du bist nicht neben mir, und ich kann mich auch nicht mehr erinnern, wie es ist, wenn du bei mir bist.

Ich habe vergessen, wie du riechst. Ich habe deine Berührungen und dein Lächeln vergessen.«

»Das ist gut so. Vergessen ist immer eine Hilfe – bei jeder Trennung. Ein kleines Glück ist immer auch ein kurzes Glück. Lassen wir es dabei. Halten wir nicht fest, was aus dem Zufall, der Leichtigkeit und von der Gunst der Stunde gelebt hat. Es war ein Geschenk, dass so etwas uns passieren konnte. Muss alles greifbar, alles fassbar sein? Berührungen können auch zerstören. Wie fasst man einen Falter an? – Ich habe auch vergessen, wie du bist, bin aber nicht traurig darüber. Keiner weiß je genau, wie der andere ist.«

Viktoria streifte im Sensenschwung mit ihren nackten Fußsohlen über die langen Grashalme.

»Man ist auch nicht auf eine bestimmte Weise so oder so, sondern, wenn man mit anderen Menschen in Berührung kommt, so schlägt dieser andere Mensch in einem einen ganz bestimmten oder ganz unbestimmten Ton an – und so ist man dann.«

»Matteo, mein Liebling, da hast du aber einmal etwas sehr Kluges gesagt! Mehr ist auch gar nicht möglich. Wir haben gespielt und rechtzeitig wieder aufgehört. Es sieht jeder in dem anderen das, was er sehen möchte. Das geht eine Zeit, und dann ist er satt.«

»Rechtzeitig! Die rechte Zeit! Du hast beschlossen, dass sie gekommen ist, und damit ist sie da! Und alle müssen sich danach richten. Es ist übrigens von Musil.«

»Was meinst du?«

»Das mit dem anderen Ton, der angeschlagen wird. Steht in den Tagebüchern.«

Viktoria hörte nicht mehr zu. Ein Gedanke begann sich hinter ihrer kleinen Stirne zu entwickeln und fand schließlich seinen Weg zu Matteo.

»Ich denke, eine gute Beziehung ist wie ein Glaskrug und klares Wasser. Hell, klar, durchsichtig, durchschaubar. Nichts Verborgenes. Nichts Trübes. – Einmal ist der eine die Flüssigkeit und der andere der Krug, und dann ist es umgekehrt. – Wir waren beide Krüge.«

Viktoria warf die leere Rotweinflasche in weitem Bogen von sich. Mit einem dumpfen Ton landete sie im Gras, ohne zu zerbrechen. Dann trat Stille ein, in der das Dunkel undurchdringlich wurde und sich beharrlich zwischen die beiden traurigen Menschen schob.

»Erzähl mir von Antigone!«

»Da ist kein Leid und keine Freveltat / und keine Kränkung, keine Schändlichkeit, / die wir nicht selbst erlebten, du und ich …

Vor ein paar Tagen setzte sich in mir eine Geschichte fest. Sie brannte sich in mein Gedächtnis, wie Schrift, die unter großer Hitze in einem Kopierer auf Papier gebannt wird und dort bleiben muss, unauslöschbar: Ich sitze im Garten, und alle Gegenstände um mich herum beginnen mit einem Schlag zu leuchten. Sie bilden eine Aura um sich und lösen sich aus dem

Ensemble der anderen. Dann sehe ich auf einmal durch die Dinge hindurch. Büsche, Bäume, der Zaun, alles wird durchsichtig, und ich bemerke immer nur das hinter den Dingen Stehende. Durch die Dinge durch und schon wieder dahinter und dahinter. Die Gegenstände verlieren sich, alles wird durchlässig. Schließlich sehe ich durch alles hindurch und sehe nichts mehr. Mein Blick wird zu einer langen, langen Bewegung durch die Dunkelheit. Dort bin ich jetzt.«

Viktoria stand auf, denn das Gras hielt nicht mehr die Wärme des sonnigen Nachmittags, und setzte sich wieder in ihren Korbstuhl.

»Man hat ihr großes Unrecht getan, und niemand hat Schuld. Antigone folgte den Gesetzen einer Ordnung und hatte das Pech, dass gerade eine andere Ordnung herrschte. Kann man da von Schuld oder Unrecht reden? – Nein, nein, reden wir nicht von Recht und Unrecht. Dazu ist es zu spät, und wir sind betrunken. Oder sollen wir doch …?«

»Reden können wir über alles. Es bleibt ohnehin nur Gerede.«

Matteo wollte Viktorias Hand fassen, aber sie entzog sie ihm und rückte ihren Stuhl zur Seite.

»Stell dir vor«, sagte sie und zeigte auf die dunklen Bäume am Rande des Gartens. »Stell dir vor, du bist in Griechenland. Wir schreiben das Zeitalter der Antike. Gesetze sind von den Göttern gegeben und einzuhalten. Sie regeln das Leben unter den Menschen, schaffen Ordnung und soziale Ruhe. – Das wirst du verstehen, denn Ruhe ist dein größter Wunsch, und du willst nicht einmal warten, bis du tot bist.«

Matteo fühlte sich unbehaglich. Er hasste es, neben jemandem zu sitzen, Profil an Profil, und kein Gesicht vor sich zu haben, zu dem man sprechen könnte.

»Erzähl mir einfach die Geschichte«, sagte er. »Wenn sie gut ist, wird auch ein Sinn drinnen sein.«

»Antigone begräbt ihre Brüder. Eteokles hat in einem schweren Krieg zu Theben gehalten, Polyneikes nicht. Also darf der Polyneikes nicht begraben werden. Antigone begräbt auch Polyneikes. Schließlich ist er ihr Bruder. Kreon, der neue König von Theben, duldet das nicht, verurteilt Antigone zum Tode und rettet damit seine angeschlagene Autorität. Das ist es.«

Nach kurzem Nachdenken setzte sie hinzu: »Darf sie es, darf er es?«

Matteo schwieg. Um die Fragen zu beantworten, müsste er sich konzentrieren, sich die Geschichte noch einmal vor Augen führen. Worauf wollte sie hinaus?

»Antigone folgt ihrem Herzen, daher hat sie recht. Kreon folgt dem Gesetz, daher hat auch er recht.«

»Aber es können doch nicht beide recht haben!«, rief Viktoria entsetzt aus.

»Weißt du was? Du hast auch recht!«, antwortete Matteo.

Ihre Blicke trafen sich, und dann durchbrach ein herzliches Lachen die dunkle Stille.

»Alle haben recht. – Wie geht die Geschichte aus?«, fragte Matteo.

»Tragisch, sonst wäre es ja keine Tragödie. Der blinde Seher Teiresias erscheint und erklärt Kreon, dass Unheil über die Stadt kommen werde, wenn er Antigone töte. Aber es ist zu spät. Antigone hat sich in der Höhle, in die Kreon sie bringen ließ, erhängt. – Überzeugung endet mit dem Tod.«

Matteo nickte. »Einstein sagte einmal: Tue nie etwas gegen dein Gewissen, selbst wenn der Staat es von dir verlangt.«

»Das hast du jetzt erfunden, um mir zu helfen!«, rief Viktoria erstaunt.

»Nein, es ist wahr! – Aber warum, um dir zu helfen. Geht es um dich? – Es geht um dich!«

»Ich habe meine Höhle noch nicht gefunden. Mir ist kalt. Gehen wir ein paar Schritte.«

In der Radetzkystraße brannten die neuen Lampen. Hell und freundlich strahlten sie und begleiteten den kerzengeraden Weg auf die Kirche am Kreuzbergl zu. Ein Vater mit seinem Kind am Arm schlenderte vorbei, das Köpfchen des Säuglings auf seiner Schulter. Für manche Menschen beginnt die Schlaflosigkeit eben schon im Kindesalter. Der Vater gähnte. Der kleine Mensch trällerte in seiner aufgeweckten Fröhlichkeit vor sich hin.

»Teiresias!«, sagte Viktoria. »Teiresias, der blinde Seher in *Antigone*, wird von einem Kind geführt. Wie schön. Ein wirklich schönes Bild: Die alte Erfahrung braucht die unverdorbene Jugend als Leitsystem.«

Matteo und Viktoria bogen vor dem Kreuzgang am Ende der Radetzkystraße nach links die Kinkstraße hinauf. Villen in allen Stilen säumten die Straße, gediegenes Bürgertum, das nicht protzte, sondern seine Saturiertheit in aller Bescheidenheit hinter Türen verschlossen hielt.

»Siehst du die Villa dort vorne? Sie gehörte einem KZ-Arzt. Er hat sich nach dem Krieg umgebracht, erhängt! Nicht, weil er plötzlich Schuldgefühle bekam. Nein, er fühlte sich verloren.«

Viktoria lachte und schüttelte den Kopf. »Verloren, nicht besiegt. Verloren. Allein gelassen, verstehst du? Sein System hatte ihn im Stich gelassen. Seine Überzeugungen stießen nach einer kollektiven Hysterie mit einem Male auf eine kollektive Ablehnung. Nicht verworfen! Man hatte seine Ideologie nicht verworfen, aber man wollte nicht mehr mit ihr leben. Das war es. Es war den anderen Mitläufern unangenehm, und darum ließ man ihn im Stich. Der Arme war einsam und verloren in dieser Welt, und darum brachte er sich um. Er folgte seinem inneren Gesetz. Er folgte einer Überzeugung, die ihm jemand implantiert hatte. Er konnte nicht anders. Es war ein Gesetz der Unmenschlichkeit. Aber es ist das Schicksal jedes Menschen, dass er auch zur Unmenschlichkeit fähig ist. Jeder Mensch hat die Freiheit, dies zu tun.«

Kleine Falten bildeten sich auf Viktorias Stirn. Sie senkte den Blick und fuhr fort: »Er kann mehr tun, als er darf.«

»Erzähl mir von Antigone«, fuhr Matteo mitten zwischen ihre Gedanken hinein. »Was ist mit ihr? Warum verfolgt sie dich?«

»Wir sprechen die ganze Zeit schon von ihr.« Viktoria blickte zu Boden.

»Wo sind wir hier? – Stollenweg. Viktoria, du hast mich ganz bewusst hierher geführt. Was willst du mir sagen? Hör endlich auf, mit mir Verstecken zu spielen.« Matteo wollte Viktoria an den Schultern festhalten, aber sie entzog sich ihm und ging auf eine Art Garagentor zu.

»Antigone wurde in eine Höhle gebracht. Man gab ihr etwas zu essen, damit sich ihr Todeskampf hinauszögere. Aber sie machte allen einen Strich durch die Rechnung und erhängte sich. Sie entzog sich der Verurteilung nach einem fremden Gesetz und wählte ihren eigenen, ganz persönlichen Tod. Sie erhängte sich. – Wir wollen nun einen Blick in Antigones Höhle werfen. Wenn Sie mir bitte folgen wollen. Die Führung ist heute gratis.«

Viktoria holte einen Schlüssel unter einem Stein hervor und öffnete die schwere Eisentür.

»Der Stollen bot im Krieg Schutz vor den Luftangriffen der Alliierten.«

Der Stollen war also tatsächlich vorhanden, und er spielte in dieser seltsamen Geschichte eine Rolle.

Viktoria griff ins Dunkel des Bunkers und nahm eine Petroleumlampe vom Haken, der auf der Innenseite der Tür angebracht war. Nach einigen vergeblichen Versuchen brannte die Lampe endlich. Ein matter gelblicher Schein zog einen schwankenden Kreis auf dem trockenen Lehmboden. Nur die Luft war feucht, warm und angenehm frisch.

»Das Entlüftungssystem funktioniert immer noch. Frische Luft, ein trockener Boden und das Gefühl, von einem mächtigen Berg beschützt zu werden, das reichte für viele Menschen, um wieder etwas Mut zu fassen, nicht aufzugeben, weiterzuleben. Sie hatten nichts, aber an dem bisschen Leben hingen sie alle.«

Sie gingen tiefer in den Berg hinein. Der Stollen folgt den Linien auf dem Tapetenplan aus Eisenkappel, dachte Matteo. Vielleicht hatten sich die Helden aus dem Unterland um den SS-Arzt Schulte auch hier getroffen.

Viktoria schob einen Vorhang beiseite, der an einem Drahtseil befestigt war. Dahinter standen ein einfaches Klappbett, ein paar Stühle, Gartengeräte und ein kleiner Gaskocher. An der Felswand hing eine Gaslaterne. Viktoria zündete sie an. Etwas abseits von der Möblierung befanden sich Decken und ein Paravent. Auf dem standen mit Spraylack die Wörter *Stolz* und *Zorn* geschrieben.

»Was ist hier geschehen?«, fragte Matteo und ahnte die Antwort bereits. »Tante Dora!«, sagte er.

»Du hast recht«, antwortete Viktoria. Sie schien auf diesen Moment gewartet zu haben.

»Peccatum grave! – Schwerwiegende Sünden sind auch Stolz und Zorn. Wer saß hinter diesem Paravent?«

»Ich! Wer sonst. Oma Dora hätte mich erkannt. Sie kennt jeden Schritt und jede Handbewegung von mir. Ich durfte auch keinen Laut von mir geben. Aber ich habe zugehört. Stundenlang habe ich zugehört. Wir haben sie gezwungen zu reden. Jahrelang hatte sie Zeit dazu gehabt. Sie hätte alles das verhindern können, hätte sie rechtzeitig … Sie hat geschwiegen. Jetzt musste sie reden.«

»Wer ist wir?«

»Das kannst du dir denken. Natürlich denkst du zuerst an Andrea – er kam später dazu und half, wann immer du ihn nicht brauchtest. Nenn es Liebe. Ich glaube, er liebt mich. Es waren Freunde und der Tetra-Beck, die haben uns geholfen. Er wohnt manchmal hier im Bunker. Er ist sozusagen der Hausmeister unseres Stollens, mein persönlicher Blockwart.«

Wahrscheinlich hatte sie auch mit ihm geschlafen, dachte Matteo. Er konnte sich keinen anderen Weg vorstellen, wie man sonst einen Menschen in kurzer Zeit für diese ungeheuren Taten zu gewinnen vermochte. Viktoria setzte sich hinter den Paravent und begann zu erzählen. Matteo nahm sich einen Stuhl.

»Nicht nur du hast einen verlorenen Elternteil wiedergefunden. Ich habe meine Mutter wiedergefunden. Aber sie lebt noch. Mir erging es besser als dir. Sie lebt tatsächlich noch, auch wenn sie von der Welt nur wenig mitbekommt – sie ist ihr wenigstens nicht abhandengekommen.«

Matteo hob eine Fotografie vom Boden auf. Sie zeigte fünf Männer, die vor einem Stolleneingang stehen, auf Schaufeln gestützt, einige mit Mützen, einer hat einen Luftschutzhelm auf. Sie blicken mit ernster Miene in die Kamera. Einer der Männer hält kein Werkzeug in der Hand, Valdemaro Berg.

»Ich habe meine Mutter beim Schwammerlsuchen auf der Krassnitz gefunden. Die wunderbarsten Herrenpilze – und mittendrin meine Mutter. Sie saß da ganz ruhig auf einem Baumstamm und schien auf etwas zu warten. Vielleicht auf mich. Ich erkannte sie nicht, wie sollte ich auch. Ich habe sie ja nicht gekannt. Es gibt auch keine Bilder. Ohne an etwas zu denken, setzte ich mich etwa zehn Meter von ihr entfernt in den Schatten eines Baumes und wartete. Vielleicht wartete ich auf sie? Dann stand sie auf und kam näher, kniete sich vor mich hin und sagte: Mein Mädchen, kleines, liebes Mädchen. Du sollst nicht fortlaufen. Im Wald kann man sich verlaufen. Ich habe dich überall gesucht. Zum Glück ist dir nichts geschehen.

Dann nahm sie ein Taschentuch heraus, spuckte hinein und wischte mir das Gesicht sauber. Sie nahm mich in den Arm und ... Ich weiß nicht, wie lange wir so dasaßen ... Dann forderte sie mich auf, mit ihr nachhause zu gehen. Es sei Zeit für das Mittagessen, der Schmarrn sei schon fertig ... Ich legte meine Handflächen in die ihren. Wir hatten die gleichen Hände. Also ging ich mit ihr.

Nannerl Berg wohnte unter ihrem richtigen Namen im ehemaligen Gasthof auf der Krassnitz. Die Wirtsleute hatten schon vor langer Zeit einen Vertrag mit der Psychiatrie des Landeskrankenhauses Graz abgeschlossen und zwölf mehr oder weniger behinderte Menschen in Kost und Pflege aufgenommen. Eine Außenstelle des Krankenhauses war das. Das Gasthaus ging nicht mehr so gut wie in früheren Jahren, und mit dieser Nebeneinnahme konnte man sich leichter über Wasser halten. Ich zeigte den Wirtsleuten meinen Führerschein, und sie ließen mich in ihren Aufzeichnungen lesen. Die Krankengeschichte meiner Mutter war hier in ein paar Schulheften zusammengefasst. Viele Stationen, immer wieder abgeschoben. Dora Muschhausen wollte Nannerl Berg nicht haben.

Als gelernte Krankenschwester hatte sie schon bald nach der Geburt an der Mongolenfalte gesehen, dass dieses ihr Kind nicht normal war. Das passte nicht in den Lebensplan des Herrn Muschhausen. Es passte nicht und wurde gestrichen. Anna Berg wurde in Pflege gegeben. Langsam wurde sie erwachsen.

Dann verdiente sie sich etwas Geld mit Reinigungsarbeiten in der Grazer Psychiatrie, wo sie auch medizinisch betreut wurde. In ihrer Freizeit spazierte sie manchmal nackt durch die Stadt oder entblößte in der Straßenbahn ihre Brüste, hob den Rock vor Knabengymnasien und vieles mehr. Ein Pfleger verging sich bald einmal an ihr, und sie wurde schwanger.

Viktoria, die Siegreiche, wurde geboren. Inzwischen war der kränkelnde Herr Muschhausen, deutscher Industrieller, verstorben, und Dora Berg-Muschhausen wagte es, auf ihr Gewissen zu hören. Sie nahm der Tochter die Tochter und zog die kleine Viktoria auf. Die Mutter blieb, wo sie war.

Hier auf der Krassnitz war Anna Berg nun schon über fünfzehn Jahre. Ihr Zimmer teilte sie mit einer anderen Patientin. Unter ihrem Bett hatte sie einen Koffer, in dem sie ein Paar selbst gefertigte Babyschuhe aufbewahrte. – Ich habe sie gesehen!«

Nichts regte sich im Bunker. Zwei Lichtkegel erhellten nur schwach den Raum. Zwei Menschen saßen mit dem Rücken gegeneinander und warteten.

»Wir haben uns dann öfters getroffen. Ich habe meine Mutter öfters besucht. – Es hätte anders kommen können. Warum es nicht anders kam, fragte ich Oma Dora hier in diesem Bunker. Sie antwortete nicht. Ich sagte ihr nicht, dass ich meine Mutter wiedergefunden hatte. Ich fragte nur, wo sie war, warum ich nichts von ihr wisse.

Oma Dora schwieg. Da entschloss ich mich, die beiden Frauen zusammenzubringen. Die beiden

Männer vom Heiligengeistplatz halfen mir. Sie brachten meine Großmutter hierher und versorgten sie. Mich hat sie hier anfangs nicht zu Gesicht bekommen. Ich blieb hinter der Wand verborgen. Dora Berg erzählte den beiden lang und breit von ihrer Jugend. Kein Wort über ihre Tochter. Als sie sich dann einmal nach einer unruhigen Nacht im Bett aufsetzte, nahm ich meine Mutter bei der Hand und führte sie zu ihr, nahm ihre Hände und gab sie in die Hände Oma Doras. Ihr Blick erlosch sogleich. Sie blickte durch ihre Tochter hindurch und sah sie nicht mehr. Von dem Moment an redete sie nur noch Unsinn, und wir beschlossen, sie gehen zu lassen. Was sollte ich noch mit ihr?«

Viktoria erzählte von Doktor Georg Renno, dem stellvertretenden Leiter der Euthanasieanstalt Hartheim.

»Ihm machte man lange nach dem Krieg in Frankfurt den Prozess. Das Verfahren wurde aber im Dezember 1975 eingestellt. Kurz vor seinem Tod sagte Doktor Renno: Es war eine Erlösung. Mit diesem Gefühl gehe ich einmal von hier fort. Ich gehe wieder zurück in die Ewigkeit, wo ich hergekommen bin. Alles andere ist nicht gewesen. – Nicht gewesen, nicht gewesen«, wiederholte Viktoria monoton. »Er nahm für sich Erlösung in Anspruch. Jeder kann das. Auch ich stelle den Anspruch.

Es war alles freiwillig. Kein Arzt und keine Schwester im Krankenhaus Klagenfurt waren zum Töten gezwungen. Sie mussten nicht, wenn sie nicht wollten. Schwester Paula wurde 1945 von der Kriminalpolizei gefragt, ob sie glaube, dass ihr etwas passiert wäre, wenn sie abgelehnt hätte. Nein, sagte sie, ich glaube kaum, dass mir im Falle der Ablehnung der Tötungsdurchführungen etwas passiert wäre. Man hätte mich höchstens auf eine andere Abteilung versetzt. Schlimmstenfalls hätte man mich entlassen. Ab 1940 wurden im Krankenhaus Klagenfurt wöchentlich zwei bis drei Patienten *befördert*. Sie taten nur ihren Dienst und töteten als Fleißaufgabe.«

Matteos Augen hatten sich allmählich an das Halbdunkel gewöhnt. Was beim Eintreten noch schwarz war, wurde langsam grau, und wo früher dunkle Flächen waren, setzten sich nun mehr und mehr Konturen vom Hintergrund ab. Bedrückende Stille machte sich breit, eine Stille, die nicht zusammenführte. Matteo spürte, dass sie sich zwischen ihn und Viktoria drängte. Es störte ihn, dass sie sich hinter einem Wandschirm verbarg. Er trat auf den Paravent zu und faltete die eine Hälfte zusammen, sodass der Schriftzug *Zorn* nicht mehr zu lesen war. Neben Viktoria kauerte eine weitere Gestalt, die sich die ganze Zeit über völlig lautlos verhalten hatte.

»Wer sind Sie? Was machen Sie hier?« Matteo konnte sein Erschrecken nur schlecht verbergen.

»Eine seltsame Frage«, antwortete die Gestalt, ohne sich zu rühren. »Ich wohne hier. Sie befinden sich in meinem Wohnzimmer, und ich erinnere mich nicht, Sie eingeladen zu haben.« Die Gestalt schlug eine Decke zurück, die sie sich über die Schultern geworfen hatte.

»Darf ich euch bekannt machen«, mischte sich Viktoria dazwischen. »Mein Cousin und Vertrauter Matteo, mein Freund und Vertrauter Josef Beck.«

»Danke, wir hatten schon das Vergnügen«, antwortete Josef Beck. »Wir haben sogar einen gemeinsamen Freund, nicht wahr? Den Hofrat Grasl. Ein netter, wenn auch etwas schrulliger Beamter, den seine Liebe zur österreichischen Monarchie gefangen hält. Aber man kann sich mit ihm arrangieren. Ein bisschen Verwirrungstaktik, ein bisschen Nostalgie, und schon hat man ihn auf seiner Seite, nicht wahr, Herr von Berg?«

Beck stand nun neben Matteo und musterte ihn. Nicht der geringste Anflug von Verwunderung lag in seinem Blick, den er lange auf Matteo gerichtet hielt. Hier war er der Herr, und er gewährte noch das Gastrecht, in dessen Sicherheit sich Matteo vorerst wiegen sollte. Ein wenig kultivierter als beim letzten Treffen im Schillerpark kam ihm der Tetra-Beck vor. Ein sauberes Hemd und eine Weste, sorgfältig zugeknöpft, dazu eine kurze Hose und Sandalen. In der linken Hand hielt er Tante Doras schwarzen Spazierstock mit dem silbernen Griff. Etwas zusammengewürfelt wirkte die ganze Erscheinung, aber Herr Beck stellte sie mit ungetrübtem Selbstbewusstsein zur Schau.

»Meine Gefährtin, die liebenswerte Frau Erna, muss ich leider entschuldigen. Sie ist etwas indisponiert. Die Chemie, Sie verstehen. Sie muss sich leider einem längeren Spitalsaufenthalt unterziehen. Die Leber spielt nicht mehr mit, sie wird immer kleiner. Ich verstehe immer noch nicht, wie etwas, das schrumpft, als Problem immer größer werden kann. Dann noch diese Dämpfe aus den Lackdosen – Verätzungen der Luftwege.«

Beck verstand es perfekt, den Konversationshabitus einer besseren, längst der Vergangenheit angehörenden Gesellschaft zu gebrauchen und diesen auch noch mit einer Portion Sarkasmus zu unterlegen. Es war zwar schwer vorstellbar, dass sich dieser Mann einmal in anderen Kreisen als den derzeitigen bewegt habe, vielmehr erweckte er den Eindruck, als reproduziere er reminiszierend, wie dieser gute Ton einmal geklungen haben könnte. Auch seine Handbewegungen wurden bewusst ins Spiel gebracht, blieben rund und unterstützten dezent seine ironisierenden Ausführungen.

Beck legte es darauf an, sich in Szene zu setzen. Ein kultivierter Mensch baute sich vor Matteos Augen Stück um Stück zusammen. Dennoch stimmte alles in allem nicht. Matteo fühlte sich unbehaglich. Über seine eigene Welt wurde hier gewitzelt. Sein familiäres Biotop, seine geborgte Behaglichkeit, mit der er sich arrangiert hatte, wurde hier ins Lächerliche gezogen. Solange er denken konnte, hatte er selbst immer wieder zum eigenen Vergnügen die verschiedenen familiären Eigentümlichkeiten als Ausdruck einer verstaubt bürgerlichen Lebensweise ironisiert und seine Familie auf die antiquierten Rituale der Wohlbefindlichkeit hingewiesen. Er durfte. Nun aber wurde er in die Rolle des Verteidigers eines Reglements gedrängt, das er zwar immer wohlwollend belächelt, immer aber auch mit einem Quantum Ablehnung bedacht hatte. Nur ihm, ihm allein, stand das zu, dieses Wechselbad aus Ablehnung und Akzeptieren – ihm allein als liebendem Zweifler. Und da tauchte plötzlich ein Mensch auf, katalogisierte, provozierte und belächelte ihn. Matteo fühlte sich angeekelt. Beck hingegen entglitt ihm mehr und mehr, je ärgerlicher er selbst in seiner Rolle agierte. Kaum gab es noch Angriffsmöglichkeiten, zu schnell verselbständigte sich das Spiel zugunsten Becks. Mit Leichtigkeit, ohne nennenswerte Anstrengung, versetzte er Matteo einen Seitenhieb nach dem anderen und schien sich gleichzeitig für seine Überlegenheit entschuldigen zu wollen. Matteo war hier der in die Defensive gezwungene Bourgeois, der so zu sein hatte, weil man ihn so sehen wollte, und der seinen Part zu spielen hatte. Von Beck zugewiesen und von Viktoria akzeptiert.

»Unglaublich, was Sie sich da herausnehmen«, hörte sich Matteo sagen.

»Man kann nur etwas herausnehmen, wenn vorher jemand etwas hineingegeben hat. Haben Sie jemals etwas dazugegeben? Oder waren Sie auch nur am Rande irgendwie beteiligt? Wie all Ihre Verwandten in den Kriegsjahren nur anwesend, aber nicht beteiligt waren. Menschen, die nichts verhindern konnten, aber auch nichts verändern wollten und durch ihre Passivität ein System ermöglicht haben. Schuldige Beobachter, Menschen, die wegsehen, damit etwas geschehen kann! Unschuldige Verursacher! Zulassungstäter!« Beck ließ Tante Doras Stock durch die Finger gleiten.

»Es steht Ihnen nicht zu ...«

Beck unterbrach Matteo: »Wer hat das Recht, Zuständigkeiten zu verteilen! Sie vielleicht? Wie legitimiert sich Ihr Recht?«

Matteo gefiel Becks Ton nicht. Er war anmaßend und distanzlos. Wie kam dieser Mensch, den er kaum kannte, dazu, ihn in dieser Art herauszufordern!

»Woher nehmen Sie das Recht, sich in meine Familienangelegenheiten einzumischen?«

»Viki gab mir den Auftrag, weil Sie versagt haben!« Er sagte Viki zu Viktoria.

Jede Abkürzung ist auch eine Verkürzung der Abstände. Wie nahe sie sich gekommen waren, wagte Matteo in diesem Augenblick nicht zu denken. Die Vorstellung, dass dieses ungewaschene Subjekt seine Viktoria berührt, seinen stinkenden Körper an sie gedrückt hatte, war für ihn unerträglich. Gar nicht daran zu denken, dass er Viktoria durch diese Nähe erregt haben könnte.

Beck klopfte mit dem Silbergriff auf Matteos Schulter und näherte sich seinem Gesicht, sodass Matteo seine Weinfahne riechen konnte.

»Es gibt Menschen, die nicht einfach zur Tagesordnung übergehen können, wenn sie einmal erfahren haben, welche Rolle harmlose, liebenswerte Verwandte in einer Zeit des Grauens gespielt haben. Das Grauen braucht auch die still duldende, beobachtende, eingeschüchterte, faszinierte Masse, die ihm durch ihre Angst huldigt. Feigheit ist Zustimmung! Ihre Verwandtschaft hat immer zugestimmt. – Ein konformes Haus.«

Matteo schob den Spazierstock beiseite. »Beck, Sie Parasit! Mästen sich am Wirt und bringen ihn letztlich um. Fantastisch! Ein bisschen gekränktes Selbstbewusstsein, ein wenig schweres Familienschicksal, eine Prise verkorkstes Studium – fertig ist der Cocktail der Erbärmlichkeit.«

Matteo kam in Fahrt und dachte nicht daran, sich einzubremsen. Er begann Gefallen an seinen Aggressionen zu finden.

»Wenn man ins Theater gehen will, findet man es überall. Was für ein wunderbares Schauspiel. Was sage ich Schauspiel – eine Tragikomödie ersten Ranges! Die Rollen sind perfekt verteilt. Die Handlung spitzt sich zu.«

Viktoria klatschte begeistert in die Hände. Nun war wieder Beck an der Reihe:

»Sie sind das Abbild Ihres Großvaters. Stark nur im Rudel, ansonsten ein Meister im Aufbau von

Scheinwelten, eingebildeten Wirklichkeiten und Familientrugbildern, hinter denen man sich verstecken kann, die man vorschieben kann, wenn andere längst Farbe bekennen. Ihre Farbe ist kein Bekenntnis, das klägliche Braun sickert durch. Was sind Sie doch für ein aufgeblasener Popanz!«

Wieder klopfte er mit dem silbernen Griff des Spazierstocks auf Matteos Schlüsselbein. Beck drang nicht nur in seine Intimsphäre ein, er benahm sich, als wäre er längst ein Teil davon, als gehörte er zur Familie, als stünde ihm das Recht zu, einzufordern, worum sich alle anderen nur herumdrückten.

»Halten Sie den Mund! Halten Sie endlich den Mund, Sie Scheißkerl! Was haben Sie im Leben schon geleistet, Sie Nichts! Was hat die Gesellschaft von Ihrem nichtsnutzigen Dasein? Welchen Beitrag leisten Sie für unsere Gesellschaft?«

Matteo riss Beck den Spazierstock aus der Hand.

»Sozialschmarotzer nennt man solche Individuen wie Sie. Frührentner auf Kosten der anderen. Sie sind es nicht wert, überhaupt bemerkt zu werden. Das einzige Recht, das Sie besitzen, ist das Recht auf Strafe.«

Matteo hob den Stock und schlug auf Beck ein. Der erste Schlag traf die Schulter. Beck krümmte sich. Der zweite Schlag traf das Nasenbein. Der Knochen brach knirschend, und ein Strom Blut ergoss sich auf den steinigen Boden. Es klang, als hätte jemand einen riesigen Käfer zertreten. Beck ging in die Knie. Wie eine Kakerlake zuckte er auf allen dreien dahin. Die vierte hielt sich die blutende Nase. Ein gezielter Tritt traf die Rippen dieses Insekts. Es knackte wieder, und die Fluchtversuche des verwundeten Tieres stockten. Dann suchte der getroffene Käfer in einer Ritze hinter dem Paravent Schutz. Viktoria flüchtete von ihrem Platz und hielt sich ein Taschentuch in den Mund, um nicht zu schreien. Matteo bekam ein Hinterbein des Ungeziefers zu fassen und trat mit festem Schritt darauf. Nun konnte es nicht weiter. Es war in der Falle. Es zappelte. Es wimmerte. Es blickte angstvoll nach oben. Es legte sich zur Seite und stellte sich tot.

Matteo nützte die Gelegenheit und schlug mit dem Stock auf das Insekt. Diesmal krachte der Stock. Viktoria hielt sich die Ohren zu. Sie atmete schnell. Ihr Gesicht war zur Wand gekehrt. Sie fürchtete sich vor Spinnen und Insekten. Sie waren überall, und sie waren flink. Bevor man sich versah, hatten sie sich unter dem Röckchen versteckt und krabbelten an den unanständigsten Stellen. Viktoria hüpfte auf dem Stand und schüttelte sich. Ihre Hände streiften die Tiere von der Kleidung. Mit ihren Füßen trampelte sie auf ihnen herum.

»Kammerjäger! Kammerjäger!«, zischte sie zwischen den Zähnen hervor.

»Hier bin ich, keine Angst, hier bin ich, und ich weiß, was zu tun ist«, antwortete Matteo mit leiser Stimme. Er hatte inzwischen den Stock umgedreht, benutzte ihn wie einen Golfschläger und drosch auf den Kopf des Ungeziefers ein.

»Befreien Sie mich! Ich bitte Sie!«

»Keine Angst, mein Fräulein, keine Angst! Ihr Wunsch sei mir Befehl.« Matteo saß auf dem Rücken des sich windenden Geschöpfs und legte den Stock unter dessen Kinn.

»Herr Kakerlak belästigen feine Fräuleins, stören die Ordnung, gefährden durch Ihr wirres Gezirpe das Gefüge unserer Gesellschaft. Es ist Tradition, dass man sich schützt vor derlei Ungeziefer. Sie kacken auf die Bettwäsche, Sie legen Ihre Eier in die Lebensmittel. Sie waten im Kot und spazieren über Marmeladebrote. Macht man das? Ich frage Sie, Herr Kakerlak, macht man das?« Der Kakerlak stöhnte. Sein Gesicht war rot. Mit seinem unversehrten Fühler wischte er sich über die Augen. Matteo zog den Spazierstock höher. Der Kakerlak streckte sich. Dann ließ er los und stand auf. Das Insekt fiel in sich zusammen und schluchzte:

»Wie groß ist wohl das Universum? Glauben Sie, man kann es sich in so einer kleinen Höhle vorstellen? Der Mensch glaubt, dass er es kann, dass er alles kann. Welchen Stellenwert nimmt in diesen Dimensionen ein Wesen wie Sie ein? Wohl keinen. Das aber stört das Individuum, wenn es nicht mehr beachtet wird. Es wird übersehen, übergangen, ignoriert. Also entwickelt es Strategien der Auffälligkeit. Es schmückt sich. Zum Beispiel mit Überzeugungen. Andere wieder mit Ideologien. Ein Nichts maskiert sich, bastelt sich ein kleines Weltbild zusammen und trägt es stolz vor sich her. Seht her, ruft der kleine Mann, der nun gewachsen ist, seht her – ich denke! Seht her, ich habe Überzeugung. Ich bin! Ich bin nun kein Nichts mehr, ich habe es zu Eigenartigkeit gebracht. Ist das nicht eigenartig?«

Matteo seufzte tief und schlug noch einmal auf das flüchtende Getier unter dem dunklen Kleiderbündel. Er erwischte es, bevor es sich aus dem Lichtkegel der Petroleumlampe schleichen konnte.

»Und dabei ist es bloß eine Küchenschabe, eine jämmerlich krabbelnde, philosophierende Küchenschabe, die um ein bisschen Leben und Anerkennung winselt. Die Anerkennung gebührt ihr, ja, aber nur ausgetrocknet und aufgenommen in die Sammlung eines Insektenforschers. Aber die Kakerlake richtet sich auf, fährt ihre Fühler aus und sucht Respekt. Den kann sie haben. Dabei beschmutzt sie andere, macht ihre Späßchen über Tradition und verbindliche Werte und täuscht andere, indem sie vorgibt, gar keine Kakerlake zu sein. Was verdient ein solches Insekt? – Hätten Sie doch geschwiegen. Hätten Sie doch Ihre Überflüssigkeit nicht zur Schau gestellt, Sie Insekt.«

Viktoria konnte ihr Lachen nicht mehr zurückhalten und prustete aus vollem Halse. Dann tastete sie sich näher an Matteo.

»Niemand hört dich, niemand sieht dich. Es ist, als wärst du nicht hier, ich nicht hier, niemand. Niemand kennt diese Höhle. Ich lösche die Lampen. Was man nicht sieht, ist nicht!«

Viktoria löschte die beiden Lampen. Im Dunkel hörte man nur den schweren Atem Becks. Er lag auf dem Boden, und sein Röcheln wurde durch stoßartige Hustenanfälle unterbrochen. Langsam lösten sich aus den Geräuschen ganze Sätze:

»Ich bin Österreicher. Ich bin stolz, ein Österreicher zu sein. Eine unvergleichliche Kultur haben wir geschaffen. Sie ist an der Ignoranz der Nachgeburten gescheitert. Nichts überlebt, was nicht geschätzt wird. Wir haben Amerika in den Himmel gehoben. Alle anderen waren wichtiger als wir. Wir haben unsere großen Söhne vergessen: Otto Weininger, Richard Coudenhove-Kalergi, Karl Popper, Hermann Broch, Eduard Hanslik, Ludwig Wittgenstein, Georg Lukács, Sigmund Freud, Ernst Mach, Joseph Roth, Rainer Maria Rilke, Stefan Zweig. Der österreichische Geist hatte die Größe, einen ganzen Kontinent, ein geistiges Europa zu formen. Es gibt eine anonyme österreichische Nationalität, die sich nur in extremen Krisenzeiten in Worten manifestiert; so in den Türkenkriegen, so im Kampf gegen Napoléon, so kurz um 1860, dann 1914, dann ab 1933 und ab 1938. Und jetzt. Ein Aufschrei gegen das beharrliche Unvermögen, gegen den Maßstab der Massenkultur.

Wir sind an den Ausharrenden, an den Zauderern und an den Abwartenden zugrunde gegangen. Die Nichtbeteiliger verhindern nun die Erinnerung, blockieren den Aufschwung und leiten ihn in den Abgrund um ... Wir sind umgeben von Bergs, ein Bergmassiv, eine

Familie, die hinter Hecken und Büschen zusammengevögelt wurde ...!«

Dann war Stille, die sich durch das Atmen dreier Menschen in kleine Stücke zerteilte. Die Finsternis nahm die Geräusche auf und warf sie durch den Raum. Heiße, saure Luftströme, die gegeneinanderstießen, bildeten die Meridiane eines Universums der Angst.

»... Wer, wenn ich schriee, hörte mich denn aus der Engel Ordnungen? ... Ich habe Sie nicht bestraft, ich habe Ihnen einen Streich gespielt. Auf geheimen Wegen miteinander verbunden, haben Viki und ich eine Aktion der Belehrung eingeleitet. Aufklärungsarbeit gegen die Vernebelungstaktik Ihrer Familie. Kurze Zeit herrschte Einsicht. Dora Berg war schuldig. Und Volker Berg, der würdige Großvater ...«

»Dann aber wurde es wieder finster, nicht wahr? Matteo! Zeitgerecht kam ein dunkler Schleier aus meinem Schoß über dich, wie ein Nebelvorhang des Vergessens, der auch noch persönlich kommen wird. Ich verspreche es dir.« Viktoria berührte Matteo. »Wer sich verteidigt, hat die Schuld angenommen.«

Matteo öffnete seine Augen weit. Kein Licht traf auf die Netzhaut.

»Es ist bereits alles vergessen. Es ist alles dunkel. Niemand ist hier. Ich bin nicht ... Keiner kennt ... Nicht ... niemals.«

Matteo streifte mit dem Stock in kleinen Halbkreisen über den Boden, bis er auf das Fetzenbündel traf. Mitten hinein stieß er den Stock und legte das ganze Gewicht seines Körpers darauf. Knirschend bahnte sich die Spitze ihren Weg durch den Haufen. Matteo nahm die Hände vom Stock, hielt sie im Halbkreis um den Griff. Er bewegte sich nicht.

»Ich bin die Einzige, die noch einen Schlüssel hat. Wir gehen, und ich werfe ihn fort. Niemand sonst hat hier Zugang.«

Viktoria nahm Matteo bei der Hand, und die beiden verließen den Stollen. Die Helligkeit des frühen Morgens blendete ihre Augen. Nur sehr langsam gewöhnten sie sich an das Licht. Es regnete leicht.

Dammbruch

Klagenfurt liegt an der Glan. Das ist wenigen Einwohnern wirklich bewusst. Klagenfurt liegt am Wörthersee, das klingt großzügiger, nützt dem Tourismus und stimmte dennoch lange Zeit nicht. Zwischen dem Vorort Waidmannsdorf und dem See war lange Zeit und über weite Strecken hin Sumpfgegend. Schwarze, schwere Erde, immer feucht, an heißen Tagen modrig riechend. Mit dem Rad konnte jeder diese Abkürzung durch den Morast nehmen. Scharfes Schilf und andere spitze Gräser machten aber Fußgängern den kurzen Weg zum Strandbad beschwerlich.

Die Glan begleitet die Feldkirchner Straße ein Stück und gelangt dann in das Gelände des Krankenhauses, durchläuft es und hält sich im Nordosten der Stadt, macht schließlich einen leichten Bogen, um in Ebenthal die Landeshauptstadt wieder zu verlassen. Ganz ist sie nie ins Bewusstsein der Klagenfurter gedrungen. Vielmehr gehört sie zu St. Veit. Es heißt auch St. Veit an der Glan. Aber dort sieht man den kleinen Fluss auch nicht.

Die Glan umgeht das städtische Gebiet. Sie fühlt sich dem Land näher, dem Zollfeld, das sie durchkreuzt. Von der Straße her sieht man sie nicht. Sie hat sich abseits ihren eigenen Lauf gebildet und verzichtet auf eine großzügige Präsenz, wie sie etwa die Drau in Villach oder in Spittal für sich in Anspruch nimmt.

Nun bekommt sie einen neuen Stellenwert. Die großzügige Umgestaltung des Landeskrankenhauses bringt das mit sich. Platz wird benötigt. Also wird die Glan verlegt. Ein neues Flussbett läuft im Norden des Geländes den Spitalberg entlang. Böschungen werden errichtet und Verbauungen angelegt. Bepflanzungen verschönern die Bachbettseiten. Eine tiefe Rinne, eine im Bogen verlaufende Narbe zieht sich durch einen Stadtteil, und neue Brücken entstehen. Die Ufer sind sanft ansteigend. Grünflächen sollen die Glan zu einem Teil des Naherholungsgebietes fast mitten in der Stadt machen. Die Menschen freuen sich. Ein Fluss belebt jede Gegend. Er bringt Bewegung in die Landschaft.

Die Glan wird deutlich in den Lebensraum der Klagenfurter eingebunden. Noch stärker als bisher soll Freizeit hier verbracht werden. Einmal werden dann an den neuen Ufern junge und alte Menschen sitzen, auf das Flüsschen schauen und an der Farbe des Wassers vorhersagen, ob es schön bleibt oder ob Unwetter aufziehen. Sie werden ihrem Bedürfnis nachgeben, Steine hineinzuwerfen. Vielleicht ist sogar an Fische gedacht. Laichplätze mitten in der Stadt, das würde zu Klagenfurt, der Gartenstadt, passen.

Schon lange hatte man in Klagenfurt einem Fluss nicht mehr so viel Aufmerksamkeit geschenkt. Aber jetzt war es bald so weit. Der Durchstich vom alten Flussbett hin zum neuen sollte bald erfolgen. Jeden Tag fanden sich Fußgänger an den noch trockenen

Ufern und warteten, beobachteten, ob endlich jene hektische Betriebsamkeit in die Tätigkeit der Bauleute komme, ob die einen Feuerwehrleute mit Zündkabeln anrückten, andere großräumig abzusperren versuchten, ob das Fernsehen den historischen Augenblick aufnehmen werde, den man keineswegs verpassen wollte.

Der Dammbruch und die erlösende Ergießung von Flutwellen in das frisch bereitete Bett ließen auf sich warten. Es hatte in den letzten Tagen zu viel geregnet. Zu viel Wasser war vorhanden. Es würde, einmal losgelassen, die Bettbepflanzung mit einem Streich wegwaschen, fort nach Ebenthal spülen. Die ganze Mühe wäre umsonst gewesen. Also galt es abzuwarten, bis der Pegel sich senkte, bis wieder Ruhe eingetreten war. Dann konnte man an weitere Schritte denken.

Die Spannung steigt. Keiner will den Moment verpassen. Ein Triumph hoher Ingenieurskunst. Und doch ist es ein Eingriff in die Natur. Kann das gut gehen, dass sich wieder einmal die Natur den willkürlichen Eingriffen des Menschen unterzuordnen hatte?

Das Unvorstellbare geschah. Die Glan brach den Damm und bestimmte sich den neuen Lauf selbst, ungeachtet des öffentlichen Interesses an der geplanten feierlichen Eröffnung.

Die Natur wehrt sich manchmal auffällig, sammelt sich gegen die oft schmerzlichen Veränderungen, ist bereit, fortzuschwemmen, wegzuwischen, was ihr aufgezwungen wurde. Eine Unachtsamkeit des Menschen, einen Moment zu früh die Schleusen geöffnet, und die ungebündelte Kraft des Wassers gießt sich über Menschenwerk hinweg und vermag es zu zerstören. Kluge Menschen wissen das. Sie warten das Toben der Naturkräfte ab, bis wieder Ruhe einkehrt. Dann verrichten sie ihre Arbeit. Sie arbeiten nicht dagegen, sondern konform, wenn die Gefahr erkennbar ist. Einem dünnen Flüsschen aber bieten sie nur allzu leicht die Stirne. Doch wehe, wenn es wächst!

Schwerkranke Menschen werden aus den Fenstern der neuen Gebäude des Krankenhauses schauen und ein wenig Frieden verspüren, wie jeder andere auch, der längere Zeit auf das gleichmäßige Strömen blickt. Vielleicht wird es ihnen dadurch ein wenig besser gehen. An den Sommerabenden wird kühle Luft aufsteigen und in die Wohnzimmer der Anrainer dringen. Sicherlich wird die Glan nicht auffällig plätschern, dazu ist ihr Bett zu breit angelegt.

Einmal gab es in Klagenfurt einen Feuerbach. Auch ihn kann man nicht mehr sehen. Er verläuft unter der Bahnhofstraße vom Norden in den Süden der Stadt. Er wird nicht mehr benötigt. Keine Holzhäuser müssen von den Bewohnern bei Brandausbruch begossen werden. Er ist zu einem Kanal geworden. In ein unterirdisches Rohr verfrachtet, erinnern sich nur noch sehr alte Bürger, wie es war, als er beim Stadthaus heraussprudelte. Als man endlich die Feldkirchner Straße zu sanieren begann, hatte man auf die historische Chance verzichtet, wenigstens ein Stück des Feuerbachs wieder an die Oberfläche zu legen.

Dem Menschen gefällt es, in die Natur einzugreifen. Er macht sie sich zu Diensten. Nicht immer sind es aber die umsichtigsten Leute, denen man die Verantwortung zur Stadtbegrünung überträgt. Manchmal werden sie von dem unbändigen Trieb geleitet, Natur im Stadtbild nur als Monokultur mit einheitlichem Grün gelten zu lassen, als getrimmte Anlage, in der eine einzige Pflanzenspezies dominiert, geartet in gleicher Länge und Farbe, soweit das Auge reicht, eine unterschiedslose Erholungseinheit. Wenn man sie ließe, wären alle Hecken im rechten Winkel angelegt, gäbe es viel mehr Hecken, die abgrenzen und eine gewidmete Domäne strikt von der anderen trennen. Sie würden viel mehr sägen und stutzen, alte Bäume krankreden und fällen und dafür neue, ordentliche in Reih und Glied stellen, damit sie Sichtachsen bilden und den Blick der Menschen an grünen Linien entlanglaufen lassen können.

Der Bürger beobachtet das Tun der Pfleger und seufzt, wenn wieder ein alter Baum gefällt wird, der damals viel, viel kleiner war, als dieser Bürger noch in die Volksschule ging. Der Baum hatte dazugehört, war ein Teil des gewohnten Stadtbildes, im Augenwinkel des Fußgängers immer vorhanden gewesen und auch im Erinnerungswinkel, aus dem er dann immer wieder aufgetaucht war, wenn sich im Frühjahr sein neues, helles Grün zeigte oder wenn er durch seinen Blütenduft auffällig geworden war. Es bleibt nichts, wie es war, denken die Menschen, seufzen und gehen weiter. Es geschieht ohne sie. Sie haben keinen Einfluss. Sie bescheiden sich.

Andere stehen in kleinen Gruppen auf dem Gehsteig und unterhalten sich. Die überzeugendste Gruppe ist ein Paar. Mann und Mann oder Frau und Frau. Hier sind die besten Übereinstimmungen zu erzielen. Wenn jemand vorbeikommt, erheben sie ihre Stimme, sagen es einmal ganz deutlich, dass man das eben nicht mit ihnen machen könne und sie schon immer dagegen gewesen seien. Dann geht man vorbei, und ihre Stimmen verschwimmen. Sie kennen die richtigen Plätze, an denen sie möglichst leise auffällig werden, damit es ihnen nicht schaden kann. Sie verstummen nie. Aber sie bleiben vorsichtig. Sie wissen, wann sie leise sein müssen, wann sie reden können, wann sie meinen dürfen. Man meint ja nur.

Ganz selten schreiben sie Leserbriefe. Dann wird ihr Ton verbindlich und ausgleichend, als nähmen sie sich gleich wieder zurück. Vorsichtig sind sie, denn sie wollen ihre intakte Welt nicht durch unbedachte Proteste gefährden. Man meint ja nur. Sie nörgeln mit Bedacht, denn eigentlich dürfen sie sich nicht beklagen. Andere haben es viel schwerer. Im Strandbad sitzen sie in den hinteren Reihen und schauen. Zwischendrin schließen sie ihre Augen und atmen tief durch. Dann ist ihnen alles noch leichter.

Sie wiegen sich in Sicherheit, wenn sie unter sich sind. Sie biegen sich im Gegenwind zurück und richten sich wieder auf, wenn die Gefahr vorbei ist. Hätte man sie früher verständigt, wären sie vielleicht bereit gewesen, einmal wirklich zu sagen, was sie meinen. Einhundertfünfundzwanzig Bäume werden jährlich in der Stadt geschlägert, weil sie krank sind. Sie sind überzeugt, dass die Bäume zu retten gewesen wären, wenn man rechtzeitig etwas dagegen unternommen hätte. Wenn es zu spät ist, werden sie traurig. Sie beteiligen sich nicht, machen sich auch nicht mitschuldig, wenn etwas bereits im Gange ist. Sie behindern nicht und verhindern nicht. Sie helfen niemandem weiter. Sie halten sich aus allem heraus. Ihre Lebensform ist das kommentierende Einverständnis.

Der Damm ist von selbst gebrochen. Die Glan hat sich nicht an den Eröffnungsplan der Stadt gehalten. Sie bestimmte selbst den Zeitpunkt ihrer Inbesitznahme. Niemand stand am Ufer, als sie sich zum ersten Mal in ihr neues Bett legte. Es war Nacht. Wenn man sie schon in neue Bahnen lenkte, ihr einen Weg aufzwang, dann wollte sie wenigstens den Zeitpunkt selbst wählen. Die Natur entscheidet selbst. Aber dieses Mal blieb sie wenigstens im vorgegebenen Rahmen.

Das Eingreifen des Menschen ist selten erforderlich, so denken die Naturschützer. Wie brüchig des Menschen Machwerk in den meisten Fällen ist, kann jeder bemerken, wenn die Natur ihre sanften Angewohnheiten vergisst, wenn sie einmal einen Teil ihrer ganzen Kraft ausspielt, ausufert, der Wind Bäume wie Streichhölzer knickt, Häuser nach langem Regen den Hang hinunterschiebt und in heißen Sommern ganze Landschaften austrocknet und niederbrennt. Keine noch so bedeutenden Errungenschaften der Zivilisation schützen dann den Menschen. Die Betroffenen stehen erschrocken über die Reste ihrer Errichtungen gebeugt, froh, mit heiler Haut entkommen zu sein, und runzeln die Stirn.

Die Stadtväter haben daraufhin entschieden, die Glan wieder zurückzustauen, um den Damm öffentlich zu durchbrechen. Also wird das Bachbett wieder trockengelegt, der Staudamm befestigt und die Feier vorbereitet. Wenig später floss die Glan offiziell durch ihr neues Bett.

Die Anrainer beobachteten das Ereignis und waren zufrieden. Sie setzten sich bescheiden hin und schauten. So ist es am besten. Der Mensch sitzt in einer der hinteren Reihen und beobachtet. Die Natur wird nur von den Wagemutigen verändert, zerstört oder zurückgehalten. Der Mensch reguliert selten einvernehmlich, meist jedoch mutwillig. Besser ist, er hält sich aus allem heraus. Die Natur lässt manchmal geschehen.

Am Ende der Oper *Die schweigsame Frau* sagt Morosus:

»Wie schön ist doch die Musik – aber wie schön erst, wenn sie vorbei ist! Wie wunderbar ist doch eine junge, schweigsame Frau – aber wie wunderbar erst, wenn sie die Frau eines anderen bleibt! Wie schön ist doch das Leben – aber wie schön erst, wenn man kein Narr ist und es zu leben weiß! Ach meine Guten, großartig habt ihr mich kuriert, noch nie hab ich so glücklich mich gefühlt … Ach, ich fühle mich unbeschreiblich wohl. – Nur Ruhe! Nur Ruhe! Nur Ruhe! Aaah … aaah … aaah!«

Der Jongleur

Er beobachtete sein Gesicht zwischen den Büchern. Quer über die Stirne standen die Buchstaben *Thomas Mann – Gesamtausgabe*. Im Schaufensterglas der Buchhandlung spiegelten sich der Neue Platz und Matteo selbst. Auge in Auge, in sich selbst vertieft, beobachtete Matteo die kleinsten Regungen in seinem Gesicht. Er ließ den Blick in seinen Augen ruhen, senkte ihn dann ein wenig und entdeckte in den Mundwinkeln ein zuckendes Lächeln.

Der Oktober brachte tiefere Temperaturen. Ein hitziger Sommer war abgelebt. Niemand trauerte ihm nach. Zu lange hatte er die Klagenfurter immer wieder in kühle Schattenräume gedrängt und ihnen den hellen Tag verleidet. Nun wehte ein sanfter Wind und blies die heißen Tage restlos aus den Gassen der Altstadt.

Matteo berührte die Scheibe. Sie war angenehm kalt und trennte seine Hand nur wenig von einem Farbband über toskanische Küche. Matteo betrachtete eindringlich seine Handflächen und seufzte. Wozu diese Hände fähig sind! Zarte lange Finger mit gepflegten Nägeln, gerade Lebenslinie, imponierender Mondhügel und markante Schicksalslinie. Doch sie sind nicht harmlos, können entscheidend eingreifen, handeln, gestalten, Lebensläufe beenden. Gehorsame Werkzeuge seines Willens, ausführende Organe seiner Absichten.

Matteo fühlte sich frei und glücklich. Wieder zuckte ein Lächeln über seine Lippen. Ein wunderbares Gefühl, in diesem Leben Spuren zu hinterlassen. Unverwechselbar, nicht mehr rückgängig zu machen, stark und eindeutig. Daran konnte niemand mehr vorbei. Er konnte Leben auslöschen. Er konnte Geschaffenes ungeschaffen machen. Und wie leicht dies ging. Es geschieht einfach. Es passiert. Ein kleiner Hund hob neben ihm sein Bein. Ein Urinbächlein bahnte sich seinen Weg zum Kanalgitter. Auch das geschah einfach. Ein wenig Druck, und das Werk war gelungen. Zufrieden trottete der Vierbeiner weiter. Auch Matteos Leben ging weiter.

Folgen seiner Tat hatte er nicht zu befürchten. Wer sollte ein Insekt vermissen, einen Schmarotzer, der dem Steuerzahler auf der Tasche lag? Auch der Allgemeinheit hatte er durch seine Aktion einen Dienst erwiesen, davon war Matteo überzeugt. Sie durfte es nur nicht zugeben, aber insgeheim war sie ihm dankbar dafür, dass er sie befreit hatte von einem Nichtsnutz, einem Menschen, der nur zu nehmen verstanden hatte und nicht zu geben. Ein vergeudeter Verstand, viel Alkohol und wenig Erreichtes – das war die Bilanz eines nutzlosen Lebens, das es jetzt nicht mehr gab.

Matteo überquerte den Neuen Platz, setzte sich an der Rückseite des Maria-Theresia-Denkmals an einen Tisch des kleinen Cafés, beobachtete den zähen Verkehr und die Fußgänger. Ein junges Pärchen ging

Händchen haltend vorbei. Die beiden wussten noch nicht, was Leben wirklich bedeutet, hatten noch keine Ahnung von seinen Möglichkeiten. Wie sollten sie auch? Sie lebten im Zustand bewusstloser Unschuld. Einmal in ferner Zukunft werden sie ihr Leben unabhängig von ihren Eltern selbst gestalten und es besser machen. So denken sie und wissen nicht, dass ihnen wie den meisten Menschen das große Erlebnis, die Einbringung eines Todes in die Trostlosigkeit des Alltags, vorenthalten bleiben wird. Erst durch dieses Fundamentalerlebnis bekommt das Leben einen klaren und weiten Horizont. Es ist, als ziehe man einen Schleier von einer schönen Frau und erblicke endlich nackt und bloß den Gegenstand der Begierde.

Matteo bestellte ein Glas Prosecco. Es gab Grund genug zum Feiern. Er hatte die einsame Spitze aller Ausnahmeerlebnisse erreicht. Von hier aus war der nötige Abstand zu allem anderen von Natur aus gegeben. Die Mystifizierung seiner Tat hob ihn über die Unwissenden. Niemand konnte ihm mehr zu nahe treten. Alles andere war lächerlich, primitiv und zu einfältig gegenüber den mächtigen Lebensströmen, die er in sich fließen spürte.

Ein Maßstab hatte sich gebildet. Er und sein Mord bildeten eine Einheit, die in ihm neue Energien entfaltete und den Rhythmus seines Lebens neu zu bestimmen begann. Neue Lebenskraft spürte Matteo in sich aufsteigen. Vom Hinnehmenden zum Austeilenden. Als hätten sich seine Lebenskräfte verdoppelt. Diesen einmaligen Blickwinkel auf das Leben galt es nun zu pflegen und zu erhalten. Matteo war zum ersten Mal in seinem Leben glücklich. Er seufzte, aber es war ein anderes Seufzen. Es war ein Seufzen der Befreiung.

Als Kind hatte er einmal ein sterbendes Kätzchen in seinen Händen gehalten. Es atmete schwer und versuchte nicht mehr zu flüchten. Etwas in ihm schien zu sagen, dass es keinen Sinn mehr hatte. Das Kätzchen hatte die Augen weit aufgerissen und den Blick in die Ferne gerichtet. Dann starb es mit einem Seufzer. Es erschien Matteo, als habe es mit einem Atemzug die Last des Lebens abgelegt, um ein neues zu erobern. Das Kätzchen war schon dort, Matteo nunmehr auch.

Was für ein Hintern!, dachte Matteo und blickte lange auf die Maria-Theresia-Statue. Sechzehn Kinder krochen aus diesem Becken. Mühevoll muss das gewesen sein. Matteo wollte sich nicht vorstellen, Vater zu sein, Kinder zu haben, Leben wachsen zu sehen. Wenn man etwas wachsen sieht, dann bewegt sich die Zeit. Zeit ist durch Veränderung erfahrbar. Aber Matteo wollte nicht Veränderung, sondern Bewahrung.

Ein Jongleur betrat den Platz, öffnete seinen Koffer und überzog sein Gesicht mit weißer Farbe. Neugierige Kinder beobachteten ihn. Ein paar kleine Mädchen versteckten sich hinter ihren Müttern und hielten sich an den Röcken fest. Bälle flogen durch die Luft, dann bunte Keulen. Dann nahm er einen Zylinder aus seinem Koffer und ließ einen gelben Ball aus ihm steigen und in der Luft tanzen. Niemand sah die Drähte, an denen er hing. Alle staunten, wie der gelbe Ball in der Luft stand. Dann lenkte er den Ball mit beiden Händen, ohne dass sie ihn berührten, in den Zylinder zurück.

Immer gibt es diese Drähte, die ein Wunder ermöglichen und einen Ball in der Luft zum Stehen bringen. Niemand bekommt sie je zu sehen. Niemand sah sie hier. Niemand wollte sie sehen, dachte Matteo. Jeder liebt diese Straßenkünstler, und jeder möchte an das Wunder glauben. Dieser Wunsch geht dann in Erfüllung. Das Gehirn retouchiert die Drähte aus dem Bild. Das Rätsel bleibt ungelöst. Das Wunder bleibt, weil man es so möchte.

Immer gibt es Drähte. Menschen legen es darauf an, anderen Menschen etwas vorzumachen. Sie täuschen, spielen mit Illusionen, die nur allzu gern für bare Münze genommen werden. Da möchte ein Vortäuscher anderen weismachen, er habe eine tiefere Verbundenheit zu den Wahrheiten, die für diese Welt bestimmend sind. Ein Teilhaber an den Mysterien, ein Aktionär der Weltgesetze! Dann inszeniert er ein Schauspiel der Wunder und lässt Bälle in der Luft schweben. Er hebt überzeugend die Gesetze der Schwerkraft auf. Nur wenige sind bereit, sich ernsthaft auf die Suche nach den Drähten zu begeben, die den Ball in der Luft stehen lassen. Die Logik sagt ihnen, dass sie da sein müssen; die Lust am Staunen sagt ihnen, dass der Vortäuscher magische Kräfte besitzt.

Menschen wie Matteo, ohne Sehnsucht nach Imagination, stehen unversehens in einem schwarzen Loch. Sie erkennen das betrügerische Spiel und sezieren es mit Akribie. Sie können nicht anders. Den Entlarver und Enttäuscher will aber niemand. Wer das System kennt, wer zu diesen Auserwählten zählt, die es durchschauen, der braucht Illusion nur noch als sein Werkzeug. Er kann das System beeinflussen, vielleicht sogar beherrschen, die Drähte zerschneiden, die Pointen vorwegnehmen. Ich bin der Spielverderber und nehme die Pointen vorweg. Ich entzaubere die Zauberer, und das alles zum lächerlichen Preis von ein wenig verlorener Sympathie, weil ich es kann.

Matteo spürte den Prosecco. Auch das zweite Glas, das er, ohne seine Gedanken zu unterbrechen, bestellt hatte, war geleert. Die angenehm betäubende Wirkung des Alkohols ergriff von ihm Besitz, und Matteo ließ sich in Besitz nehmen, lehnte sich zurück, richtete schmunzelnd seinen Blick auf Maria Theresias Rücken und war mit sich ganz und gar zufrieden. Alles bewegte sich in Matteo. Er nahm Kinder wahr, Tauben, die sich um eine halbe Semmel stritten, Spaziergänger, die mit einem Stock in einem Blumenbeet stocherten, glückliche junge Menschen, die sich umarmten und der Welt zeigten, dass sie zusammengehörten. Matteo schloss die Augenlider um so viel, dass nur ein wenig Licht zwischen den

Wimpern hindurch konnte und seine zufriedenen Gedanken im Halbdunkel ruhen ließ.

Matteo verweilte so geraume Zeit. Dann zahlte er, bestieg sein Fahrrad und fuhr die Tarviser Straße hinaus zum See. Die Räumung der Badekabine war längst fällig. Das Bad Loretto schloss dieser Tage. Viktoria wollte auf dem westlichen Steg auf ihn warten. Wenn man dort am späten Nachmittag saß und in die untergehende Sonne blinzelte, hatte man das ganze Bad und seine Gäste im Rücken. Was nicht gesehen wurde, konnte vergessen werden. Was man vergessen kann, existiert nicht mehr. Dann saß man allein im Bad Loretto.

Enten nahmen wieder die warmen Holzplanken in Besitz. Nur vorübergehend duldeten sie den Ansturm der Badegäste. Es war ein sicheres Zeichen, dass die Saison zu Ende ging, wenn das wohlgenährte Federvieh auf den Badestegen dahindämmerte. Die wenigen Besucher hielten immer Abstand. Groß genug dazu war das Bad jetzt. Es wirkte überhaupt größer ohne Menschen. Jetzt kam niemand mehr, der mit Handtüchern Liegeplätze reservierte und am Ufer Schlamm aufwirbelte. Die Fische schwammen knapp unter der Oberfläche, reckten ihre Rückenflossen aus dem Wasser und tauchten wieder ab.

Viktoria saß auf der Stiege und betrachtete ihre Zehen. Matteo setzte sich neben sie.

»Dass es schon wieder Herbst ist ... Die Luft riecht anders ...!«

»Ja, sprechen wir übers Wetter«, murmelte Viktoria. »Alles in allem hat es so schon seine Richtigkeit. Ich kann es mir nicht anders vorstellen.«

»Ja«, sagte Matteo und fixierte die hüpfenden weißen Bojen im Wasser. Ganz draußen sah man den Kopf eines einsamen Schwimmers aus dem See ragen. Er war so weit weg, dass niemand sagen konnte, ob er sich bewegte oder still an seinem Platz ausharrte.

»Da wäre noch die Sache mit Großvater Berg! Erzähl mir davon, Manki. Oder soll ich dich Viki nennen?«

»Doch, doch. Warum nicht Manki? Das ist schon in Ordnung. Das ist auch in Ordnung.« Sie zog die Knie hoch und legte ihren Kopf darauf.

»Er war schuldig. Er hat sich schuldig gemacht, und niemand hat es bemerkt. Niemand hat es gesehen. Als man nach den Verbrechern gesucht hat, es war nur eine kurze Zeit, hat man nicht hingeschaut. Dort, wo er stand, wollte man keine Verbrecher sehen. Sagt dir der Name Doktor Georg Aschner etwas?«

Matteo schüttelte den Kopf und streckte seine Füße ins kühle Wasser.

»Aschner – damals noch Milivoj Ašner – war während des Zweiten Weltkriegs Ustascha-Polizeichef in der Stadt Pozega. Er nahm zahlreiche Verhaftungen von politischen Gegnern vor, hat eigene Rassengesetze erlassen und damit Juden, Serben und Roma verfolgt. In Zagreb wurde vor kurzem ein vierzig Seiten starkes Dossier vorgelegt, das seine Vergangenheit aufrollt. In ihm steht auch, dass er sich 1985 als Jude ausgegeben und sich als Opfer des faschistischen Terrors deklariert hat. Er ist heute alt und lebt in Klagenfurt. Weißt du, was das Erstaunliche ist?«

Matteo schüttelte den Kopf.

»Als man ihn mit den Anschuldigungen konfrontierte, sagte er, er habe ein reines Gewissen und stelle sich nur die Frage, warum man nicht schon früher gegen ihn ermittelt habe.

Man muss sich das vorstellen: Der Verbrecher verhöhnt die Gerichte. Die Täter reden, die Gerichte schweigen. Was müssen sich die Opfer denken oder die Hinterbliebenen der Opfer?«

»Was hat das mit meinem Großvater zu tun?«

»Volker Berg. Er hat einen Teil seines Namens gestrichen, wie er einen Teil seiner Vergangenheit gestrichen hat. Ja, er war schuldig, und wir haben ihn exekutiert. Ich und die anderen.«

»Welche anderen?«

»Henning im weißen Anzug und der Kahlkopf mit den schlechten Zähnen. Du kennst beide. Die Gestalten aus dem Park. Das Liebespaar aus den Büschen. Du hast mir selbst davon erzählt.«

Matteo verstand noch immer nicht.

»Die beiden Obdachlosen auf der Schütt, die ihr nach dem Tetra-Beck befragt habt …«

Matteo verstand endlich.

»Es war leicht, sehr leicht, und es war nicht eine finanzielle Notsituation, was sie zum Mitmachen bewogen hat. So schlecht sind sie nicht versorgt. Sie brauchten einfach ein wenig Abwechslung. Es kann dir gut gehen, aber du weißt mit dir nichts anzufangen. Bei sehr reichen Menschen und bei sehr armen findet sich das. Irgendetwas muss geschehen, damit die Langeweile aus ihrem Leben verschwindet. Ein Dahinvegetieren ohne größere Herausforderungen, ohne irgendeinen Sinn, ist unerträglich. Auch für diese Gestrauchelten ist es unerträglich.«

Matteo erkannte langsam, dass er fast zwanghaft immer an der falschen Stelle nach der Lösung gesucht hatte. Als wollte er ihr ausweichen. Er hatte es nicht verstanden, das Naheliegende zu denken. Natürlich musste Viktoria mit dem ganzen Komplott zu tun haben.

Zwei Enten trippelten auf die Brücke und ließen sich ein paar Meter von ihnen entfernt nieder, den Blick auf die beiden Eindringlinge gerichtet.

»Bevor ich ins Berg-Haus kam, war ich schon ein paar Wochen in Klagenfurt Teil der Schillerparkgemeinschaft. Ich habe als Streetworker in den USA gearbeitet und bei der Caritas in Wien. Ich kenne die Sitten und Gebräuche der Strotter. Ich habe sie angenommen, und sie haben mich akzeptiert. Gib ihnen etwas von deiner Zeit, zeige ihnen, dass du sie nicht verurteilst, schimpfe mit ihnen über das grausame Schicksal, trink mit ihnen, und sie werden sich dir öffnen. Freunde fürs Leben. Wenn sie wollen, können sie auch schweigen.

Es kostete mich nur einen neuen weißen Anzug. Du hättest ihn danach sehen sollen. Als wäre er immer rot gewesen. – Dem Kahlkopf hat das nichts gemacht. Er wälzte sich im Blut unserer Familie. Ein grässlicher Anblick. Wie ein Tier! Aber sie haben nur geholfen. Die Hauptarbeit habe ich geleistet. Du kannst dir gar nicht vorstellen, wie einfach es war. Er hat sogar noch gelächelt, als ich mit dem Skalpell hinter ihm stand und die beiden anderen ihn hielten. Auch das wäre nicht nötig gewesen. Er wehrte sich nicht.«

»Wie kann man nur so hassen?«, sagte Matteo und erinnerte sich mit Abscheu an die Ereignisse auf der Heiligengeistschütt, als er die beiden verliebten Männer unter einem Busch hervorgestöbert und sie nach dem Aufenthalt von Tetra-Beck befragt hatte.

»Warum hassen? Ich hasse niemanden. Jetzt nicht mehr. Das ist schon eine Weile vorbei. Jetzt sehe ich klar. Wenn man hasst, sieht man nicht klar. Ich bestrafe und gleiche aus, und zwar jetzt und nicht irgendeinmal. Solange ich lebe, will ich Gerechtigkeit sehen, nicht hoffen müssen, dass sie irgendwann einmal über uns hereinbricht. Es gibt Leute, die töten und dann ganz normal weiterleben, so wie du und ich.

Er hat seine böse Zeit in unsere getragen. Er hat uns zu Erben einer schrecklichen Zeit gemacht. Vielleicht sind wir deshalb selber schrecklich geworden? All diese zerstörten Leben haben ein Recht auf Gerechtigkeit und auf ein gerechtes Verfahren. – Mord verjährt nicht.«

»Du spielst dich zum Richter auf!«, erwiderte Matteo.

»Einer muss es tun, wenn die Gesellschaft versagt. Die Kirche gibt uns auch keine Hilfe. Natürlich bin ich zu Pater Gero gegangen. Ich habe ihn gefragt, was er von Gerechtigkeit hält, ob nicht jeder darauf Anspruch hat. Ich werde es nie vergessen, wie er total aufgebracht mit sich überschlagender Stimme den Propheten Hiob zitierte und dabei mit den Händen in der Luft herumfuchtelte: Gott lässt umkommen die Gerechten und die Ungerechten, ohne Ansehen der Person. Keine Genugtuung widerfährt dem Gerechten, er wird zerbrechen wie ein fauler Baum. Danke schön. Was soll man damit anfangen? Und dann ist er verschwunden. Fast fluchtartig hat er die Kirche verlassen und mich dort sitzen lassen. Nicht du auch noch!, hat er geschrien.«

»Was wirfst du meinem Großvater vor? Er war kein Gerechter, aber auch kein fauler Baum.«

»Er war für die Verlegungen verantwortlich. Zuerst haben sie als Vorwand den hohen Bettenstand angegeben. Aus dem Klagenfurter Gaukrankenhaus waren es sechshundert Patienten, die dran glauben mussten. Zwei Transporte fanden am 24. März und am 7. Juli 1941 statt. Beide gingen nach Hartheim. Er hatte damals das Sagen.« Viktoria holte tief Luft.

»Dein Großvater hat sich in den Dienst der Sache gestellt. Als die beiden Transporte von Klagenfurt abgingen, waren verantwortungsvolle Verwaltungsbeamte an Ort und Stelle, die alles professionell organisierten. Volker Berghaus war 1941 das leitende Vollzugsorgan. Er hat dafür gesorgt, dass die armen Schweine ordnungsgemäß in den Tod überführt wurden.«

»Ich übergebe dem Feuer …«, murmelte Matteo vor sich hin.

»Wie bitte? Ich verstehe dich nicht!« Viktoria rückte näher an Matteo heran.

»Er war unschuldig. Du hast dich geirrt. Ich habe vor ein paar Wochen Elli Bust getroffen. Sie war Haushälterin von Doktor Schulte, dem SS-Arzt, der in Eisenkappel wohnte. Er ist gestorben, und sie ist nach Krumpendorf gezogen. Wir haben uns lange unterhalten. Sie hat mir Fotos gezeigt, und die Urlaubsscheine von Volker Berg waren auch noch da. Er war zur Zeit der Transporte auf Urlaub. Ich habe die Scheine gesehen. Jemand anderer hat die Transporte veranlasst. Er war es nicht.«

»Das ist nicht wahr.«

Ein Schwarm winziger Mücken irisierte vor Viktorias Augen. Sie bildeten eine kleine Wolke, ständig in Bewegung, aufeinander zustoßende Pünktchen, die sich blitzschnell wieder voneinander lösten, pulsierten wie ein schwarzes Herz, das sich krampfartig zusammenzog und wenig später wieder aufpumpte. Dunkle Signale der Unruhe. Wie Auslassungen auf der Netzhaut erschienen sie zuerst, eine lauernde, beobachtende Masse ohne Konturen, immer in Bewegung, eine wirbelnde Schar kleiner Insekten, die durch eine gemeinschaftliche Bestimmung in dieser Wolke zusammengehalten wurden.

Viktoria biss sich auf die Unterlippe, bis es schmerzte und sich dunkle Tropfen bildeten. Sie wandte das Gesicht ab und schluckte ihr Blut. Es war kühl und schmeckte nach rostigem Eisen.

»Es ist wahr«, versicherte Matteo.

Viktoria dachte nach. Ihr Blick senkte sich auf das klare Wasser. Die zwei Enten sprangen in den See und schwammen, einen Wellenkeil hinter sich herziehend, davon.

»Er hat es nicht verhindert«, kam es endlich fast lautlos zwischen ihren Zähnen hervorgequetscht.

»Vielleicht hat er es nicht gewusst!«

»Er kann es gewusst haben!«

»Muss nicht sein.«

Im Stakkato stieß ein Satz auf den anderen. Matteo lächelte. Dann nahm er Viktoria nach langer Zeit das erste Mal wieder in den Arm.

»Schau, sie haben alle von nichts gewusst. Sie haben alle weggesehen, um nicht sehen und dann begreifen zu müssen. Sie haben sich geblendet und sind sichtlos geworden. Die vielen Hinnehmer und Dulder bilden die Grundlage, auf der all das geschehen konnte.«

Matteo merkte, wie er wieder Umwegen nachzugeben begann, statt direkte Ziele anzupeilen. Er vermied Wörter wie Mord, Euthanasie, Selbstjustiz,

Schuld und viele andere mehr. Er fand einfachere Bezeichnungen, umgänglichere. Er sprach von Pflicht, Hinnehmen, Dulden, Selbstschutz und Gehorsam. Mitläufer oder Verbrecher schienen ihm ebenso unverfänglich.

Die Wellen in seinem Innersten hatten sich gelegt. Ekstase und Schock, die zuvor sein ganzes Denken zum Vibrieren gebracht hatten, entwichen wie Luft aus einem Ballon. Jene Kraft, die er durch seine außergewöhnliche Tat tief in sich gefühlt hatte, stand nicht mehr zur Verfügung. Das Verbindliche nahm von ihm Besitz.

»Irgendjemand musste einmal kommen, um das aufzuzeigen. Das wird immer übersehen. Die vielen Ermöglicher, die vielen Jasager, die mitschreien, weil es sich angenehmer lebt in einem Kollektiv der Gleichgeschalteten, das individuelle Verantwortung nicht kennt. Vielleicht bist du der Jemand, der kommen musste und einmal aussprechen musste, was in der Luft lag, was herausmusste.« Matteo tröstete.

»Glaubst du?« Viktorias Frage war kaum zu hören.

»Wir sind Meister im Versteckenspielen. Ein kleines Kind sitzt in der Ecke der Stube und hat Angst. Es deckt sein Gesicht mit beiden Händen zu. Nun sieht es nicht und denkt, dass es nicht gesehen wird. Jetzt ist es sicher. Wir alle decken unsere Gesichter zu. Wir sind bei den Betroffenen zu finden und schützen uns. Wir Österreicher sind selten bei den Tätern. Randfiguren der Geschichte, hineingeworfen, nicht hineinmarschiert.«

Nahtlos, ohne Luft zu holen, setzte Matteo mit einer Frage nach: »Wo ist der Kopf meines Großvaters?«

Viktoria legte ihre Hände an die Schläfen und erzählte von Julius Fucik, einem Opfer aus dem Gaukrankenhaus, von dem ein paar Zeilen erhalten geblieben waren, die das Nichtvergessen einmahnten. Viktoria kannte sie auswendig:

»Ich möchte, dass man weiß! Dass es keinen namenlosen Helden gegeben hat, dass es Menschen waren, die ihre Namen, ihr Gesicht, ihre Sehnsucht und ihre Hoffnung hatten, und dass deshalb der Schmerz des Ersten, dessen Namen erhalten bleibt. Ich möchte, dass sie euch allen immer nahe bleiben, wie Bekannte, wie Verwandte, wie ihr selbst.«

»Nicht gewesen, nicht gewesen ... Ich gehe zurück, wo ich hergekommen bin. Alles andere ist nicht gewesen«, Viktorias Lippen zitterten. Als könnte man die Augen schließen, und die Welt wäre nicht mehr. Als könnte man den Ort verlassen, und das Geschehene wäre nie geschehen. Sie schloss das Fenster und zog die Vorhänge mit einem energischen Ruck vor die Scheiben. Es war schon richtig kalt. Ein Vorbote des Winters auf der Haut. Ein Novembergruß, der dem Altweibersommer den Garaus machte. Kalt und feucht. Keine Sonne mehr, dafür Nebel über Wochen.

Als Kind hatte sie nie so recht begriffen, warum in diesen späten Wochen des Jahres die Traurigkeit so oft anklopfte. Sie war da. Öfter als die Hand, die über die Haare strich, für Augenblicke dort blieb, warm und lang erwartet, in die sich der Kopf legte, ein Ohr in der Handfläche, die trockenen Lippen an den Fingerspitzen. Nur für Augenblicke, die aber heilten den Schmerz. Ging es anderen Kindern ähnlich? In welche Hände legen die Alten ihre Köpfe?

Zwischen die Sonne und die Menschen zwängte sich im Herbst hier in der Stadt lang anhaltend eine Nebelschicht, durch die kein Sonnenstrahl zu dringen vermochte. Das machte alle Menschen traurig. Viktoria fuhr sich mit den Fingerkuppen über die Lippen. Sie waren schmal geworden, in den Mundwinkeln nach unten gezogen, so dachte sie, trocken und rissig. Sie schob die Unterlippe vor und fühlte die Bisswunden, schmeckte wieder das eigene Blut.

Auf der Kreuzung vor dem Stadttheater waren zwei Radfahrer zusammengestoßen. Blech schlug gegen Blech. Eine typische Linksabbiegeangelegenheit. Die Kurve scharf geschnitten, die Geschwindigkeit unterschätzt, die Fliehkraft nicht bedacht. Einer schneller als der andere. In vielen Fällen geht es gut. Mit verwegenem Lächeln grüßen sich die fast Gestürzten, gerade noch einmal gut gegangen, den kindischen Stromlinienhelm gerade gerückt, und weiter geht's. Diesmal nicht. Diesmal wird Aluminium verbogen, etwas später wird das Knie zu bluten beginnen. Dann wieder aufhören. Getrocknet im kalten Fahrtwind. Noch ist der Schrecken in den Radsportgesichtern präsent, die Pupillen geweitet, die Gänsehaut auf den rasierten Waden. Eine Energy-Drink-Dose kollert zum Randstein.

Die Räder liegen auf der Fahrbahn und behindern den Verkehr. Menschen, den Schlaf noch nicht ganz abgelegt, sammeln sich an und freuen sich über eine kleine Abwechslung, über ein Ereignis, bei dem Schaden verursacht worden ist. Die beiden Radfahrer stehen mitten in der Fahrbahn und mustern ihre Sportgeräte. Sie haben ein paar Kratzer abbekommen und ein paar Abschürfungen, weil sie ihre Sportschuhe nicht rechtzeitig aus den Pedalhalterungen herausbekommen haben und so, nahezu im Stehen schon, zu Fall gekommen waren.

Die Sportler mustern also ihre Räder, sich selbst, dann den anderen, dann die anderen, nehmen die bunten, spitz zulaufenden Helme ab, ziehen die Handschuhe aus und gehen aufeinander zu. Viktoria machte sich nicht die Mühe, den Vorhang zurückzuziehen, und blickte durch den grauweißen Schleier auf den nebeligen Platz des Geschehens vor dem Berg-Haus. Passanten boten ihre Meinung zu dem Vorfall an. Jugendliche lachten ungeniert. Beide Sportler hatten ihre Reaktionsgeschwindigkeit überschätzt. Der andere war einfach zu schnell da gewesen.

Der Schauplatz wechselte von der Fahrbahn auf den Gehsteig. Die beiden Männer kannten sich nicht, waren aber einander durch ihr Hobby nicht fremd. Eine Vertrautheit, die über das Persönliche hinausging. Die optischen Signale hatten funktioniert. Das enge Trikot, die sehnigen Unterschenkel, der muskulöse Hintern, die bunten Helme, die teuren Sportgeräte, die stromlinienförmig seitwärts an den Kopf gebogenen Spiegelbrillen, die Fläschchen mit dem geknickten Halm in der Gesäßtasche, die Markenzeichen an den atmungsaktiven Leiberln, all das verband und schmälerte den Zorn über die Blessuren an Rädern und Knien. Dennoch kein Lächeln. Der professionelle Anspruch, mit dem beide der Tätigkeit des Radfahrens nachgingen, erlaubte kein Lächeln. Der Vorfall musste mit aller gebotenen Sachlichkeit aus der Welt geschafft werden. Die feixenden Jugendlichen verzogen sich. Ein älterer Passant bot sich als

Zeuge an. Man werde keinen Richter brauchen, deuteten die Handbewegungen der Sportler an. Nachdem alle Passanten den Schauplatz verlassen hatten, stellten die beiden Unfallopfer ihre Räder wieder auf und fuhren ihrer Wege. Ohne sich die Hand zu geben. So weit ging die Bagatellisierung der Angelegenheit nun auch wieder nicht.

Viktoria setzte sich auf Großvater Bergs Bett. Eine fette Fleischfliege taumelte lautstark gegen das Fenster. Die Fliege innen, die Radfahrer draußen. Beides so nichtig, so unbedeutend wie alles hier herinnen und draußen. Viktoria legte ihre Hände in den Schoß und betrachtete sie ungläubig. Sie bewegten sich nicht. Sie spielten nicht mit den Fingern, griffen nicht ineinander, sie griffen nicht nach dem Gesicht, schützten es nicht. Sie lagen still.

Volker Bergs Zimmer hatte sein Leben ausgehaucht. Jedes kleinste Detail hier war ohne Zukunft. Das Brillenetui auf dem Nachttischchen wird nicht mehr geöffnet werden. Statt Funktion Dekoration. Es war nur noch vorhanden, um hier zu liegen. Niemand wird es öffnen, um eine Brille zu entnehmen und sie aufzusetzen. Niemand wird es mehr beachten. Am Fußende des Doppelbetts wölbte sich der enorme Dreifaltigkeitsschrank in den Raum. Zwei Seitenteile, großen dunklen Schwingen gleich, die sich spannten und mit ihren Spitzen in die Ecken des Plafonds stachen, bedrohlich hoch, bereit, sich um einen Körper zu schließen und ihn in die Finsternis aufzunehmen. In der Mitte ein Glasfenster, in dem sich eine sitzende Gestalt spiegelte, zusammengebeugt und klein. Im Sich-Abwenden erkannte Viktoria nach einem langen Verweilen in der Fremdheit ihr Gesicht dort wieder und verbarg es nun in ihren Händen. Sie schloss die Augen. Ihre Lider berührten die kalten Finger.

Nichts in diesem Zimmer hatte noch Leben. Als wäre alles auf Volker Berg bezogen gewesen und nur durch ihn lebendig geworden, als hätte alles durch den Fortgang des Alten seine Daseinsberechtigung verloren. Alles an seinem Platz und alles versteinert. Viktoria fühlte sich als ein Teil davon. Gegenstand unter Gegenständen, leblose Außenhaut. Die Welt verschwindet, wenn man die Augen schließt. Sie geht verloren, und ihr Schatten, die Erinnerung, folgt ihr nach. Viktorias Finger waren nicht mehr, ihre Lider nicht, ihr Atem nicht.

Keine Zeit. In die Krümmung der Matratze stürzte rasend alle Welt. – Dann streiften Finger über das Weiß des schweren Überwurfs, über das holprige Webmuster, über eine fremdartige und ganz unverständliche Blindenschrift aus einem anderen Leben. Viktoria erschrak über die Bewegung dieser Hand, öffnete die Augen und kehrte zurück.

Auf dem anderen Bett lag ihr Flugkoffer mit geöffnetem Deckel. Viktoria schloss ihn und stellte ihn auf den Boden. Das surrende Geräusch des Reißverschlusses weckte sie vollends. Wie ein Schnitt mit einem scharfen Messer durch ein Stück Papier. Von der einen Seite zur anderen, in einem Zug, ohne abzusetzen. Ein glatter schneller Schnitt, der zwei Hälften hinterließ. Zwei Teile, von denen man nicht mehr annehmen wollte, dass sie einmal ein Ganzes gebildet haben. Viktoria schaute nicht mehr aus dem Fenster. Sie nahm den Koffer und schloss die Schlafzimmertür hinter sich, ohne zurückzublicken. Dann ging sie die Stufen hinunter, zog mit ihrem ganzen Körpergewicht und öffnete die schwere Eingangstür. Mit einem scharfen Knall, dessen Echo sich im Stiegenhaus für Augenblicke festhielt, schloss sich die Tür hinter ihr. Viktoria wusste, dass sie nicht mehr in dieses Haus zurückkommen würde. Sie schaute sich nicht um und ging die Ursulinengasse entlang in Richtung Heiligengeistplatz. Täglich vormittags, zu jeder vollen Stunde, ging ein Zug nach Wien. Nicht oft genug konnte die Bahn in die Hauptstadt fahren. Immer fanden sich genügend Reisende, die sich in die Polstersessel der ersten und zweiten Klasse fallen ließen. Endlich fort, endlich wieder nach Wien, dachten viele und streckten die Beine aus.

Klagenfurt bereitete sich auf die Fußballeuropameisterschaft vor. Niemand konnte sich vorstellen, was das bedeutete, wenn mit einem Schlag einhunderttausend Menschen zu den neunzigtausend Ansässigen dazukämen. In welchem Ausmaß Begeisterung einen Menschen verändern kann, wusste Victoria; wie Begeisterung auf eine unübersehbare Menge von Menschen wirken würde, ahnte sie, konnte sie sich vorstellen. Die vielen Einzelnen, wie sie zu einem Körper wurden, zu einem gigantischen Tier, dampfend, atmend, einem gemeinsamen Ziel verbunden, mit dem Willen, zu siegen, den anderen durch strategisch vorbereitete und dann unerbittlich geschossene Tore zu verletzen und mit dem Schlusspfiff dann den Todesstoß zu versetzen. Das waren die Dinge, die verbanden. Hier bedurfte es keiner Erklärungen, keiner fachmännischen Erläuterungen. Die Dynamik der Ereignisse riss von selbst mit und erlaubte keine Distanz. Der Jubel über den Sieg und der Zorn über die Niederlage einten. Der gemeinsame Schmerz war wohltuend, die gemeinsame Freude raubte die Sinne und verband zu einem lustvollen Gemeinschaftsgefühl, in dem alles Individuelle restlos beseitigt war. Faszination Fußball.

Fanmeilen wurden abgesteckt, Messehallen zu Massenschlafquartieren umgestaltet. In der Wirtschaftskammer bot man Vorträge an: Welches Kraut ist gegen eskalierende Gewalt gewachsen? Wie bannt man die Massen, sollten sie außer sich geraten? Die Stadt wurde beflaggt, grüne Banner hingen hoch oben an den Straßenlaternen. Eine Digitaluhr auf dem Alten Platz zählte die Tage, die noch blieben, bis endlich die Spiele angepfiffen würden. Die Absicht des Citymanagers, »Kaiser« Franz Beckenbauer als riesige Sandfigur im Stadtzentrum aufzustellen, ließ die innerstädtischen Kaufleute erschauern. Noch gut in Erinnerung war ihnen der Eischristbaum, um horrendes Geld in einem zu warmen Winter errichtet und zu einem erbärmlichen Rinnsal vor der Zeit zusammengeschmolzen.

Public Viewing nennt man das Gemeinschaftserlebnis rund um ein Event für all jene, die keine Karte haben, aber Teil der klirrenden Begeisterung rund um die Arena und vor den Riesenprojektionsflächen sein wollen. Die Nähe zu dem Ereignis, die physische Ahnung des Großartigen versetzte schon die Gebirge des Alltags, gab den Blick über den eigenen Tellerrand frei und stimulierte hin zu dem Außergewöhnlichen.

Andere nahmen sich vor, für die Zeit der Spiele die Stadt zu verlassen, sich in einen Zug zu setzen, einfach abzuhauen, bis alles vorbei sei. Viktoria sah die grünen Fahnen und spürte schon seit langem die pulsierende Stimmung in jener Stadt, die sie nun bald hinter sich lassen würde. Am Heiligengeistplatz standen die leeren Busse der Stadtwerke, und in ihnen dämmerten die Lenker ihrem nächsten Abfahrtstermin entgegen. Viktoria bog in die Wiesbadener Straße ein.

»Helfen Sie mir. Ich bitte Sie!« Eine alte Frau mit wirrem Haargeflecht hielt Viktoria an der Hand fest.

»Was fehlt Ihnen denn?«

»Mein Sohn, der Bartl, hat die Einberufung bekommen.«

»Das ist doch gar nicht schlimm. Sechs Monate, und dann ist es vorbei!«

»Aber liebe Dame, es ist doch Krieg! Sie werden ihn mir nehmen. Ich werde ihn nicht wiedersehen.«

Unter ihrem Rock bildete sich eine Lacke, ein Rinnsal bahnte sich den Weg zum Randstein. Viktoria setzte sich zu ihr auf die Bank neben der Haltestelle und hielt ihre Hand. Die Passanten rückten von den beiden Frauen ab.

»Der Krieg ist doch schon lange zu Ende.«

»Er wird nie zu Ende sein. Ich höre jeden Tag den Englandsender. Sie werden uns angreifen mit ihren englischen Waffen.«

»Niemand wird Sie angreifen.«

»Ich heiße Vroni und fürchte mich. Ich habe nur diesen einen Sohn. Der Mann ist schon im Krieg geblieben. Jetzt werden sie mir auch den Bartl nehmen.«

»Niemand wird Ihnen etwas nehmen.« Viktoria strich der alten Frau eine Haarsträhne aus dem Gesicht. Vroni hielt angstvoll still.

»Ich habe auch Menschen verloren. Menschen, die mir sehr nahegestanden sind. Meine Mutter war eines Tages nicht mehr da. Sie alle sind nicht mehr da, als hätte es sie nie gegeben. Erst habe ich meine Mutter gefunden, dann abermals verloren. Man hatte ihr sehr übel mitgespielt. Jetzt lebt sie wieder im Krankenhaus. Hier in der Stadt. Es muss nicht unbedingt Krieg sein. Auch im Frieden kann man Menschen verlieren.«

»Wenn nur Frieden wäre. Ich spüre nicht, dass das Töten aufgehört hat. Am Morgen liegen sie zu einem Haufen gestapelt vor meinem Fenster, die Toten. Bis Mittag müssen sie weggeräumt sein, denn dann steht die Sonne hoch, und es beginnt zu riechen.«

Viktoria sah auf die Uhr. Den ersten Zug nach Wien hatte sie verpasst. Nun stellte sie den Einkaufssack neben die Bank und streifte den Gurt ihrer Umhängetasche über den Kopf. Die Stimme der Alten tat ihr gut. Nicht, was sie sagte – wie sie es sagte, brachte sie zum Nachsinnen. So hätte ihre Mutter geklungen, ganz sicher so. Es wäre wohl alles besser ausgegangen, hätte man ihr die Mutter nicht genommen. Ein Nannerl, das nicht den Erwartungen entsprochen hat. Viel Zeit verbringt man, um den anderen zu entsprechen, dachte Viktoria. Ein ganzes Leben muss man entsprechen. Den Erwartungen, den Vorstellungen der Eltern, den Vorgesetzten.

Immer streift man sich den Handschuh der elterlichen Vorstellungen über, bevor man etwas angreift. Immer hat er zu passen, immer ist er für einen wie maßgeschneidert. Der Handschuh der Eltern verkrüppelt die Hand. Er schnürt das Leben ab, er verhindert das eigene Wachstum. Am Ende sehen alle Hände wie die Hände der Eltern aus. Viktoria hob ihre Hände vors Gesicht, spreizte die Finger und betrachtete die verwirrte alte Frau durch die Zwischenräume. Sie zwang sich, den Kopf nicht an ihre Schulter zu legen.

Der Linienbus hielt vor ihnen. Schüler stiegen aus, und die Wartenden besetzten die frei gewordenen

Plätze. Die Türen schlossen sich mit einem Zischen, der Bus fuhr ab.

»Es muss nicht Krieg sein. Niemand kann sagen, warum etwas passiert. Niemand. Aber es gibt Menschen, die getötet haben und Schuld tragen. Sie darf man nicht übersehen. Schuld bleibt Schuld, und die Sühne muss eingefordert werden. Ihre Schandtaten müssen sie bereuen. Hinweise sollen ihnen helfen. Zeichen an der Wand in einem alten Haus in Eisenkappel. Steine, zu einem Muster gereiht, dessen Sinn nur den Betroffenen einleuchtet. Langsam, langsam, bis sie wieder Teil ihrer Tat sind und das Vergessen nicht mehr zudeckt. Dann sind sie reif für die Strafe, dann wissen sie von ihrer Schuld. Wie viel ist ein Leben wert? Schuldige leben weiter, Unschuldige dürfen es nicht. – Und sei es nur ein Einziger, der den Kopf für alle anderen hinhalten muss.«

»Der Erlöser hat ihn hingehalten. Für uns und die ganze Welt und für alle Zeit.« Vroni kramte in ihrer Manteltasche und zog ein zerknittertes Bild heraus. Es zeigte den Altbürgermeister mit freundlichem Lächeln, darunter ein Kreis mit einem Kreuz. *Wählt ÖVP!* stand daneben. Viktoria wusste, was die Alte meinte, auch wenn dieser Kopf nicht den Erlöser zeigte. Aber Köpfe sind austauschbar. Man verlernt das Staunen und gewöhnt sich an das Seltsame. So wunderlich war die alte Vroni nicht, sah man genauer hin.

»Im Landeskrankenhaus hat man einmal zwei riesige Alligatoren im Keller gleich neben der Prosektur gefunden. Einer davon war sieben Meter lang. Monate hindurch lebten sie dort unbemerkt, von ein paar Pflegern gefüttert. Womit, weiß man bis heute nicht. Es sind schon immer Dinge dort vorgegangen, die anderswo nicht geschehen können. Ist das sonderbar? Volker Berg war Verwaltungsdirektor im Krankenhaus. Das ist schon lange her. – Er hat einfach zugeschaut, und dann ist er auf Urlaub gegangen, und dann hat er nichts gewusst. All die Jahre.«

Vroni verstand nicht. Der Frühverkehr ließ langsam nach. Die Stadt beruhigte sich. Ein weiterer Zug nach Wien fuhr ohne Viktoria ab. Sie nahm aus ihrer Umhängetasche einen glatten schwarzen Stein und gab ihn der alten Frau.

»Ein Trommelstein.«

»Wie schön.« Vroni küsste ihn.

»Ich muss jetzt gehen«, sagte Viktoria. »Mein Zug wartet nicht.«

»Geh nicht. Vielleicht kommt bald mein Bartl. Es kann noch gut werden. Nicht aufhören, nicht aufhören zu glauben. Der liebe Gott – mein lieber Gott, dein lieber Gott, unser aller lieber Gott – ist gut. Er ist gut. Wenn ich sehr, sehr traurig bin und mich nimmer auskenn, dann bitt ich den lieben Gott, er soll es gut sein lassen. Lass es gut sein …!«

Vroni umklammerte Viktoria, die aufgestanden war, und ließ sie nicht los. Dabei stieß sie an den Plastiksack auf dem Boden neben dem Flugkoffer. Er kippte um, und eine Art Fußball kollerte heraus. Er war etwas größer, als die Norm es verlangte, selbst gefertigt, aus vielen Lederflicken zusammengenäht. Er schlingerte unrund über den Randstein und sprang nicht. Der Ball schien zu schwer und nicht mit Luft gefüllt zu sein. Ein paar Jugendliche kamen vorbei und schossen sich den Ball zu. Viktoria nahm ihr Gepäck und stieg in den Bus, der zum Bahnhof ging.

Wenn man keinen Vater hat, nimmt man sich einen. Matteo benötigte nicht unbedingt einen, aber es tat vielleicht nicht schlecht, im Notfall auf einen zurückgreifen zu können. Als erwachsener Mensch noch im Schutz eines lebenserfahrenen älteren Mannes zu stehen, zu dem man eventuell aufsehen konnte, wenn man wollte und wenn niemand hinschaute, es aber nicht musste, das konnte schon einmal recht angenehm sein. Mit fremden Vätern ist es noch dazu leichter. Weniger zwingende Verpflichtungen sind damit verbunden. Dankbarkeit kann erwiesen werden, muss aber nicht. Für den Leihvater ist es auch interessanter, wenn er Zuneigung von unerwarteter Seite erhält, aus einer Richtung, aus der theoretisch nichts zu erwarten war und alles Erhaltene wie ein Geschenk wirken muss. Es hat viel mit Freiwilligkeit zu tun, und in der Freiwilligkeit steckt ein Teil von Freiheit. Familien basieren bekanntlich nicht auf Freiwilligkeit. Die Auswahl der Betroffenen erfolgt auf der Basis einer dämonischen Willkür des Schicksals.

Der alte Bador war die Freundlichkeit in Person. Nicht zu allen, aber zu Matteo. Er genoss die sauren Gesichtszüge seines Sohnes Andrea, wenn er dessen Freund väterlich in den Arm nahm und mit ihm seine Späße machte. Mit ihm und nicht mit Andrea. Kleine Eifersüchteleien gehören kultiviert, dachte Vincente Bador. Sie steigern die Bereitschaft, sich um ähnliche Beweise der Zuneigung zu bemühen. Das konnte frischen Wind in verfahrene Konfliktzustände bringen. Die einstige Vertrautheit zwischen Vincente und Andrea war längst zu einem traurigen Ritual zahlloser Entzweiungen und Versöhnungen geworden. Keiner von beiden erhoffte sich noch irgendeine Verbesserung, geschweige denn einen dauerhaften Frieden. Beide hatten sich abgefunden. Eine eingespielte Überdrüssigkeit tat keinem weh.

In diesen Zwischenraum des faulen Kompromisses trat nun Matteo und signalisierte einen neuen, erfrischenden Anfang, ehrliche Gefühle, offene Gespräche und Zuverlässigkeit im privaten wie im geschäftlichen Bereich. Vincente Bador konnte nicht widerstehen. Er ließ nicht lange um sich buhlen, zeigte Bereitschaft zu einer amikalen Zusammenarbeit und lud Matteo kurzerhand ein, wieder ein paar Monate für ihn tätig zu sein.

Matteo hatte von Andrea nichts zu befürchten. Genauso wie er die anderen Komplizen nicht zu fürchten brauchte. Er wusste zu viel von ihnen, und sie wussten zu viel von ihm. Ein Gleichgewicht der destruktiven Kräfte bei gleichzeitigem gegenseitigem Abstoßen. Eine Pattsituation. Einer würde den anderen mitziehen, wohin auch immer. Stillschweigen war für alle das Zielführendste.

Matteo schmunzelte: »Indem man nichts tut, nützt man dem anderen am meisten.« Ein Prinzip, das ihm zu gefallen begann. Matteo hatte sich auch nicht von Viktoria verabschiedet. Eines Morgens war er gut gelaunt aufgestanden, hatte seine Koffer gepackt, grußlos das Haus verlassen und war gen Süden gefahren. Er war mit seiner Entscheidung zufrieden und merkte nicht, dass ein Papierfetzen hinter einem Scheibenwischer klemmte. Ein esoterisch ausgerichteter Waidmannsdorfer Verein lud mit Buddhas letzten Worten an seine Jünger zu einem Treffen ins Gemeindezentrum: *Geht weiter!* stand in Großbuchstaben darauf. Darüber wollte man diskutieren. Es sollte selbst gemachten Tofu geben. Räucherstäbchen konnten zu günstigen Preisen erworben werden. Matteo gefiel der Satz. Als sein Wagen die zulässige Höchstgeschwindigkeit erreicht hatte, löste sich das Blatt von der Scheibe und wurde zurück nach Klagenfurt geblasen. Matteo merkte gerade noch, dass etwas fortgerissen wurde, schon war es vorbei. Weiter ging die Fahrt.

Der Palazzo Bardelli in Udine war ein liebevoll restauriertes, gut erhaltenes Gebäude. Stünde nicht sein Name über den Fenstern der ersten Etage, niemand hätte es für einen Palazzo gehalten. An der östlichen

Breitseite der Piazza Matteotti gelegen, fügte es sich unauffällig in das Ensemble. Vier Fenster bildeten die Front eines Stockwerks. Waren die grün gestrichenen Läden geöffnet, ragten die äußeren bereits über die Hausgrenze zum Nachbarn hin. Die letzte Etage des altrosa gestrichenen Gebäudes ragte über die Dächer der anderen Häuser des Platzes hinaus. Dieses oberste Stockwerk mit den vier nach Westen gerichteten Fenstern bezog Matteo. Lange Sonnenuntergänge ohne die Schatten anderer Gebäude erwarteten ihn.

Von hier konnte er jeden Samstag ungestört das Treiben des Wochenmarktes beobachten. In der ersten Reihe, parallel zur Häuserfront der Längsseite, standen auf den besten Plätzen, direkt vor den Straßencafés, die Fischhändler. Riesige Schwertfische, aus denen Blöcke tiefroter Steaks herausgehackt wurden, lagen neben fertig portionierten Netzen mit Muscheln und Garnelen. Manche der kulinarischen Leckerbissen bewegten noch ihre Fühler. Daneben stapelten sich Unmengen von Käse. Und am äußersten Rand, schon fast in einem der zubringenden Gässchen, die aus allen Eckpunkten in den Platz mündeten, war der Blumenstand. In der zweiten Reihe gab es Gemüse und Kopftücher, etwas abseits ein paar Altwarenhändler.

Gegenüber dem Palazzo Bardelli, nicht ganz in Augenhöhe von Matteos Appartement, stand die Chiesa Giacomo Apostoli, eingerüstet für eine Fassadenrestaurierung, eine trauernde Witwe mit Schleier.

Matteo störte sie nicht. Auch das Geläute störte ihn nicht. Die Piazza Matteotti war groß genug und bot so jede Möglichkeit der Ablenkung. Einige Häuser konnten statt eines Ziegeldaches einen kleinen Dachgarten mit einem Sonnensegel ihr stolzes Eigen nennen. Ein herrlicher Platz, um in der Abendsonne ein Glas Rotwein zu genießen. Allerlei Grünzeug wuchs dort, bog sich im Wind und hielt sich auch im Winter.

Manchmal suchte Matteo nach der Arbeit die Nähe der Udineser. Dann ging er hinunter, setzte sich ins Café Elite, in dem man als Spezialität des Hauses Crème-caffè anbot, wie man von einem verwitterten Werbeschild erfahren konnte. Raucher durften nicht hinein oder mussten ihre Passion kurzfristig unterdrücken. Auch das störte Matteo nicht. Er hörte den alten Männern zu, die sich jeden Tag hier nur auf einen Sprung trafen und dann den ganzen Vormittag blieben. Am späten Nachmittag wechselte er dann zur Nordseite des Platzes. Dort war die Sonne mild, und ein leichter Wind stellte sich regelmäßig eine halbe Stunde vor der Zeit zum Abendessen ein. Manchmal konnte man auch noch im November draußen sitzen.

So hatte jede Seite des Platzes ihre Vorteile. Matteo erkannte, dass es auf den richtigen Zeitpunkt ankam, dann entfaltete jede Lokalität ihren besonderen Reiz. Diesen Zeitpunkt galt es zu erkennen und mitzuerleben. Matteo benötigte nicht lange, um dies herauszubekommen. Das System der Einheit von Ort und

Zeit hielt stand. In manchen übermütigen Momenten glaubte er, dieses System auf ganz Udine übertragen zu können. Dann schmunzelte er und dachte sich, dass die Piazza Matteotti für ihn wohl ausreichte.

Matteo war zufrieden und fühlte sich wohl. Wer konnte schon auf ein so ereignisreiches Leben blicken? Bis jetzt war es auf besondere Weise verlaufen. Es war außergewöhnlich. Nicht einer unter vielen war er, vielmehr einer, der seinem Leben eine starke Wende geben konnte, der eingegriffen und Bewegung in seine Existenz gebracht hatte. Matteo lehnte sich zurück, nippte an seinem Espresso und beobachtete einen Mann, der fachgerecht einen Fisch ausnahm. In weitem Bogen flogen die Schuppen über den Randstein, schillerten in der Morgensonne und landete vor seinen Füßen. Matteo seufzte aus tiefstem Herzen.

Ach meine Guten, großartig habt ihr mich kuriert, noch nie hab ich so glücklich mich gefühlt ... Ach, ich fühle mich unbeschreiblich wohl. Matteo nickte ein. Vergeblich ermahnte er sich, wach zu bleiben – Andrea, den er mit auf eine kleine Reise nehmen wollte, hatte versprochen, ihn anzurufen. Irgendetwas war in Klagenfurt geschehen.

Quellen und Dank

Johann Gross: Spiegelgrund. Leben in NS-Erziehungsanstalten, Wien 2000; Thomas Kraus: Euthanasie und Nationalsozialismus. Mit besonderer Berücksichtigung der Rassenhygiene, Graz 2001/02; Helge Stromberger: Die Ärzte, die Schwestern, die SS und der Tod. Kärnten und das produzierte Sterben im NS-Staat, Klagenfurt 2002; Geschichten, die mir Hermann Jamek erzählte.

Dank an Prof. Dr. Wolfgang Greisenegger für seine textkritische Durchsicht sowie Ing. Mag. Hubert Aichlseder, Ing. Bruno Ruhdorfer, Michi und Milli Springer.